Knaus

K

Lodewijk van Oord

Das letzte Nashorn

Roman

Aus dem Niederländischen
von Christiane Burkhardt

Knaus

Die Originalausgabe erschien 2014 unter dem Titel
»Alrecht en wij« bei der Uitgeverij Cossee BV, Amsterdam

Nederlands letterenfonds
dutch foundation
for literature

Die Arbeit an der Übersetzung wurde durch den
Nederlands Letterenfonds unterstützt.

MIX
Papier aus verantwortungsvollen Quellen
FSC® C014496
FSC
www.fsc.org

Verlagsgruppe Random House FSC® N001967
Das für dieses Buch verwendete
FSC®-zertifizierte Papier *Munken Premium*
liefert Arctic Paper Munkedals AB, Schweden.

1. Auflage

Satz: Uhl + Massopust, Aalen
Druck und Bindung: GGP Media GmbH, Pößneck
ISBN 978-3-8135-0674-1
Printed in Germany

www.knaus-verlag.de

Die Größe des Menschen ist so sichtbar,
dass sie sich sogar aus seinem Elend ableiten lässt,
denn was für die Tiere Natur ist,
das nennen wir Menschen Elend.

Pascal, *Pensées*

Der Ursprung des Menschen ist nun bewiesen.
Die Metaphysik muss aufblühen.

Darwin, *Notebook M*

I
Der Masterplan
(vier Jahre zuvor)

1

Das gurgelnde Schnauben des Nilpferds, abrupt unterbrochen vom Trompeten zweier Elefanten, dicht gefolgt von unerschrockenem Gebrüll aus tiefster Löwenkehle: Andere haben einen Wecker, ich habe monströse Naturgeräusche. Wenn ich morgens ins Bad gehe, denke ich, dass es schlimmere Arten gibt, geweckt zu werden. Im Spiegel werfe ich einen raschen Blick auf meinen Dreitagebart, eine Rasur halte ich auch heute für unnötig. Den größten Teil des Tages werde ich zu Hause am Küchentisch sitzen und an der Präsentation für den späteren Nachmittag arbeiten.

Die Tage, an denen ich mit dem Rad die Grachten entlanggehetzt bin, von Fördermittelkommission zu privaten Co-Finanziers, von der Bank zum Filmförderfonds, Schnellhefter mit Finanzierungsvorschlägen und *Project Proposals* im Gepäck, gehören glücklicherweise der Vergangenheit an. Ich lebe nun den perfekten Kindheitstraum, bin als Hauptrolle für den Film gecastet worden, zu dem ich selbst das Drehbuch schreiben durfte. Inzwischen ist es zwei Jahre her, dass ich diesen Schritt gemacht habe, der viele überrascht hat, den ich aber nach wie vor nicht als radikale Kehrtwende betrachte. Ich habe die gierigen Hyänen an der Herengracht gegen die Schabracken-Hyänen im Schleichkatzengehege, die Aasgeier vom Museumplein gegen ihre bleichen Artgenossen in der riesigen Raubvogelvoliere eingetauscht. Die durchtriebene, scharfzüngige Kollegenmeute habe ich noch keine Sekunde vermisst. Wenn ich Menschen aus meinem früheren Leben in der Stadt über den Weg laufe, kommen sie mir vor wie völlig fremde Wesen – was bestimmt auf Gegenseitigkeit beruht. Das obligtorische, oberflächliche Gespräch – wie geht's, danke gut, viel Stress, alles klar – gerät in der Regel schnell ins Stocken, woraufhin sich einer von uns mit einer lahmen Ausrede aus dem Staub macht.

Ich ziehe die Vorhänge auf und werfe einen Blick nach draußen. Wolken am Himmel, sich wiegende Wipfel, Laub auf Grünanlagen und Gehwegen. Es regnet nicht, ist aber offenbar noch kühl, außerdem weht ein heftiger Wind, der ganz schön tückisch sein kann. Aus dem Korb mit der Schmutzwäsche hole ich mein rotes Lieblings-T-Shirt, darüber ziehe ich meine Glücksbringer-Jacke: das zerschlissene Wildlederjackett, das ich vor einer Ewigkeit für fünfundzwanzig Gulden auf dem Waterlooplein erstanden habe. Dieses Jackett trage ich immer, wenn's drauf ankommt: am hektischen letzten Drehtag, beim Pitchen eines neuen Szenarios oder eben jetzt, am Morgen vor der wichtigen Präsentation. Ich setze mich vor den Spiegel und öffne das Jackett. Seitenverkehrt sehe ich das Motto meines Zoos, das in schwarzen Lettern über dem Kopf eines cartoonesken Elefanten angeordnet wurde.

Als die Kaffeemaschine brodelt, öffne ich die Küchentür und gehe nach draußen. Tagesanbruch – die Zeit rund um Sonnenaufgang ist mir heilig. Ich habe eine feste Route, die mich in einer knappen Stunde über meine Lieblingswege führen wird: meine Weltreise im Morgengrauen beziehungsweise mein Aufklärungsfeldzug vor dem Frühstück. Es ist nicht nur ein herrlicher Spaziergang in morgendlicher Stille und Frische, sondern vor allem ein bestimmter Führungsstil, eine Methode, dem Tierpark als Direktor auf den Zahn zu fühlen, damit ich als Erster weiß, wie es um meinen Zoo bestellt ist und wie es den Tieren geht.

Schräg gegenüber der Zoodirektor-Wohnung lebt die kleine Katzenbärin, die wie immer in ihrem einsamen Baum vor sich hin döst. Jeden Morgen klatsche ich im Vorbeigehen in die Hände, woraufhin die Katzenbärin kurz ihren hellbraunen Kopf hebt. Aber an diesem Morgen reagiert sie nicht. Ich klatsche erneut, diesmal lauter, aber nicht einmal der buschige Schwanz bewegt sich. Ein sympathisches Tier, das nur macht, worauf es Lust hat. Schnell gehe ich am Verwaltungsgebäude »Die Hoffnung« vorbei zu den Menschenaffen. Seit ich hier Direktor bin, habe ich ein paar interessante Studien über Schimpansen gelesen. Die meisten Weibchen sind in den letzten Tagen fruchtbar geworden, ihre Hinterteile und Genitalien sind so rosig wie die Glasur eines Cremeschnittchens und so prall wie ein Ballon. Im Affenhaus sehe ich die jungen Männchen herumtollen wie wild gewordene Halbwüchsige, gesteuert von ihren Hormonen. Das Alphamännchen wartet währenddessen geduldig und souverän in seinem Hochnest aus Traktorreifen und Stroh. Das primitive Gebalze seiner jugendlichen Kumpane ignoriert er. Inzwischen kenne ich mich aus und weiß, dass er es sich erlauben kann zu warten, weil sich ihm die Weibchen kurz vor dem Eisprung freiwillig anbieten werden. Für die jungen Männchen ist das Balgen und Balzen nur ein Spiel, die Chance auf Befruchtung ist in der frühen Phase gering. Erst auf dem Höhepunkt ihrer

Fruchtbarkeit werden die Weibchen wählerischer. In gewisser Weise kommt mir das Sexualverhalten im Affenhaus viel zivilisierter vor als das unüberlegte Rumgevögel in der großstädtischen Menschenwelt.

Kaum habe ich die Tür des Affenhauses hinter mir geschlossen, höre ich das laute Heulen der Wölfe – was mir stets Gänsehaut beschert. Eine der Fragen beim Vorstellungsgespräch – eine dieser lockeren Einstiegsfragen, um das Eis zu brechen – hatte dann auch gelautet: »Was machen Sie, wenn sich Anwohner über das nächtliche Heulen der Wölfe beschweren?« Ich muss ziemlich verwundert reagiert haben, da ich mir einfach nicht vorstellen konnte, dass es Anwohner gibt, die so etwas tatsächlich tun. Ein Irrtum, denn vor allem in der Plantage Middenlaan wohnen einige fanatische Tierhasser, die sich noch immer nicht damit abgefunden haben, dass es hier seit hundertfünfzig Jahren einen Zoo gibt, bewohnt von Tieren, die bei Sonnenauf- und -untergang Urlaute auszustoßen pflegen. »Ich würde ihnen eine Jahresfreikarte anbieten«, schlug ich vor. »Ich würde sie einladen vorbeizuschauen, die Tiere kennen und ihre Bedeutung schätzen zu lernen. Vielleicht sollten wir demnächst mal eine nette Grillparty für die Nachbarn organisieren. Ein üppiges Fleischbankett für Mensch und Wolf.«

Das Gremium schüttelte nur den Kopf. Das hatte man alles längst ausprobiert – leider ohne jeden Erfolg.

»Auch die Wölfe sind Amsterdamer«, fuhr ich mit ernster Stimme fort. »Und genau das muss man den Leuten klarmachen. Man sollte stets das Gespräch mit den Anwohnern suchen. Ein Tierpark, der mitten in der Stadt liegt, kann sich keine Nachbarschaftsstreitigkeiten erlauben.«

Das Gremium nickte und hakte die Frage wohlwollend ab.

Malaysische Tapire sind seltsame Tiere, an denen rein gar nichts stimmt. Ich betrachte das Jungtier, das gerade seine jugendliche Fellzeichnung verliert und seiner Mutter immer ähnlicher wird. Vorne schwarz und hinten weiß – keine Ahnung, wer sich das ausgedacht hat! Tapire sind der beste Beweis dafür, dass die Evolution ein ebenso übermütiger wie irrationaler Prozess ist. *Survival of the Weirdest* – darauf scheint es in der Natur oft hinauszulaufen.

Ich gehe weiter zu meinen beeindruckendsten Nachbarn, den Bewohnern des riesigen Gorillahauses aus Beton. Die sieben Westlichen Tieflandgorillas sind nicht etwa irgendwelche Gorillas: Ihrem wissenschaftlichen Namen nach handelt es sich um echte Gorillagorilla-Gorillas – also um die gorillamäßigsten Gorillas aller Gorillas! Für mich ist dieses Tier untrennbar mit dem Kino verbunden. Ich weiß noch, wie mich mein Vater vor fast vierzig Jahren in *Gonga: The Giant Jungle Monarch* mitgenommen hat, in den Blockbuster mit Dan Shor – ein lustiger Film über einen einsamen Großstadtjungen, der sich mit einem Schauspieler in einem Gorillakostüm anfreunden will. Weil es dem Jungen nicht gelingt, eine Beziehung herzustellen, beschließt er, das Kostüm zu klauen. Anschließend versucht er als Gorilla irgendwelchen Großstadtbewohnern näherzukommen, leider ohne Erfolg. Statt akzeptiert zu werden, jagt er den Menschen erst recht Angst ein. Der Gorillafilm blieb während meiner gesamten Jugend ein heiß geliebtes Genre. Natürlich sah ich auch *Mighty Joe Young* von Ernest Schoedsack und viele weitere King-Kong-Varianten, von denen mir die Originalversion mit Fay Wray nach wie vor die liebste ist. Als Student des Studiengangs »Produktion« habe ich sie mir in der Mediathek der Filmhochschule alle noch mal angesehen. Mit einem befreundeten

Drehbuchautor habe ich damals sogar ein Treatment für den ersten niederländischen Menschenaffenfilm geschrieben. Es ging um einen Gorilla, der aus dem Rotterdamer Zoo flieht, um nach der jungen Frau zu suchen, die ihm in die Augen geschaut hat. Das Projekt hat es bloß bis ins Büro des Filmförderfonds geschafft, wo man fand, der Plot sei zu unglaubwürdig, die Geschichte zu gewollt. Nach diesem tapferen ersten Versuch beschloss ich, mich von nun an auf die Produktion konventionellerer Filme zu konzentrieren: auf bewährte Problemfilme über dysfunktionale Vorstadtfamilien und kaputte Ehen, auf realistische Themen mit lauter lebensnahen Figuren, Menschen aus Fleisch und Blut, mit denen sich der Kinobesucher identifizieren kann. Sie wurden ausnahmslos kommerzielle Erfolge. Es muss an den Filmen meiner Jugend liegen, dass ich mir oft einbilde, in jedem Gorilla verberge sich ein Mensch. Die straffe Gesichtshaut erinnert an billiges Plastik, die monströsen Bewegungen wirken wie inszeniert. Noch heute suche ich an ihrem Rücken nach dem Reißverschluss des Kostüms, hinter ihren Augen nach dem stummen Blick eines Stuntmans. Auch an diesem Morgen liegen die Tiere wieder da wie erschöpfte Filmstars, wie behaarte Puppen an einem verlassenen Set. Sie müssen schwitzen in dieser Montur.

Ich verlasse das angenehm warme Gorillahaus, begrüße die stets scheuen Sumpfantilopen und mache einen großen Bogen um das Insektarium. Käfer und Heuschrecken interessieren mich nach wie vor kaum, und inzwischen habe ich beschlossen, dass sie das Feld räumen müssen. Hummeln und Kerbtiere hinter Glas – das ist doch eher etwas für den Dachboden eines Sonderlings und nichts, womit sich ein ernst zu nehmender Zoo abgeben sollte. Das Insektarium ist deshalb auch das einzige Gebäude, das ich nur selten betrete, sosehr mich Insektenpfleger Gré Samson auch dazu drängt, mir doch mal die Raubwanzen anzuschauen, mich mit der Kolonie Roter Waldameisen zu beschäftigen oder den Termitenhügel zu bestaunen. Termiten! Wenn es nach mir geht, werden sie demnächst an die Ameisenbären verfüttert.

Der Protest gegen meine Sanierungspläne wird von Samson höchstpersönlich angeführt, der vor zig Jahren über Geschlechtsteil-Varianten bei Spinnen promoviert hat. Vor ein paar Monaten fand ich eine Kopie seiner dicken Doktorarbeit in meinem Postfach, die noch auf einer alten Schreibmaschine getippt wurde. *Für Edo Morell*, stand auf der Titelseite, *in der Hoffnung, dass Sie mein Lebenswerk erhalten werden*. Weil ich mich verpflichtet fühlte, meinem Kollegen noch eine Chance zu geben, begann ich mit der Lektüre, aber auch nach zig Seiten ließ mich der Spinnenpenis immer noch kalt. Nachdem ich die trockene Darlegung des Forschungsvorhabens zur Hälfte gelesen hatte, klappte ich die Dissertation mit einem müden Seufzen zu.

Nach einem kurzen Blick auf die mächtigen Wisents, die ich lieber Europäische Waldbisons nenne, komme ich am Spielplatz vorbei. An diesem Punkt meiner Route beschleunige ich stets meine Schritte, um nicht zu lange den größten Sandkasten der Niederlande anschauen zu müssen – den Morast, der als Afrikanische Savanne herhalten muss. Noch der fantasiebegabteste Kunde ist davon zwangsläufig enttäuscht. Doch im Gegensatz zum Insektarium besitzt sie großes Potenzial.

Afrikanische Savanne – was für eine Anmaßung, sie so zu nennen! Sie war das erste Teilgebiet, für das ich gleich nach meiner Einstellung ein Konzept entwickelt habe. Zuerst kam die Marktforschung, und in dem Versuch, mit der wichtigsten

Zielgruppe überhaupt ins Gespräch zu kommen, habe ich die Grundschulklasse meiner Tochter besucht. Ich gab den Kindern Stift und Papier und bat sie, so viele Tiere wie möglich aufzulisten, die in Afrika leben. Eine Stunde später kehrte ich mit einem Stapel bunter Kritzeleien in mein Arbeitszimmer zurück. Die Auswertung konnte beginnen.

Die Statistiken der Kinder sprachen eine deutliche Sprache: Mit Ausnahme von ein paar falsch platzierten Tigern und Pumas nannten Elkes Klassenkameraden viele Tiere, die tatsächlich typisch afrikanisch sind, aber in der Amsterdamer Savanne fehlen: Elefanten, Nashörner, Nilpferde, Löwen. Es ist nicht weiter schwer, das Problem der jetzigen Afrikanischen Savanne zu benennen: Es leben nicht nur die falschen Tiere am richtigen Ort, sondern auch viele richtige Tiere am falschen Ort. Unsere Elefanten zum Beispiel sind asiatisch und deshalb die *falsche* Art – die mit den kleinen Ohren. Asiatische Elefanten sind prima, aber darum geht es nicht. In einer Afrikanischen Savanne haben sie jedenfalls nichts zu suchen. Natürlich haben wir Löwen und Wildhunde, aber die befinden sich in Gehegen, die weit von der Afrikanischen Savanne entfernt sind. Bis auf einen durchnässten Vogel Strauß laufen dort eigentlich nur ein paar Zebras und Weißschwanzgnus rum, aber das sind natürlich keine besonders spektakulären Tiere. Ein Zebra ist im Grunde kaum mehr als ein wandelnder Holzschnitt, ein Esel hinter Gittern. Und ein Gnu sieht aus wie ein ausgemergeltes, missgebildetes Rind mit einem Kopf, der nicht zum übrigen Körper passen will. *Survival of the Ugliest*, auch daran hat Darwin nicht gedacht. Das ließ nur eine einzige Schlussfolgerung zu: Das Gebiet, das heute dreist Afrikanische Savanne genannt wird, hat keine übergeordnete Vision. Ihm fehlt die magnetische Anziehungskraft, die das Wort »Afrika« eigentlich in jedem Zoo verkörpern müsste.

Wie sich herausstellte, ist das mit den Elefanten ein echtes Problem. Monatelang habe ich hinter den Kulissen versucht, andere Zoos dazu zu bringen, ihre Afrikanischen Elefanten gegen unsere Asiatischen zu tauschen, aber niemand war interessiert. Nicht nur Arnheim, Rhenen und Amersfoort, sondern auch die Zoodirektionen von Paris, Barcelona und Rom lehnten dankend ab. Obwohl sie zugeben mussten, dass mein Angebot finanziell durchaus attraktiv war, weigerten sie sich standhaft, weil sie die Sache unerhört fanden. Nach diesem Rückschlag hatte ich die Idee, die Asiatischen Elefanten zum Verkauf anzubieten und den Erlös in den Ankauf einiger afrikanischer Artgenossen zu stecken. Auch das stieß auf Widerstand: Nicht nur der Betriebsrat war vehement dagegen, leider musste ich auch feststellen, dass die derzeitigen Elefanten mit die beliebtesten Tierparkbewohner überhaupt sind. Vor allem Bulle Salman hat einen großen Kundenstamm. Ich hatte meinen Plan kaum im kleinen Kreis vorgestellt, als auch schon eine »Petition zum Erhalt unserer Elefanten« die Runde machte, ein sentimentaler Wisch, unter dem bald Tausende Unterschriften prangten. Also Plan B: Salman und seine Kühe dürfen bleiben.

Mein neuester Elefantenplan ist genial einfach – unglaublich, dass ich nicht früher darauf gekommen bin! Auch wenn die Betriebskosten dadurch stark steigen werden, schafft er eine unwiderstehliche Win-win-Situation für alle Beteiligten. Deshalb rechne ich fest damit, dass der Vorstand mir diesen Teil meines Masterplans ohne allzu großes Murren genehmigen wird. In der Hoffnung, bei den Vorstandsmitgliedern eine sentimentale Saite zum Klingen zu bringen, habe ich den Elefantenabschnitt mit einem historischen Augenzwinkern *Tembo Returns* genannt.

Ich gehe an den stets ausgelassenen Wildhunden vorbei und setze mich kurz auf den noch feuchten Findling bei der Eulenruine. Ich schließe die Augen und hänge meinen Gedanken nach. Das Eulenauge gehört zu den erstaunlichsten Schöpfungen der Natur. Der Eulenpfleger hat mir mal erzählt, dass ein Mensch mit Eulenaugen in der Lage wäre, aus fünf Kilometern Entfernung die Morgenzeitung zu lesen. Ich bin nicht der Einzige, der die Eulen bestaunt, auch so mancher Kunde scheint von diesen stoischen Wesen fasziniert zu sein. Vor allem Erwachsene reagieren auf die Eulen wie auf ein Memento mori: Man sieht, wie sie sie nachdenklich anstarren, nur um dann irgendeine furchtbare Platitüde von sich zu geben, meist eingeleitet von den Worten »Bei diesem Anblick wird einem erst bewusst, wie…«. Den Impuls, solches Gestammel ins Lächerliche zu ziehen, kann ich leicht unterdrücken: Jeder Kunde, der zwanzig Euro dafür übrig hat, angesichts eines Tieres ein paar pseudophilosophische Gedanken abzusondern, ist mir willkommen. Kein Zoo kann ohne solch unausgegorene Betrachtungen überleben, davon bin ich zunehmend überzeugt. Während ich die Schneeeulen anstarre, erinnere ich mich an das Gespräch, das ich mal zwischen zwei Frauen aufgeschnappt habe – enge Freundinnen, die sich für ihre Verliebtheit kein bisschen zu schämen schienen. Ich sehe noch vor mir, wie die eine versucht hat, die andere mit einem stolzen Uhu zu fotografieren. Es musste auf Anhieb klappen, da sie eine alte Spiegelreflexkamera benutzte und nur noch ein Foto auf dem Film war. Währenddessen philosophierte die Posierende munter drauflos.

»Eulen sind weise, die weissagen die Vergangenheit«, hörte

ich sie sagen, während sie versuchte, so natürlich wie möglich zu lächeln.

Die andere Frau sah sie erstaunt an. »Und ich dachte immer, sie würden die *Zukunft* voraussagen!«

Das war der Moment, in dem ich mich einschaltete. »Sie haben beide recht«, sagte ich und erzählte vom traditionellen afrikanischen Mythos, dem zufolge die Eule mit offenen Augen der Vergangenheit gedenkt und mit geschlossenen Augen um die Zukunft trauert.

»Trauern um die Zukunft?«, sagte die fotografierte Frau. »Was für eine deprimierende Geschichte!«

»Aber die Zukunft bleibt stets unerreichbar«, warf ich ein. »Egal, was die Eule sieht – sie weiß, dass sie die Zukunft genau wie den Horizont nie erreichen wird. Aber die Vergangenheit liegt hinter ihr, mit der kann sie es offenen Auges aufnehmen. Was bereits geschehen ist, stellt keinerlei Bedrohung mehr da.«

»Das dürfte beim Menschen anders sein«, sagte die Frau mit der Kamera. »Für uns ist die Vergangenheit bedrohlicher als die Zukunft. Die Geschichte hat bei allem, was wir tun, noch ein Wörtchen mitzureden.« Sie machte ein paar Schritte nach vorn und drückte sich die Nase am Volierennetz platt. Aufmerksam musterte sie die Eule, die keine anderthalb Meter vor ihr auf einem Baumstumpf hockte. »Ist das das Männchen oder das Weibchen?«

»Das ist Viola, das Weibchen. Das Männchen ist etwas kleiner. Schauen Sie, da hinten sitzt Bill auf seinem Ast.«

»Ihre Augen sind ein schwarzes Loch«, fuhr die Frau fort und richtete ihr Objektiv auf das von Senfgelb umgebene Schwarz der Pupille. »Man könnte meinen, dass alles darin verschwindet.«

»Je näher Sie heranzoomen, desto mehr werden Sie von sich erkennen«, sagte ich. »In vielen Kulturen gilt das Eulenauge als Spiegel, der uns zeigt, wie wir wirklich sind.« Anschließend hatte ich den beiden Frauen noch einen schönen Tag gewünscht und sie bei den Eulen zurückgelassen. Das ist vermutlich das Schönste am Zoo: dass die Tiere die Kunden in den unvorhersehbarsten Momenten dazu bringen können, ein Gespräch mit Wildfremden über sehr persönliche Themen anzufangen – über Leben und Tod, Glaube und Naturwissenschaften oder wie in diesem Fall über Vergangenheit, Zukunft und Mythologie. Eigentlich ist der Zoo ein idealer Treffpunkt für Fremde: der Tierpark als existenzielles Drama für den Menschen, in dem Tiere das Publikum bilden, die vierte Wand. Ein schöner Gedanke, wie ich finde. Ich werde versuchen, ihn mir zu merken – wer weiß, wann ich ihn noch mal verwenden kann.

Ich werfe einen Blick auf die Uhr und setze meinen Rundgang fort, passiere die Raubtiergalerie auf dem Weg zur Löwenterrasse. Am Rand der Rasenfläche hinter mir steht das größte Tabu des Tierparks: das Denkmal zu Ehren seines Gründers. Vor allem bei der Ausführung des Löwen unten am Sockel ist der Bildhauer aus dem 19. Jahrhundert grandios gescheitert – und zwar so sehr, dass sich die echten Löwen vermutlich noch heute täglich darüber lustig machen. Arme Kunst, die eine so mitleidlose Natur als Lehrmeister hat! In einer meiner ersten Vorstandsversammlungen hatte ich sogar vorgeschlagen, einen Wettbewerb für ein neues Denkmal auszuschreiben. Ein Saal voll mit offenen Mündern, Totenstille, als hätte der Papst in Rom soeben die blasphemischsten Flüche ausgestoßen. Ich habe die Sache auf sich beruhen lassen. Dieser Kampf lohnte sich in meinen Augen dann doch nicht.

Ich begrüße die Chileflamingos, die tuntig wie immer im Teich herumstehen, und schlendere weiter zur Südamerikanischen Steppe. Die Lamas liegen heute Morgen wie ein Haufen verzogener Latinos da, während sich die Halsband-Wehrvögel irgendwo auf der Wiese für einen neuen Tag im Rampenlicht zurechtmachen. So ein Tierpark ist und bleibt doch ein ziemlich eitler Betrieb, in dem man sehen und vor allem gesehen werden muss, und die südamerikanischen Tiere scheinen das von allen am besten zu begreifen.

Es wird Zeit, meinen Aufklärungsfeldzug zu beenden, Zeit für einen Becher starken Kaffee. Noch schnell zu den Papageien in der Prins-Maurits-Voliere (sie putzen sich die Schnäbel, egal, wie sauber sie sind), dann mein Garten, die Küchentür, das Frühstück. Am Küchentisch starre ich auf meinen Laptop und öffne die Präsentation, an der ich tagelang gefeilt habe. Mein Masterplan ist bereits seit einem Jahr in Arbeit, aber heute werde ich ihn zum ersten Mal dem kompletten Vorstand präsentieren. Es kommt vor allem darauf an, die Pläne wohldosiert an den Mann zu bringen, den Vorstand nicht mit zu vielen radikalen Ideen auf einmal zu überfordern. Die meisten Mitglieder sind Spießbürger, ältere Männer und Frauen mit konservativen Wertvorstellungen, aber leicht zu beeinflussen. Im Grunde hat nur der Vorsitzende Frank Rida eine progressive Einstellung und Ansichten, die man visionär nennen könnte.

Als der Kaffee meinen Gaumen umspült, denke ich kurz an meine neue Kollegin, deren kleines Skype-Profilbild ich mir noch einmal ansehe. Bei unserer ersten kurzen Begegnung habe ich eine gewisse körperliche Anziehung gespürt, ein leicht erotisches Kribbeln, das sich während der digitalen Vorstellungsgespräche bestätigt hat. Ich starre auf Sariah

Malans Bild und höre ihre erotische Stimme, ihr exotisches Niederländisch. Wo sie wohl gerade steckt? Sie hat einen frühen Flug genommen und schwebt nun vermutlich über einem dieser bemitleidenswerten Hungerbauch-Länder, vielleicht sogar über den Wäldern des Kongo.

2

Dass die Fluggesellschaft wegen meines achtunddreißig Kilo schweren Gepäcks Probleme machen würde, hatte ich bereits erwartet. Aber nicht, dass man mich zu einer Kasse schickt, bei der ich eine Stunde lang anstehen muss, bevor ich mein Übergepäck bezahlen kann. »Ziehen Sie um?«, will der redselige Mann in seinem Kabuff wissen. Dabei geht ihn das nicht das Geringste an! Diese Verzögerung passt mir ganz und gar nicht. Wenn ich mich jetzt nicht beeile, versäume ich noch meinen Flug.

This is a final boarding call for passengers travelling to Amsterdam. Wusst' ich's doch! *Immediate boarding please at gate A12.* Aber ich steh immer noch am Zoll. Bestimmt zwanzig Passagiere versuchen, ihre Koffer durch den einzigen funktionierenden Gepäckscanner zu schieben. Anschließend kommt der piepende Personenscanner. Das Abtasten und erneute Anlegen des Gürtels. Alle sind rechtzeitig dran, niemand beeilt sich, nur ich sitze wie auf heißen Kohlen. An der Passkontrolle hocken ganze drei Beamtinnen in ihren Glaskästen, vor jeder warten vier, fünf Personen hinter dem Absperrband. Als ich an der Reihe bin, führe ich ein letztes Mal das auf diesem Kontinent so wichtige Gespräch. Diese unverzichtbare, aber belanglose Pseudo-Unterhaltung: *How are you, I am well, thanks and yourself, Fine, thanks, Goodbye, Enjoy your day.* Ich bin schließlich immer noch in Afrika. In meinem grünen Pass prangt jetzt ein runder Stempel in tiefschwarzer Tinte.

Tiere halten sich nicht lange mit Höflichkeitsfloskeln und Benimmregeln auf, denke ich, während ich zum Duty-free-Shop renne. Die haben keine Zeit für solchen Blödsinn.

Passengers Nodder, Wells, Malan and Van Wyk immediate boarding please at gate A12. Kurz bin ich erleichtert. Immerhin bin ich nicht die Einzige. Die Maschine wartet nicht nur auf mich. Regale voller Parfüms und Zigaretten. Ich bleibe vor der langen Wand mit den Spirituosen stehen. Dutzende verschiedener Sorten und Marken, Hunderte von Flaschen und Schachteln. Whiskey, Jenever, Cognac. Was Niederländer trinken, weiß ich nicht. Weiße Südafrikaner trinken Bier. Am liebsten aus Halbliterdosen, damit lässt sich das Braaifleisch hervorragend runterspülen. Unsere schwarzen Landsleute kippen sich eher irgendeinen Schnaps in ihren Softdrink. Oft selbst gebrannter Fusel – eine nicht auszurottende Gewohnheit, die nach wie vor viele Menschenleben fordert.

Dann lieber Wein. Mit zwei Flaschen weißem Simonsig eile ich zur Kasse. Vor mir warten geduldig drei Kunden. Kurz bevor ich drankomme, verlasse ich schnell die Schlange. Die Flasche Vin de Constance, die ich aus dem Augenwinkel sehe, kann ich unmöglich ignorieren. Das ist der Dessertwein, den Napoleon als Verbannter auf St. Helena getrunken hat. Auf den Staatsmänner wie Friedrich der Große und Bismarck geschworen haben. Und den mein Vater zu besonderen Anlässen zum Nachtisch kredenzt hat. Ein wunderbares Geschenk, wie ich finde – für Staatsmänner ebenso wie für Zoodirektoren.

Passenger Malan you are delaying your flight. We will proceed to off-load your luggage. Von wegen, ich habe nicht umsonst nachgezahlt! Ich renne durch den langen Gang, vorbei an den Läden mit Souvenirs und Safari-Outfits. Erst nach dem *Food Court* und einer Reihe von Business Lounges erreiche ich Terminal A. Völlig außer Atem stehe ich am Gate. Zwei Damen in KLM-Uniform sind gerade dabei, die Türen zur Passagierbrücke zu schließen. Ob ich Miss Malan sei, fragt eine vorwurfsvoll. Zum Glück darf ich in letzter Minute noch mit. Und so kommt es, dass ich als Letzte die Maschine betrete. Böse Blicke folgen mir vorwurfsvoll. Mildernde Umstände kann ich nicht geltend machen: Die Flaschen in meiner durchsichtigen, versiegelten Tüte machen jede Entschuldigung zunichte. Eine Stewardess hilft mir mit den Taschen. Die Gepäckfächer werden geschlossen. Ich lasse meine Tüten auf dem freien Sitz am Gang liegen, und wie von selbst fallen mir die Augen zu. Ich merke, dass mir das Herz bis zum Hals schlägt, und berühre den feuchten Stoff unter meinen Achseln. Ich bleibe gelassen. Der Schweiß, den ich rieche, stammt nicht von mir.

Die Maschine setzt sich in Bewegung und rollt zur Startbahn. Aus meiner Jackeninnentasche ziehe ich den Umschlag, den ich dort gestern verstaut habe. Die Abschiedsrede meines Vaters hatte aus genau einem Wort bestanden: »Da!« Dann hatte er sich umgedreht und die Tür hinter sich zugemacht.

Mein Pa und meine Ma. Der Südafrikaner und die Niederländerin. Der Veldwachter und die Großstädterin. Zwei Welten ohne jeden Berührungspunkt. Wie diese merkwürdige Kombination aus Menschen und Kontinenten irgendwann mich hervorgebracht hat, ist mir noch heute ein Rätsel. Wie hast du Ma kennengelernt?, hatte ich ihn am letzten Abend fragen wollen. Und warum hat sie dich verlassen? Dabei wusste ich bereits, dass mein wortkarger Vater mir die Antwort schuldig bleiben würde. Aber ich hatte es wenigstens versuchen wollen.

Heulende Motoren. Hunderte Körper werden in die Sitze gedrückt. Unsere Maschine saust los und hebt ab. Wieder verlasse ich mein Vaterland, das Land meines Pas – in dem Wissen, dass es diesmal für immer sein könnte.

»Du kannst Afrika verlassen. Aber pass auf, dass Afrika dich nicht verlässt.« Seine Worte, noch vor wenigen Monaten. Ich hatte ihn besucht, um ihm zu sagen, dass ich im späten Winter, zu Beginn des europäischen Herbsts, in die Niederlande gehen würde. Edo Morell hatte ich auf einem Kongress in Valencia kennengelernt. Nach einigen interessanten Skype-Gesprächen beschloss ich, sein Jobangebot anzunehmen. Ich reichte die Kündigung ein, und danach gab es kein Zurück mehr. Ich stellte meinen Pa ganz bewusst vor vollendete Tatsachen. Ich wusste, er würde enttäuscht sein und versuchen, mich umzustimmen.

»Steckt ihre Familie dahinter? Hat die das eingefädelt?«

Ich schüttelte den Kopf, starrte auf die Tränen in seinen Augen.

»Ich hab schon seit Jahren keinen Kontakt mehr zu ihr. Sie weiß nicht mal, dass ich in die Niederlande ziehe.«

Anstelle einer Antwort schnäuzte er in ein besticktes Taschentuch. »Ich verstehe gar nicht, was du da willst«, sagte er. »Holland ist ein *Kakland*. Furzklein.«

»Du weißt genau, warum ich fortgehe, Papa. Seit einem Jahr tue ich kein Auge mehr zu.«

»So schlimm?«, fragte er. Zum ersten Mal schien er mir wirklich zuzuhören.

»Außerdem gibt es hier keine Arbeit. Zumindest nicht mehr.«

Er sah mich nur schweigend an. »Wenn das so ist, war alles umsonst«, murmelte er. »Wenn du fortgehst, ist mein Lebenswerk gescheitert.« Damit war unser Gespräch beziehungsweise der Versuch eines Gesprächs beendet. Den Rest des

Abends schwiegen wir uns an. Die Sicherheitsgurt-Lämpchen gehen aus. Hier und da stehen ein paar Leute auf. Sie holen etwas aus den Gepäckfächern oder laufen im Gang auf und ab. Ich halte mir die Nase zu und puste Luft hinein. Meine Ohren gehen wieder auf. Vorsichtig löse ich den Klebeverschluss des braunen Umschlags und hole den kleinen Stoß Fotos heraus. Ein Zettel ist auch mit dabei. Als ich ihn auseinanderfalte, erkenne ich Pas Handschrift. Krakelige Wörter aus kaum miteinander verbundenen Buchstaben. Geschrieben von knorrigen Fingern – von einer Hand, die an die Sprache von Messer und Gewehr gewöhnt ist, nicht an die von Bleistift und Füller. Er wolle mir etwas mitgeben, schreibt er. Zur Erinnerung an die Vergangenheit. Damit ich nicht vergesse, wo meine eigentlichen Wurzeln liegen. »Hier ist dein Oorsprong, meine Tochter, musst net nich vergessen, dass du Afrikaans bist.« Mein Pa wird auf einmal ganz sentimental – so kenne ich ihn gar nicht. Auf dem ersten Bild stehen meine Eltern in der Brandung. Sie strahlen übers ganze Gesicht. Pa hat die Hosenbeine seiner Jeans bis zu den Knien hochgekrempelt. Brusthaar quillt büschelweise aus seinem Hemd. Ma trägt einen gelben Rock, ein orangefarbenes Shirt und einen Strohhut. Sie ist einen Kopf größer als Pa. Irgendwo in ihrem Bauch dürften meine Anfänge bereits zu finden sein. Ich bilde mir ein, dass man auf dem Bild schon was sehen kann. Es muss also 1974 aufgenommen worden sein, im Jahr meiner Geburt. Auch den Ort der Aufnahme erkenne ich: North Beach, Durban, im Hintergrund der rot-weiße Leuchtturm der Bluff-Halbinsel. Die Strände Durbans sind mir sehr vertraut. Ich bin jedes Jahr mehrmals mit Ma dort gewesen. Meist wenn Pa tagelang auf Expedition war und sie mal wieder an »Großstadtfieber« litt, wie sie es nannte. Ein zweites Foto: Meine Ma auf den Stufen unseres Hauses in St. Lucia, ihre einzige Tochter als Baby auf dem Schoß. Den Fotografen (mein Pa? Meine Oma? Unsere Hausangestellte Nolwazi?) scheine ich noch gar nicht wahrzunehmen.

Als mein Blick auf das letzte Bild fällt, bleibt mir beinahe das Herz stehen. Verstörende Fragen schießen mir durch den Kopf: Wer hat dieses Foto aufgenommen? Ich weiß es, aber das kann unmöglich sein! Und wie ist Pa bloß darangekommen? Über die Behörden? Die Polizei? Ich strecke die Hand aus und drehe die Düse der Klimaanlage zu mir her. Meine Hände zittern, und mir dreht sich der Magen um. Ich eile zu den Toiletten im hinteren Teil des Flugzeugs, im Spiegel sehe ich mein angespanntes Gesicht. Mit einem Taschentuch tupfe ich mir die Tränen ab.

Während ich an meinen Platz zurückkehre, reiße ich mich zusammen, um das Foto erneut ansehen zu können. Heidrick und ich. Mindestens so verliebt wie meine Eltern in Durban, wenn auch fünfunddreißig Jahre später und Hunderte von Kilometern weiter nordöstlich. Die goldgelben Savannen von Zululand. Wir stehen am Ufer des Schwarzen iMfolozi. Keiner von uns hat die Hose hochgekrempelt. Und keiner von uns hat bunte Shirts an. Wir sind für die Savanne gekleidet, in kakifarbene Hosen und Hemden. Heidrick trägt seine Filmkamera auf der Schulter, und ich halte das Gewehr in der Hand. Wir lachen den Fotografen an – nichts ahnend von der bevorstehenden Tragödie, von dem Unheil, das während dieser Aufnahme bestimmt schon näher rückt, uns bereits ins Visier genommen hat.

Cooked Breakfast oder Obst und Joghurt lautet die Auswahl, die Stewardess wiederholt ihre Frage. Ich schüttle den Kopf und sage leise, dass ich keinen Appetit habe. Ich zappe durchs

Bordprogramm und entscheide mich für einen Naturfilm. Wieder spüre ich, wie sich mein Magen zusammenzieht. Der Geruch nach Spiegeleiern, Boereworst und Baked Beans erfüllt die Kabine. Überall um mich herum wird geschnitten, gegabelt, gekaut und geschluckt. Meinem Magen darf das alles nichts ausmachen. Ich muss mich abgrenzen, wegtreten, darf nirgendwo dazugehören. Genau das wünsche ich mir jetzt. Ich stopfe die Kopfhörer tiefer in die Ohren. Mit Daumen und Zeigefinger halte ich mir die Nase zu. Auf diese Weise versuche ich, der Menschenwelt zu entfliehen, ganz in den Tierbildern vor mir aufzugehen. Ein Rudel Wildhunde verfolgt ein panisches Zebra. Ein Leopard versucht vergeblich, ein Stachelschwein zu erbeuten. Hyänen kämpfen um die blutigen Überreste einer Giraffe. Ein paar Aasgeier lassen sie dabei nicht aus den Augen. Gern hätte ich in diesem Moment irgendeinen tiefsinnigen Gedanken gefasst. Dass uns Menschen solche Grausamkeiten fremd sein müssten oder so was in der Art. Uns Menschen hier im Flugzeug. Aber ich weiß es besser. Mit Grausamkeit kenne ich mich inzwischen aus. Ich kippe meine Lehne nach hinten und zwinge mich, die Augen zu schließen. Über die Kopfhörer dringt das Jaulen der Schakale an mein Ohr. Lähmende Müdigkeit erfasst mich.

Heidrick und die Filmkamera, ich und das Gewehr. Reuben, der uns auffordert zu lachen. Mit dem Klicken des Auslösers wurde dieser Augenblick festgehalten, aber unser Glück ist endgültig Vergangenheit. Drei ohrenbetäubende Schüsse ertönen, aus nächster Nähe. Erst ein Schuss. Dann noch einer. Sekunden später der dritte. Ich schreie laut auf. Heidrick lässt die Kamera von der Schulter gleiten und zuckt zusammen. Das kann nur eines bedeuten. Bevor wir richtig merken, was los ist, werden wir auch schon unter Beschuss genommen. Die

Wilderer müssen uns gehört haben. Bestimmt wollen sie kein Risiko eingehen, sich die Beute nicht entgehen lassen. Reuben lässt die Fotokamera fallen. Er greift nach meinem Jagdgewehr und schießt in Richtung Flussbett. Aus dem Dornbaumwäldchen ertönt zwei Mal ein dumpfer Knall. Kugeln pfeifen durch die Luft. Heidrick bricht neben mir zusammen, sein Körper fällt mir auf die Füße. »Heidrick!«, schreie ich. Mein Schrei wird durch einen neuen Schuss aus dem Blätterdickicht übertönt. Ein stechender Schmerz fährt mir in die Seite. Als ich mich neben Heidrick ins verdorrte Gras fallen lasse, sehe ich, wie Reuben die Flucht ergreift. Vermutlich will er den Pick-up erreichen, um einen Notruf abzusetzen. Ich schaue zu Heidrick hinüber, spüre die Explosion in meinem Bauch. Meine Augen rollen nach hinten, und das Letzte, was ich denke, bevor ich das Bewusstsein verliere, ist: mein Kind.

Ich werde vom Weinen eines Babys geweckt, von einem Quengeln aus einer der letzten Sitzreihen im Flugzeug. Um mich zu beruhigen, lege ich eine Hand auf den Unterbauch, bedecke damit die Narbe über meiner Hüfte. Wie oft habe ich diesen Traum bereits geträumt? Wie oft werde ich ihn noch träumen? Ich recke mich ein wenig, versuche, mich so lang wie möglich zu machen. Ich bin eine Frau auf der Flucht, denke ich und strecke meine Beine so weit wie möglich unter den Vordersitz. Meine Füße sind meinem Kopf längst vorausgeeilt; meine Gedanken können dem Körper nicht so schnell folgen. Auf dem Monitor zwischen den Gängen sehe ich, wie viel Kilometer die Maschine inzwischen zurückgelegt hat. Die Route wird durch ein kleines weißes Flugzeug angezeigt, das eine rote Linie über die Karte von Afrika zieht. Ein Strich führt von Johannesburg nach Lubumbashi, genau dort, wo der Kongo Sambia einen Tritt versetzt. Ich starre auf den

Bildschirm. Nicht *wir* bewegen uns, sondern die Welt. Das kleine Flugzeug hängt bewegungslos in der Mitte des Monitors, während die Erde darunter langsam nach unten sinkt. Wie der Abspann eines Films. Die Erdbewegungen scheinen sich an unsere Reise anzupassen. Heute dreht sich der Westen nicht nach Osten, sondern der Norden kriecht gen Süden. Es ist, als hätte sich der Äquator wie durch ein Wunder um neunzig Grad gedreht und würde jetzt vom Nord- zum Südpol verlaufen.

Lubumbashi wird vermutlich schon immer so geheißen haben. Aber das Land, in dem es liegt, die Demokratische Republik Kongo, hieß vor noch nicht allzu langer Zeit Zaire. Damals forschte mein Pa eine Zeit lang über das *Ceratotherium simum cottoni*, eine inzwischen ausgestorbene Nashornart. Gestern Abend hat mir mein Vater kurz davon erzählt. In letzter Minute hat er mich angerufen. Er wusste, in welchem Hotel ich die Nacht verbringe. Ein Gespräch entwickelte sich, wie es nur Pa und ich führen können. Ein Gespräch voller Fachchinesisch, Abrakadabra und Simsalabim.

»Du weißt, dass ich das nicht mehr so genau verfolge«, sagte er gefasst. »Dass ich keine Fachzeitschriften mehr lese. Ich beschäftige mich nur noch mit Vögeln.« Ich konnte hören, dass er bereits getrunken hatte. Seine Sätze klangen holprig, und die Worte verschwammen miteinander. »Aber jetzt, wo jeder seiner Wege geht, will ich Bescheid wissen. Sag mir bitte die Wahrheit. Gelogen wird bei uns genug. Los, sag schon, wie schlimm steht es um *Rhinoceros sondaicus*?«

»Das letzte Mal wurde es 1978 gesichtet, Papa, in Ujung Kulon.«

»Tatsächlich? Ach, das musste ja so kommen! Und *Didermoceros sumatrensis*?«

»Das letzte Exemplar in freier Wildbahn wurde in Myanmar gesichtet, aber auch das ist schon wieder Jahre her, Papa. Das in Cincinnati ist letztes Jahr gestorben. Es gilt jetzt als unmittelbar vom Aussterben bedroht, aber laut einem soeben veröffentlichten Paper von Talukdar und Mathews ist das reines Wunschdenken. Wenn sich jemand auskennt, dann sie.«

»Und *Dicernos bicornis*?«

»Ausgestorben.«

»*Rhinoceros unicornis*?«

»Ebenfalls ausgestorben, Papa. In Kaziranga hat es bis 2007 überlebt. Danach verliert sich seine Spur.«

»Das heißt, es ist nur noch *Ceratotherium simum* übrig?«

»Ja, Papa, aber nicht mehr in Afrika. *Simum cottoni* ist in den letzten Jahren ausgestorben, während von *Simum simum* nur noch siebzehn Tiere in Gefangenschaft leben.«

Pa seufzte laut in den Hörer. Nach einer gefühlten Ewigkeit fasste er seine vielen Fragen wie folgt zusammen: »Dann hat es auch im iMfolozi nicht geklappt.« Das klang wie ein Vorwurf, auch wenn er es nicht so meinte.

»Nein, Papa«, flüsterte ich. »Selbst wir haben es nicht geschafft.« Das lässt sich leider nicht leugnen. In den letzten Jahren bin ich beinahe täglich auf Patrouille gegangen. Ich habe Fährten gesucht. Grasspuren, Kot. Dass ich das letzte lebende Exemplar gesehen habe, ist auch schon wieder anderthalb Jahre her. Danach bin ich nur noch auf Kadaver und Skelette gestoßen. Die Wilderer sind mir jedes Mal zuvorgekommen. Sie haben schließlich Helikopter, Nachtsichtgeräte, Wärmebildkameras. Sie verfügen über finanzielle Mittel, von denen wir nur träumen können. Mein einziger Trost ist der, dass ich wahrscheinlich dabei war, als das Allerletzte starb. Dass einer der drei Schüsse, die Heidrick und ich hörten, das letzte wild lebende *Ceratotherium simum simum* getroffen hat. Ich kann nur hoffen, dass ich dabei war. Dass ich trotz allem wenigstens in der Nähe war. Und dass mich nur eine private Tragödie daran gehindert hat, meinen Beitrag zur Rettung einer Tierart zu leisten.

»Dann ist also alles umsonst gewesen.«

»Nein, Papa, das kannst du so nicht sagen.«

Aus meiner Tasche im Gepäckfach hole ich die Mappe mit den Unterlagen, die Edo Morell mir geschickt hat. *Vertraulich* steht auf der ersten Seite eines dicken Dokuments. *Concept Masterplan.* Morell ist ein Mann mit Visionen. Sein Zoo soll groß rauskommen, und damit auch die Tiere, wie er eifrig hinterherschickt. Was ich genau von ihm halten soll, weiß ich noch nicht. Er ist der Typ Mann, mit dem ich normalerweise nicht viel anfangen kann: hip und modisch, ein großsprecherischer Angeber. »Aus meiner Sicht sind wir völlig einer Meinung«, ruft er, sobald jemand einen Einwand hat. Ich betrachte den Grundriss des Zoos und vergleiche ihn mit den Skizzen des Masterplans. Der Zoo liegt mitten in der Stadt, umgeben von Grachten und Ausfallstraßen. Tiere haben dort eigentlich nichts zu suchen. »Das stimmt«, hatte Morell darauf erwidert, »aber an einem Tierpark ist *nie* was natürlich. Alles ist künstlich. Mit der Wirklichkeit hat das nur wenig zu tun. Aber das ist ein großes Geheimnis, Sariah. Du musst mir versprechen, es für dich zu behalten!« Und an diesem Geheimnis werde ich jetzt mitwirken. »Wenn du Dickhäuter retten willst, wirst du das bei uns tun müssen«, sagte er. »In Europa, in Amerika.« Und genau das hat meinen Pa so unglaublich verbittert: Dass ich, seine einzige Tochter, ausgerechnet nach Amsterdam ziehen muss, um sein afrikanisches Lebenswerk fortzusetzen. Falls es dafür nicht längst zu spät ist.

Wir sind inzwischen seit mehr als sechs Stunden in der Luft. Auf dem Monitor hat die rote Linie Afrika südlich der Sahara fein säuberlich in zwei Hälften geteilt. In der Verlängerung meiner ausgestreckten Füße müsste sich die Sahelzone befinden. Daran schließt sich die Sahara an, die erbarmungslose Wüste. Aber in elf Kilometern Höhe müssen wir uns darüber keine Sorgen machen. Ich entscheide mich für einen kurzen Dokumentarfilm über Amsterdam. Nach einer Einführung zu Van Gogh und Anne Frank sehe ich Bilder von Grachten und Parks. Rembrandt und Vermeer im Rijksmuseum. Mit der Hermitage an der Amstel und dem Schifffahrtmuseum klingt die touristische Lobeshymne aus. Vom Zoo sieht man nichts, ein wichtiger Publikumsmagnet ist er offensichtlich nicht. Laut dem letzten Jahresbericht strömen jährlich eine Million Besucher durch seine Tore. Oder *Kunden*, wie Edo sie hartnäckig nennt. Laut dem Masterplan sollen es in den nächsten Jahren mindestens fünfzig Prozent mehr werden. Edo hofft, langfristig drei Millionen Kunden im Jahr begrüßen zu können. Aber auch das sei ein großes Geheimnis, so Edo. Ohne umfangreiche Eingriffe in den Tierbestand, das Personal und die gesamte Infrastruktur sei das nicht zu schaffen. »Wusstest du, dass weltweit mehr als sechshundert Millionen Menschen einen Zoo besuchen? Sechshundert Millionen!«, rief er aufgeregt. »Da ist es doch nur realistisch anzunehmen, dass ein halbes Prozent bei uns landen wird. Und genau dafür brauchen wir dich, Sariah.« So war unser Gespräch in Valencia verlaufen, am Rande der alle zwei Jahre stattfindenden Dickhäuter-Konferenz, an der er aus irgendeinem Grund teilnahm. Das hatte uns alle erstaunt – uns kleines Grüppchen Pachydermisten. Bei Tierparkdirektoren ist unsere Konferenz noch nie sehr populär gewesen. In den darauf folgenden Skype-

Gesprächen dämmerte mir langsam, dass Morell mir einen umfassenden Plan für die Zukunft seines Zoos erläuterte. Es war eine ehrgeizige Vision, die ich von Gespräch zu Gespräch attraktiver fand. Trotzdem hatte ich so meine Zweifel. Mit Wildnis hat ein Tierpark nur wenig zu tun. Meine Dickhäuter im iMfolozi hatten immerhin hunderttausend Hektar zur Verfügung. Ihre Artgenossen in Amsterdam müssen sich die bescheidenen vierzehn Hektar mit Tausenden von anderen Tieren teilen. Aber Morell hatte mich neugierig gemacht. Er ließ nicht so schnell locker. Seine Worte galten eindeutig mir. In seinen Augen bin ich eine echte »Afrikaanse«. Dass ich auch Niederländisch spreche, ist für ihn ein klares Zeichen, dass ich nach Amsterdam kommen muss. Afrikaans, Niederländisch – was macht das schon für einen Unterschied? Vielleicht ist Identität eher was für Männer. Für Männer wie Morell oder meinen Pa. Mich hat das noch nie sonderlich interessiert. In Afrika bin ich eine aus Europa. In Europa werde ich Afrikanerin sein. Aus meiner Sicht sind das alles künstliche Schubladen, in die ich wegen meiner komplizierten Herkunft sowieso nie richtig passen werde. Afrika. Europa. Mir wird klar, dass man mir im Ernstfall beides übel nehmen wird.

Letztlich gab es nicht viel zu überlegen, und es ist nicht nur der Albtraum, der mich gehen lässt. In Kwa-Zulu-Natal hatte meine Arbeit keine Zukunft. Forschungsgruppen wurden aufgelöst, Antiwilderer-Einheiten abgeschafft. Ein verschwundenes Tier lässt sich schließlich nicht mehr groß erforschen, geschweige denn beschützen. In einem Anfall von geistiger Verwirrung habe ich kurz überlegt, mich den Elefanten zu widmen. Die gibt es schließlich noch im Überfluss. Aber ich halte es für sinnvoller, den letzten Exemplaren von *Ceratotherium simum* zu folgen, von Afrika nach Nordeuropa.

Ich will einfach mit dabei sein. Es begleiten. In seinem Schatten stehen. Das ist mein Habitat. So wie ich in der Nähe war, als das letzte wild lebende Nashorn getötet wurde, möchte ich auch dort mit dabei sein, wenn alles schiefgehen sollte und auch noch das letzte Nashorn auf Erden seinen letzten Atemzug tut. Ich höre auf mein Herz, ich kann nicht anders – dafür fühle ich mich diesem Tier viel zu sehr verbunden. Ich kann es unmöglich einfach seinem Schicksal überlassen. Das Nashorn und ich – solange es noch geht, sind wir unzertrennlich. Wenn es sein muss, sogar in Amsterdam.

Wir verlassen Afrika, als das Abendessen ausgegeben wird. Jenseits des Fensters kann ich einen Zipfel vom Mittelmeer sehen. Dort liegt es wie eine blaue Friedensmacht zwischen Feinden – eine nasse Wand, die meine beiden Kontinente bereits seit Millionen von Jahren fein säuberlich voneinander trennt. Huhn mit Reis. Eine Flasche Boschendal. Als die Crew die Tabletts wieder abräumt, steht unsere Maschine erneut eine Weile in der Luft. Von nun an sind alle Länder winzig klein und die Entfernungen kurz. In einem wilden Ritt geht Italien in die Schweiz über, die Schweiz in Deutschland und schließlich in dieses unbekannte kleine Land meiner Mutter am Meer.

3

Wenn ich etwas wirklich gut kann, dann eine Sitzung leiten. Dazu hatte ich während meiner Zeit im öffentlichen Dienst wahrhaftig genug Gelegenheit – manchmal sogar vier bis fünf Mal am Tag. Selbst jetzt, wo ich mich aus der aktiven Politik zurückgezogen habe, vergeht keine Woche, in der ich nicht irgendeine Besprechung leite. In unzähligen Sitzungen habe ich am eigenen Leib erlebt, dass solche Zusammenkünfte in der Regel wenig spannend sind. Doch diesmal könnte es anders kommen, das Treffen heute Nachmittag könnte die berühmte Ausnahme von der Regel sein. Schon gestern hatte ich Edo am Apparat, weil er versprochen hatte, die wichtigsten Punkte seines Masterplans noch vor der Vorstandssitzung mit mir am Telefon durchzugehen.

»Ab morgen erzählen wir eine ganz neue Geschichte«, sagte er mit der für ihn typischen Begeisterung. »Wir werden den Zoo in eine vielstimmige Realität verwandeln, die sich immer wieder neu interpretieren lässt. Was wir brauchen, ist ein Märchen von Mensch und Tier.«

Die Sitzung beginnt mit den üblichen, langweiligen Formalitäten: Protokoll gegenlesen (auf Seite sechs fehlt ein Satz), neu eingegangene Unterlagen besprechen (eine Nachbarschaftsklage wegen Lärmbelästigung) und einzelne Mitglieder wiederwählen (darunter auch mich). Ich mache Tempo, damit Edo möglichst viel Zeit hat, den Vorstandsmitgliedern seine Pläne vorzustellen. Während Edo seine Power-Point-

Datei aufruft, reibe ich mir kurz die Augen: Ich freue mich schon auf seine Geschichte.

Denn mit Geschichten kenne ich mich aus, wenn auch nicht mit erfundenen: Sie zu erstellen und zurechtzubiegen war jahrelang mein Job. Das Wichtigste ist ein schneller Einstieg, man muss dafür sorgen, dass die Handlung gleich in Schwung kommt. Ich lege also am besten sofort los: Ich heiße Frank Rida, und es ist jetzt tatsächlich an mir, die Katakomben der menschlichen Einbildungskraft zu bevölkern, empfängliche Geister darum zu bitten, Gestalt annehmen zu dürfen. Was mich auszeichnet, ist, dass ich offen und geradeheraus bin – stets bereit, mit der Tür ins Haus zu fallen. Ich werde mich also kurz fassen; so wie ein Lebenslauf, der nur eine Seite lang sein darf.

Ich habe in Leiden Kunstgeschichte studiert und 1965 an der Universität von Amsterdam über Albrecht Dürer promoviert. Damals war ich dreißig und hatte von Kunst und Leben nicht die geringste Ahnung, was für einen Dreißigjährigen völlig normal ist. Ohne den einen genialen Einfall, den ich mit flotter Feder zu Papier brachte, hätte ich es nie zum Doktor der Geisteswissenschaften gebracht. Eine akademische Laufbahn war für mich nicht drin, dafür wurde ich aus marxistischer Sicht für zu leicht befunden. Nachdem ich einige Monate als Auktionator gearbeitet hatte, wechselte ich 1966 in die Politik. Ich wurde Mitglied bei den damals gerade erst gegründeten Liberalen, kam als Stadtrat für Bau- und Wohnungswesen in den Magistrat und bei den Wahlen 1971 als Abgeordneter nach Den Haag. Dann ging alles ganz schnell: Keine zwei Jahre später gehörte ich als Staatssekretär für Kultur zur ersten Den-Uyl-Regierung und setzte meine politische Karriere als überzeugter Europäer in Brüssel und Straßburg fort. Erst 1994 kehrte ich nach Den Haag zurück, als man mich bat, Minister für Landwirtschaft und Umweltschutz zu werden – ein Amt, das ich ebenso erstaunt wie erfreut annahm. Vier Jahre später verabschiedete ich mich aus der aktiven Politik, und seitdem verbringe ich meine Tage als gefragtes Mitglied von Ausschüssen und Vorständen. So kommt es, dass ich zum Beratungsausschuss des niederländisch-chinesischen Freundschaftsvereins gehöre, der es sich zur Aufgabe gemacht hat, die kulturellen Beziehungen zwischen den beiden Ländern zu fördern, und außerdem Zoovorstand bin. Letzteres ist mir das Liebste, nicht zuletzt, weil es indirekt viel mit meiner Doktorarbeit zu tun hat.

So, eine Seite, wie versprochen.

Edo hat inzwischen das Wort ergriffen. Schlüssig präsentiert er zunächst die machbarsten Teile seines Masterplans und behält die problematischeren, so wie gestern besprochen, erst einmal für sich. Nervosität scheint ihm fremd zu sein, auch wenn er alle paar Minuten Zeige- und Mittelfinger an die Nase legt, als wollte er sich davon überzeugen, dass sein Riechorgan immer noch da ist, oder kontrollieren, ob es gewachsen ist. Nachdem er die Ist-Situation kurz skizziert hat, einschließlich der krisenbedingten sinkenden Mitglieder- und Besucherzahlen, weist er auf die Schwächen unseres Tierparks hin, und ich muss sagen, dass er das sehr überzeugend macht.

Viel zu lang haben wir uns als Sehenswürdigkeit betrachtet, so Edo, als kulturelles Erbe, das in erster Linie erhalten werden muss, und zwar genauso, wie es ist. Natürlich nicht ganz zu Unrecht – unser Zoo ist schließlich *auch* ein historisches Denkmal. Aber laut Edo genügt das in der heutigen

Kulturlandschaft nicht mehr, in der immer mehr Einrichtungen mit immer weniger öffentlichen Mitteln zurechtkommen müssen. »Wenn wir so weitermachen«, verkündet er selbstbewusst, »gebe ich uns noch ungefähr zehn Jahre. Man muss kein Hellseher sein, um zu wissen, was dann kommt: Die Besucherzahlen und Fördergelder werden weiter sinken, bis der Zoo irgendwann nur noch ein nostalgischer Klotz am Bein der Stadt ist. Und dann kommt eines Tages ein Projektentwickler, der dem Magistrat in den schönsten Farben schildert, wie viel Geld sich mit diesem Stück Grund verdienen lässt. Vierzehn Hektar in der schweineteuren Innenstadt – das geht schnell in die Milliarden.« In solchen Momenten muss er aufpassen, nicht zu überheblich zu klingen. Edo, Edo, diesen arroganten Ton hast du doch gar nicht nötig! Die Grenzen zwischen Selbstbewusstsein und Selbstgefälligkeit sind fließend, und manchmal beschleicht mich das Gefühl, dass Edo dieses Grenzgebiet nicht ganz überblickt.

Er trinkt einen Schluck Wasser und lässt seine Worte auf die Zuhörer wirken. Dann legt er erst richtig los, seine Augen beginnen zu glänzen, und er entfaltet seine Vision. *Branding*, genau darum gehe es heutzutage, unser Zoo sei eine Marke, die stärker im Markt verankert werden müsse. Und dafür müssten wir eine kommerzielle Strategie entwickeln, so Edo, uns von Marketingleuten und Unternehmern beraten lassen. »Die Zeiten gut gemeinter Zoologie und detailversessener Liebhaberei sind endgültig vorbei. Von nun an verkaufen wir ein Produkt, wir handeln mit Erlebnissen, vermarkten Erfahrungen. Nicht das Tier, sondern der Kunde steht im Mittelpunkt. Denn bei einem Zoo …« – er macht eine dramatische Pause, um anzukündigen, dass gleich etwas kommt, das alle Ausführungen zusammenfasst, und legt die Finger an die

Nase –, »…bei einem Zoo geht es schließlich nicht um *sie*, sondern um uns. Nicht um die Tiere, sondern um die *Menschen*.« Sieben bestürzte Augenpaare starren ihn an, und dem einen oder anderen fällt die Kinnlade herunter: Soeben wurde die Revolution ausgerufen. Doch niemand scheint zu protestieren, niemand verlangt, dass gemäßigtere Töne angeschlagen werden. Wir starren ausnahmslos auf die Leinwand, auf die Statistiken vor unserer Nase, und begreifen stumm, dass wir keine Wahl haben. Edo ist unser Mann – wenn jemand den Zoo retten kann, dann er.

Der gebrechliche Rosenthal nickt, erst langsam und bedächtig, dann immer schneller. Er lächelt. Damit ist die Sache erledigt, das angesehenste Vorstandsmitglied hat Edo seinen Segen gegeben. Der nimmt das zum Anlass, seine Argumentation fortzusetzen und uns die Prinzipien strategischen Managements nahezubringen. Und ich muss gestehen, dass ich als Politiker a.D. extrem beeindruckt von seiner Sachkenntnis, seiner Überzeugungskraft und seiner Ausstrahlung bin. Edo schlägt einen fast lyrischen Ton an, seine Worte tanzen durch den Raum. Er schaut zu seiner Assistentin hinüber, sagt kurz ihren Namen – »Sofie?« –, woraufhin auf der Leinwand ein Raster aus Linien und Farben erscheint, das er »Wachstumsmatrix« nennt. Es folgt eine flammende Rede über Marktentwicklung und Produktinnovation, über das Steigern unserer Branchenanteile und das Maximieren der Nischenvorteile. Mit anderen Worten, wir müssen unseren Tierbestand mit Hilfe von klar erkennbaren Konzepten an den Mann bringen. In den Niederlanden gehen jährlich sechs Millionen Menschen in den Zoo, so Edo, und durch eine zielgerichtete Marktpenetration (Kichern im Saal) könnten wir unseren Anteil erheblich steigern. Aber Penetration allein ist nicht genug, fährt er fort. Wenn wir auch in Zukunft ganz oben mitmischen und größere Gruppen von Neukunden gewinnen wollen, müssen wir unser Produktvolumen außerdem durch Diversifikation erhöhen.

»Diversifikation?«, murmelt jemand. »Bei solchen Begriffen steige ich aus, Edo.«

»Und was meinst du bitte schön mit Produktvolumen?«, fragt Rosenthal.

»Unseren Tierbestand, nehme ich an?« Das kommt von mir, damit Edo erneut loslegen kann.

»Ganz genau, Frank. Damit meine ich, dass wir nicht nur neue Tiere anbieten müssen – Tiere, die wir im Moment noch nicht haben –, sondern auch den Tierbestand intensivieren sollten. Zum Beispiel, indem wir mehr Exemplare einer bestimmten Art anschaffen. Außerdem müssen wir unsere Arten generell besser vermarkten, indem wir manche Tiere mehr in den Vordergrund rücken. Irgendwann geht es um die Frage, welche Geschichte wir eigentlich genau erzählen wollen. Warum haben wir eigentlich Europäische Waldbisons?«, überlegt Edo laut. »›Na ja‹, könnte ein Pfleger sagen, ›die sind doch wirklich was Besonderes.‹ Oder aber: ›Ach, die Wisents, die haben wir doch schon so lange!‹ Aber das genügt natürlich nicht. Der Zoo muss zum Themenpark werden.«

Dann schlägt Edo vor, den Tierpark nach klar erkennbaren Konzepten umzustrukturieren.

»Wie stellst du dir das vor?«, frage ich in der Hoffnung, dass er den roten Faden nicht verliert.

»Wildes Europa. Der Ozean. Afrika. Die Polarwelt. Amerika. Themen mit Wiedererkennungswert. Der Kunde weiß, was ihn dort erwartet, wird aber von dem, was er zu sehen bekommt, dennoch überrascht. Ich stelle mir vor, dass wir das auf eine zwanglose, persönliche Art umsetzen. Afrika, zum Beispiel, wird kein mysteriöser, dunkler, undurchdringlicher Kontinent sein, sondern eine sympathische Figur, die man persönlich kennenlernen kann. Dadurch wird das Naturerlebnis individualisiert. Wir wollen, dass eine vierköpfige Familie, die gemeinsam den Zoo besucht, mit vier vollkommen individuellen Erfahrungen wieder nach Hause geht. Das sorgt für jede Menge Gesprächsstoff auf der Heimfahrt in Auto oder Zug, für einen Grund wiederzukommen. Sofie?«

Auf der Leinwand erscheint eine Grafik vom neu strukturierten rechteckigen Zoo. Die meisten Gebäude sind stehen geblieben, an einem Denkmal darf schließlich nichts verändert werden. Aber um sie herum, neben, ja manchmal sogar über ihnen sind neue Strukturen entstanden, die den Besucher ganz nah an die Tiere heranführen. Große, grob skizzierte Kreise geben an, wo die einzelnen Themenbereiche liegen sollen. Jeder verfügt über eine lebendige Mitte, eine Möglichkeit, sich zu entspannen, oder einen Kinderspielplatz.

»Kommst du mit nach Afrika?«, sagt Edo, »das will ich von den Kindern hören.« Mit schalkhaftem Blick sagt er in kindlichem Tonfall: »Kommst du mit nach Afrika? – Aber das ist doch viel zu weit weg? – Quatsch, du Idiot, bis Afrika ist es gar nicht so weit. Es ist direkt um die Ecke, hinter der Brücke.«

»Wie ich sehe, soll der Parkplatz weg?«, fragt Rosenthal, der schon vorgeblättert hat.

»Der wird unter die Erde verlegt. Das kostet achtundzwanzig Millionen, bringt aber durchaus Vorteile: Wir bekommen fast zwei Hektar dazu.«

Stille kehrt ein. Die Vorstandsmitglieder lassen die Fakten auf sich wirken, müssen die enorme Tragweite dieser Vorschläge erst mal verdauen. Dann kommt die Frage, die jeder hätte stellen können: »Und, was soll das alles kosten?«

»Ach«, murmelt Edo. »Das lässt sich nicht so leicht beziffern. Außerdem können wir das Geld nach und nach beschaffen. Aber so grob über den Daumen gepeilt, um die hundertzwanzig Millionen Euro.«

»Und wenn wir das Geld nicht bekommen?«

»Dann werfe ich mich den Löwen höchstpersönlich zum Fraß vor!«

Ein guter Typ, dieser Edo Morell, ein Mann der zweiten Kategorie, wie ich immer so schön sage. Ich will auch gerne erklären, warum: Leute, die schon in jungen Jahren Großes geleistet haben – sei es nun auf sportlichem, wissenschaftlichem oder kreativem Gebiet –, lassen sich meiner Meinung nach in zwei Kategorien einteilen: in diejenigen, die eher rückwärtsgewandt sind und sich in ihrem Ruhm sonnen, der natürlich mit der Zeit verblasst. Und in diejenigen, die auf ihrer großen Leistung aufbauen, sie als Sprungbrett für neue Höchstleistungen nutzen. Es sind die Menschen der zweiten Kategorie, die einen bleibenden Eindruck hinterlassen und das meiste aus ihrer Begabung herausholen, und wie ich inzwischen weiß, ist Edo aus diesem Holz geschnitzt. Leider ist es so, dass ich eher zur rückwärtsgewandten Kategorie gehöre, und ich will das auch gar nicht beschönigen. In jedem Gespräch über mein Leben komme ich immer wieder auf diese Doktorarbeit zurück, die ich beinahe zur Gänze in der theologischen Biblioteca Rosenthaliana in Amsterdam geschrieben habe. Nicht dass meine Forschungen irgendetwas mit Theologie zu tun gehabt hätten, zumindest nicht direkt.

Nein, es zog mich wegen der himmlischen Ruhe dorthin, und weil ich es liebte, meine Tage zwischen ledergebundenen Bänden aus dem 18. Jahrhundert zu verbringen. Dort vertiefte ich mein Wissen, recherchierte, las und schrieb und brachte die Kunstgeschichte einen bescheidenen Schritt weiter. Das genügte, um meine Forschungen vor mir selbst zu rechtfertigen, und ich erlaubte mir, die Jahre in den Bibliotheken und Archiven als Jahre vollkommenen Glücks zu betrachten. Jahre, die ich etwas widmete, das ich für sinnvoll hielt. Und genau dieses Glücksgefühl muss erheblich zum Erfolg meiner Doktorarbeit beigetragen haben, sodass ich kaum überrascht war, als ich cum laude promoviert wurde. Im Vergleich dazu verlief der Rest meines Lebens eher bescheiden. Alles, was danach kam, konnte an die glücklichen Jahre meiner Promotion nicht im Entferntesten heranreichen. Die Dissertation galt als bahnbrechend, und ich darf nicht ohne Stolz vermelden, dass sie ein halbes Jahrhundert später immer noch von Fachkollegen gelesen *und* zitiert wird. Damals war ich glücklicher als heute, von ein paar wenigen Ausnahmen einmal abgesehen.

Über Edos Angebot, sich den Löwen zum Fraß vorzuwerfen, wird lauthals gelacht. »Das ist natürlich eine berechtigte Frage«, fährt er ernst fort. »Doch dieser Masterplan hat den Vorteil, dass er sich schrittweise umsetzen lässt. Wir beginnen mit Afrika«, sagt er triumphierend, »und für den Teilplan Afrika, einschließlich *Tembo Returns*, brauche ich einundzwanzig Millionen Euro. Hinzu kommen die achtundzwanzig für die Tiefgarage. Genaueres finden Sie auf Seite vier, einschließlich einer groben Überschlagsrechnung, wie wir diesen Betrag aufbringen können. Stille Reserven, private Spenden, Geld aus diversen Fonds, europäische Fördermittel – es kommt also aus verschiedenen Quellen. Ich muss Sie nun fragen, ob Sie die erste Phase meines Plans genehmigen. Ich gehe davon aus, dass eine erfolgreiche Umsetzung des Teilplans ›Afrika‹ für neuen Schwung sorgt, der neue Fördergelder anlockt. Wir haben bereits Profile von zig potenziellen Sponsoren erstellt, aber die meisten Gönner werden erst mal Umstrukturierungsmaßnahmen sehen wollen, bevor sie einen Scheck ausstellen – so funktioniert das nun mal. In einen kriselnden Zoo wird bestimmt kein Mäzen investieren.«

Jeder nickt, im Saal scheint Einigkeit zu herrschen. Edo schaut noch einmal kurz zu Sofie hinüber, die ihm mit hochgezogenen Brauen signalisiert, dass sie die Stimmen gezählt hat.

»Muss der Zoo geschlossen werden?«, fragt schließlich jemand.

Edo schüttelt den Kopf. »Auf gar keinen Fall! Der Laden bleibt während des Umbaus ganz normal geöffnet, der Verkauf geht ohne jede Einschränkung weiter.«

Ich sitze inzwischen seit zwölf Jahren im Vorstand, davon vier als Vorstandsvorsitzender. In dieser Zeit habe ich schon drei Zoodirektoren miterlebt, die alle einen Strategieplan vorgelegt haben, aber noch nie wurde anschließend applaudiert, ja fast gejubelt. Die Rentnertruppe, aus der unser Vorstand besteht, reagiert in der Regel eher verhalten, ein freundliches Nicken ist meist das Höchste der Gefühle. Edo hat eindeutig etwas geschafft, etwas Außerordentliches, das im Grunde lächerlich einfach ist, wenn man genauer darüber nachdenkt: Er hat eine ehrgeizige, aber machbare Vision präsentiert, ein Zukunftsszenario skizziert, das sich, wenn alles gut geht, durchaus realisieren lässt. Eigentlich hat er uns eine Geschichte aufgetischt, eine neue Melodie, die die alte Leier von Rückwärtsgewandtheit und Krise ein für allemal hinweggefegt hat. Damit hat er auch seine Position gestärkt, denn er ist derjenige, der dies alles umsetzen muss. Unsere Zukunft liegt in seiner Hand.

Und ich? Ich mag zwar ein alter Mann sein, bin aber noch voll funktionsfähig. Ich nehme drei Mal täglich eine Handvoll Pillen, gehe einmal im Vierteljahr zum Kardiologen, achte auf meine Ernährung und versuche, nicht zu viel zu trinken. Trotzdem oder gerade *deswegen* bin ich noch erstaunlich fit. Deshalb hoffe ich auch, so lange wie möglich meinen bescheidenen Beitrag leisten zu können, aus nächster Nähe miterleben zu dürfen, wie der neue Zoo nach und nach Gestalt annimmt, ein frischeres, moderneres Gewand bekommt und die Kassen wieder klingeln. Mit anderen Worten, ich bin noch lange nicht am Ende und freue mich darauf, in den nächsten Jahren zu sehen, wie Edo Morelll Neuland betreten und versuchen wird, die vor ihm liegende Aufgabe zu erfüllen. Denn wenn das einer schafft, dann er. Auch auf die Gefahr hin, dass ich mich wiederhole, muss ich noch eines loswerden: Ich habe selbst keine Kinder, dafür war mein Liebesleben dann doch zu chaotisch – eine bloße Aneinanderreihung unverbindlicher Affären. Aber in den zwei Jahren, die ich Edo inzwischen kenne, betrachte ich ihn zunehmend als meinen Sohn. Nichts würde mich mehr freuen, als mitzuerleben, wie er Erfolg hat – wohl wissend, dass damit auch der Erhalt des Tierparks gesichert wäre.

Die Sitzung ist vorbei, sämtliche Vorstandsmitglieder sind inzwischen nach Hause gegangen. Nur ich bin noch geblieben und starre auf die Geier jenseits der Scheibe. Der Sitzungssaal im Obergeschoss des Bürogebäudes »Die Hoffnung« befindet sich mitten im Zoo und bietet eine atemberaubende Aussicht, was mir bei jeder Besprechung erneut bewusst wird. Raubvögel, Giraffen, Elefanten und weiter hinten die Wildhunde und Eulen. Edo hat seinen Laptop verstaut und das Kabel aufgerollt. Gemeinsam gehen wir die Treppe hinunter.

»Komm doch noch mit, was trinken«, sagt er. »Jetzt ist Feierabend, und ich habe eine gute Flasche kalt gestellt.«

Während die schwere grüne Tür hinter uns zufällt, passieren wir auf dem Weg zu ihm nach Hause den Zen-Teich. »Diese Pendelei ist doch ganz schön anstrengend«, witzelt Edo. Er hebt eine verbeulte Cola-Dose auf und wirft sie in einen Abfalleimer, wobei er streng »Papier hier!« murmelt. Er wirkt ausgelassen, ja wie befreit, so als wäre ihm eine schwere Last von den Schultern gefallen. Das ist auch nicht weiter verwunderlich: Er hat das revolutionärste, ja radikalste Erneuerungskonzept in der Geschichte des Zoos vorgestellt.

Zu Hause macht er eine Flasche Pinotage auf, und als ich auf dem lederbezogenen Zweiersofa im Wohnzimmer Platz nehme, lässt er sich so schwer in den kleinen Sessel am Fenster fallen, dass es staubt. Seit er hier vor zwei Jahren eingezogen ist, hat er sich nur notdürftig eingerichtet, eigentlich hat er bloß irgendwelche Möbel zusammengewürfelt. In der Ecke stehen noch unausgepackte Kartons und Bilder in Blisterfolie. Es ist das Wohnzimmer eines Junggesellen oder, wie in seinem Fall, das eines Geschiedenen. Inneneinrichtung ist eindeutig nichts, was ihn interessiert. »Ich bin zum Arbeiten hier und nicht zum Wohnen«, sagte er, als ich mal eine entsprechende Bemerkung fallen ließ.

Während er uns zwei Gläser einschenkt, beglückwünsche ich ihn zur gelungenen Präsentation. »Ich bin stolz auf dich, Edo«, sage ich und merke, wie sentimental das klingt.

Edo sieht mich überrascht an, meine Worte scheinen ihn

zu rühren. »Und ich bin stolz auf dich!« Wir heben die Gläser. »Jetzt müssen wir den Plan nur noch umsetzen«, sagt er grinsend.

»Ach«, erwidere ich lachend. »Wie viel brauchen wir noch gleich? Hundertzwanzig Millionen?«

»Peanuts!«, ruft Edo und nimmt einen Schluck. »Das ist doch bloß Kleingeld!« Wieder heben wir die Gläser.

Er mustert mich ernst. Bestimmt will er mich jetzt ins Kleingedruckte seines Masterplans einweihen. »Ich hoffe nur, der Vorstand hat verstanden, wie einschneidend die Änderungen sind«, hebt er an. »Der ganze Tierpark muss umstrukturiert werden. Nicht nur die Landschaft, sondern auch das Personal. Für den Teilplan ›Afrika‹ müssen wir uns unbedingt Fachkompetenz holen – jemanden, der sich mit Verhaltensforschung, Ernährung, dem Habitat und so weiter auskennt.«

»Dafür willst du jemanden einstellen?«

»Einen Afrika-Manager – eine bessere Bezeichnung fällt mir gerade nicht ein.«

»Und, hast du schon jemanden im Auge?« Noch bevor ich die Frage ausgesprochen habe, kenne ich die Antwort bereits. »Natürlich hast du schon jemanden im Auge«, murmle ich.

Er lacht und sagt: »Sariah Malan. Sie hat bis vor Kurzem Dickhäuter im iMfolozi, einem riesigen Naturschutzgebiet in Südafrika, erforscht.«

»Spricht sie Niederländisch?«

»Fließend. Es klingt vielleicht manchmal ein bisschen exotisch, aber im Grunde ziemlich sexy. Ihre Mutter war von hier. Wenn irgendjemand unsere Afrika-Geschichte verkaufen kann, dann sie!«

»Lad sie doch zu einem Vorstellungsgespräch ein. Überzeug dich von ihren Qualifikationen, ihren Referenzen.«

»Alles längst erledigt, Frank. Ich hab sie bereits eingestellt. Und weißt du was?« Edo schaut auf die Uhr. »Ihr Flugzeug landet in einer Stunde in Schiphol. Ich muss also gleich los, hab versprochen, sie abzuholen.«

4

Während ich die gelandeten Passagiere, die grüppchenweise am Gepäckband warten, durch die Glasscheibe in der Ankunftshalle mustere und nach Sariah Malan Ausschau halte beziehungsweise nach dem Bild, das ich mir von ihr gemacht habe – Mitte dreißig, goldblondes Haar, ernster Blick –, höre ich eine leise, heisere Stimme: »Edo?«

Kurz schauen wir uns an, dann wird meine Aufmerksamkeit gleich von dem Kofferberg auf ihrem Gepäckwagen gefangen genommen. »Sariah!«

Mein Blick ist ihr nicht entgangen. »Das ist eine ganze Menge, ja. Aber ich ziehe schließlich nicht jeden Tag um.« Die Erschöpfung steht ihr ins Gesicht geschrieben, und sie sieht aus, als hätte sie erst vor Kurzem geweint. Wir geben uns die Hand, das ist vielleicht ein wenig höflich-distanziert, aber ich kann schlecht beurteilen, ob sie jetzt schon von mir geküsst werden will. Zumal ich weiß, wie schnell es zwischen küssenden Fremden zu Missverständnissen kommen kann – vor allem, wenn der eine Niederländer ist und der andere Ausländer: einmal, zweimal oder dreimal küssen, zuerst auf die linke oder auf die rechte Wange? Wenn Kulturen aufeinanderprallen, dann auf unseren Wangen. Ihre Hand ist warm und feucht, meine vermutlich kalt und trocken. Wie magnetische Gegenpole greifen sie nacheinander, und ich warte auf den elektrischen Schlag, der aber nicht kommt.

»Ich hab dich erst gar nicht erkannt«, sagt sie und starrt

auf die Lesebrille, die ich tatsächlich noch auf der Nase habe.

»Lass mich das machen«, sage ich etwas verwirrt. In Ermangelung eines spontanen Gesprächsthemas stelle ich mich hinter den Gepäckwagen und schiebe ihr Hab und Gut langsam geradeaus. Schweigend passieren wir die Geschäfte in der Ankunftshalle und betreten das Rollband, das uns zur Tiefgarage bringt. »Wann warst du das letzte Mal in den Niederlanden?«, frage ich, in der Hoffnung, die doch reichlich angespannte Stille zu durchbrechen.

»Das ist schon lange her.«

»Hast du noch Verwandte hier?«

»Ja, ein paar.«

»Die freuen sich bestimmt, dich wiederzusehen?«

Sie zuckt die Achseln und läuft geistesabwesend neben ihrem Gepäck her, eine Hand auf der zuoberst liegenden, wackelnden Tasche. Sie scheint nicht viel von Small Talk zu halten, denke ich, und suche nach dem Platz, auf dem ich meinen alten Saab geparkt habe. Der Kofferraum ist viel zu klein, zwei Koffer und eine Reisetasche müssen auf die Rückbank – zum Glück passt alles gerade noch ins Auto.

»Für uns bist du ein Geschenk des Himmels«, sage ich, während ich den Wagen aus der Garage manövriere. »Eines aus heiterem Himmel, um genau zu sein, denn so gut wie niemand weiß, dass du unser Team verstärken wirst.«

»Warum denn nicht?«, fragt sie erstaunt.

»Deine Einstellung ist Teil des Masterplans – des Plans, den wir bereits besprochen haben. Aber dieser Plan ist erst heute Nachmittag vom Vorstand genehmigt worden.«

»Das war aber ganz schön riskant.« Ein Airbus der Lufthansa fliegt über unsere Köpfe hinweg. Sariah starrt aus dem

Fenster und kratzt sich am Knie. Im Westen geht langsam die Sonne unter, der Himmel heißt sie in Orange-Weiß-Blau willkommen.

»Riskant? So würde ich das eigentlich nicht nennen. Wie kommst du darauf?«

»Sie hätten deinen Plan auch ablehnen können.« Sie seufzt nervös, als würde ihr soeben klar, dass sie eine falsche Entscheidung getroffen hat. »Ich kenne diesen Vorstand zwar nicht, aber …«

»Aber ich: Nichts als alte Leute, manche von ihnen sind bereits weit über achtzig. Rosenthal zum Beispiel, der Senior des Teams. Der hat die letzten drei Eiszeiten noch am eigenen Leib erlebt und in Nordholland Säbelzahntiger rumlaufen sehen. Nur Frank Rida, den Vorsitzenden, kann man noch richtig begeistern. Du wirst Frank übrigens morgen kennenlernen, er wird sich dir bestimmt kurz vorstellen. Ein wirklich netter, zuvorkommender Mann – ein Politiker *und* Intellektueller, was in den Niederlanden äußerst selten ist.«

Sie lacht. Das erste Mal seit ihrer Ankunft lacht sie.

»Und um den Zoo ist es extrem schlecht bestellt. Was im Masterplan steht, ist kein bisschen gelogen, wir haben fünf bis zehn Jahre Zeit, das Ruder herumzureißen. Und das ist eine einmalige Chance. In schweren Zeiten wird schnell der Ruf nach einem Anführer laut, nach jemandem mit einer klaren Vision, der weiß, wie man es anders beziehungsweise besser machen kann.«

Sariah schaut zu mir herüber, kurz begegnen sich unsere Blicke. »Und dieser Erlöser bist du?«

»Ganz genau. Ich bin der Erlöser.«

Auf dem Ring ist für einen ganz normalen Abend unter der Woche erstaunlich wenig los, und auch in der Stadt herrscht relativ wenig Verkehr. Kurz darauf erreichen wir den Zoo über die Brücke fürs Personal am Entrepotdok. Ich öffne und schließe das Tor und fahre am Futterlager und der Quarantänestation vorbei zur Holzhäuserzeile an der Plantage Muidergracht, in der die Dienstwohnungen untergebracht sind.

»So!«, sage ich und mache den Motor aus. »Willkommen daheim!« Ich öffne die Tür des weiß gestrichenen Chalets, das am östlichen Rand des Geländes ziemlich versteckt zwischen Bürogebäuden und Werkstätten liegt. »Nach hinten raus hast du noch einen kleinen Garten direkt an der Gracht. Und nach vorne raus einen Tiergarten.«

Sie lächelt erschöpft, reibt sich mit beiden Händen die Augen. »Gut möglich, dass du nachts ab und an den Brillenbär brüllen hörst, aber deine Nachbarn im Schmetterlingspavillon werden dich ganz bestimmt nicht stören.«

Ihr Gepäck steht im Haus, sie hat ihre Jacke aufs Wohnzimmersofa geworfen und ihren Geldbeutel auf die Küchenanrichte gelegt. Ich schaue auf die Uhr und sehe, dass es erst halb neun ist. »Möchtest du noch was essen?«, frage ich. »Du hast bestimmt Hunger.«

»Nein, alles bestens.«

»Kann ich dir stattdessen etwas zu trinken anbieten? Ich wohne ganz in der Nähe.«

Sie ist sehr müde, möchte lieber gleich auspacken und duschen. Dem entnehme ich, dass sie *allein sein* will. Ich zeige auf das Telefon, erkläre ihr, wie sie mich über das interne Netz erreichen kann. »Ich schlage vor, du kommst morgen zum Frühstück. Ich drehe täglich um halb acht eine Runde durch den Tierpark, anschließend esse ich zu Hause eine Kleinigkeit.« Mithilfe des Zoo-Prospekts erkläre ich ihr den Weg.

»Alle Tiere wissen, wo ich wohne. Wenn du mich nicht findest, wende dich einfach an sie.«

»Abgemacht.« Als ich zu meinem Wagen gehe, kommt sie mir nach. »Hier!«, sagt sie und überreicht mir eine große und eine kleine Flasche Weißwein. »Ein Mitbringsel aus Südafrika.«

Ich werde also heute Abend alleine trinken müssen. Ich schenke mir den Rest aus der Flasche ein, die noch im Wohnzimmer steht, kippe ihn mit zwei schnellen Schlucken hinunter und mache einen neuen Rotwein auf. Sariahs Flaschen stelle ich in den Kühlschrank. Ich mag Weißwein nicht besonders, wenn, dann gebe ich einen Spritzer davon in meine Nudelsoße oder verwende ihn, um Stör darin zu schmoren. Ich setze mich an meinen Küchentisch, an den ovalen Tisch, an dem ich den Großteil meines Lebens verbringe, kontrolliere meine E-Mails, blättere durch die Abendzeitung und starre auf eine dunkle Version meiner selbst, die sich im Küchenfenster spiegelt.

»Und dieser Erlöser bist du?«

»Ganz genau. Ich bin der Erlöser.« Ich lache meinem finsteren, teuflischen Ebenbild im dunklen Fenster zu und sehe das Grinsen in meinem Gesicht. Hoffentlich hat Sariah noch genügend niederländische Gene im Leib, um die heikle Gratwanderung zwischen Ernst und Ironie zu verstehen, um zu begreifen, dass ich es genau so meine und nicht anders, aber gleichzeitig über mich lachen kann. Dass ich meinen grotesken Masterplan freudig umarme, ihn aber auch subtil relativiere. An meinem Küchentisch versuche ich, mir noch ein paar Gedanken zu machen, den Tag in Ruhe Revue passieren zu lassen. An so intensiven Tagen wie heute frage ich mich schon manchmal, warum ich eigentlich kein Tagebuch führe, denn das wäre eine gute Methode, sämtliche Äußerungen zu verarbeiten, die Wörterflut in meinem Kopf zu Papier zu bringen und ihn so, liebes Tagebuch, wieder freizukriegen. Gleichzeitig weiß ich, dass daraus nichts wird, dafür habe ich es mir schon viel zu oft vorgenommen. Ich bin ein Mann der Bilder, nicht der Worte – ein Gedanke, den ich mit ins Bett nehme.

Nichts riecht so gut wie Elefantenduft nach einem Regenschauer.

Das hat sich bereits seit Marco Polo herumgesprochen, aber nur Glückspilze wie ich haben das Privileg, sich von Zeit zu Zeit persönlich davon überzeugen zu dürfen. Es hat heute Nacht heftig geregnet, die Luft ist noch feucht, und die Wege sind nass, an den üblichen Stellen haben sich große Pfützen gebildet. Ich drehe meine gewohnte Runde. Als ich bei der Afrikanischen Savanne im Stillen ein Requiem aufsage und meine Schritte beschleunige, kann ich Salman und seinen Harem bereits riechen. Ich schließe die Augen und sauge die feine Komposition aus Haut und Feuchtigkeit, Wärme und Dung so tief wie möglich ein – ein Duft, den ich mir am liebsten über die Lunge zuführe. Erst als ich die Eulenruine erreiche, mache ich die Augen wieder auf und sehe sie dort sitzen: Sariah Malan, auf meinem Riesenfindling. Mit verweinten Augen starrt sie auf die drei Wildhunde, die ganz in ihrer Nähe hinterm Zaun liegen. Sie rutscht ein Stück zur Seite, als wüsste sie, dass das mein Lieblingsrastplatz ist. Oder als wollte sie, dass ich mich neben sie setze. »Ich sitze schon seit einer Stunde hier. Ich sitze hier und schau mir die Hunde an. Es tut mir weh, sie so zu sehen.« Nicht unfreundlich erzählt sie mir von den verschiedenen Rudeln im iMfolozi. »*Lycaon pictus*. Der bunte Wolf. An guten Tagen legen diese Tiere bestimmt achtzig Kilometer zurück. Und hier? Hier sitzen sie in einem zehn mal zwanzig Meter großen Käfig, nicht mehr als ein Hundezwinger mit Hütte.«

»Mit Café. Das Gebäude war früher eine Gaststätte.«

Sie rümpft die Nase und sagt: »Ich hatte mal einen Wildhund-Welpen, einfach so bei mir zu Hause. Als wir ihn fanden, war er halb tot. Er hatte sich verlaufen oder war vom Rudel verlassen worden. Bis sie ungefähr drei Monate alt sind, kann man ihnen die Flasche geben, sie auf den Schoß nehmen. Anschließend müssen sie zurück in die Wildnis, damit sie wieder Anschluss finden. Das hat geklappt, und schon nach wenigen Wochen hat er mich nicht mehr erkannt.«

»Ich wusste gar nicht, dass du dich auch mit Wildhunden auskennst.«

»Ja, unter anderem.«

Spontan stupse ich sie in die Seite, vielleicht etwas fester als nötig, und rufe: »Du bist wirklich ein Geschenk des Himmels!«

Sariah pfeift nach den Hunden, die inzwischen aufgestanden sind, um in Erwartung ihres Fleischfrühstücks ums Café zu rennen. »Mein Freund hat damals für Discovery Channel einen Dokumentarfilm über den Afrikanischen Wildhund gedreht. Vielleicht hast du ihn sogar gesehen. Er war damit sehr erfolgreich.«

Ich schüttle den Kopf und bin drauf und dran, mich nach dem Partner zu erkundigen – nach einem Mann, der meines Wissens keine Rolle mehr in ihrem Leben spielt. »Ein Filmemacher?« sage ich in der Hoffnung, dass sie weiterspricht.

»Er stammte aus Kapstadt, während ich in den Hügeln von Zululand aufgewachsen bin. Wir haben uns kennengelernt, als er an einem Film über Hyänen gearbeitet hat, von denen es bei uns mehr als genug gibt. Als Nächstes kam der Wildhundfilm. Mit seiner dritten Doku hat er vor zwei Jahren begonnen, ein Film für *National Geographic* über die letzten frei lebenden Nashörner. Die haben bei uns gelebt, und zwar nur noch bei uns. Aber der Film wurde nie fertiggestellt.«

»Weil die Nashörner in der Zwischenzeit verschwunden sind?«

»Unter anderem, ja.«

Während wir schweigend vor uns hin starren, spüre ich, dass die Feuchtigkeit aus dem Findling in meine Hose gekrochen ist und nun Anstalten macht, mich versteinern zu lassen. Wenn wir hier noch länger hocken bleiben, werden wir uns beide in einen Felsen verwandeln, worüber sich die Kunden später kaum wundern werden. Schau nur, eine neue Skulptur!, werden sie sagen, sieh mal nach, wer der Künstler ist. Neben mir höre ich Sariah seufzen. Inzwischen habe ich begriffen, dass sie eine Geschichte mit sich herumträgt, die sie nicht auf einmal preisgeben wird. Dafür ist sie einfach zu persönlich oder vielleicht noch zu frisch. Ich habe ohnehin schon viel zu viele Fragen gestellt und mehr nachgebohrt, als man das am ersten Tag tun sollte. »Komm!«, sage ich. »Soll ich dir kurz Afrika zeigen?«

»Da komme ich gerade her.«

»Nein, nicht *das* Afrika. Ich rede hier von einem *Afrika-Erlebnis* und meine damit nicht etwa das sandige Wasserbecken, das wir unseren Kunden im Moment verkaufen. Nein, in unserem Zoo wird ein völlig neues Afrika auferstehen. Komm!« Ich nehme vorsichtig ihre Hand. »Gehen wir kurz hin.«

»Das ist ein Parkplatz«, sagt Sariah, als wäre mir das vollkommen neu. Wir stehen neben der Mogli-Skulptur und schauen durch das Gitter zwischen Affen- und Reptilienhaus auf die zubetonierte Fläche. Noch ist sie leer, wir können die weiß markierten Stellplätze zählen, aber in etwas mehr als einer Stunde werden hier die ersten Autos stehen, und gegen Mittag wird der Parkplatz voll sein.

»Ein Parkplatz, genau, aber in einem Jahr steht hier ein ganzes Bataillon Afrikanischer Elefanten, angeführt von General Tembo. Dass hier Beton liegt, ist eine Unverschämtheit, hierher gehören Tiere, und zwar so, dass der Kunde den Eindruck hat, als würde er sie in ihrer angestammten Umgebung beobachten. Ich werde dir gleich die neuesten Entwürfe zeigen. *Zoo immersion*, darum geht es! Und deine Wildhunde bekommen auch mehr Platz.«

»*Zoo immersion*?« Sie lässt sich die Worte auf der Zunge zergehen. »Was soll das schon wieder heißen?«

»Dass du richtig in den Kontext eintauchst. Der Kunde soll den Eindruck bekommen, bei dir im iMfolozi zu sein, in Afrika, nicht bloß mitten in Amsterdam.«

»Aber dann musst du die Grachtenhäuser dort auch noch entfernen«, sagt sie lachend und zeigt auf die andere Seite des Entrepotdoks. »Und die Hausboote.«

»Daran arbeiten wir noch, das Klima kommt dann auch mit weg. Aber zuerst wird gefrühstückt.«

Sie will Tee, denn Kaffee ist was für Europäer. Zu meinem Entsetzen gibt sie sogar einen großen Schuss Milch hinein. Ich schneide die Croissants auf und fülle sie mit Käse und Schinken, der Ofen hat inzwischen vorgeheizt. Sariah hat die Morgenzeitung auf dem Küchentisch aufgeschlagen und stellt mir Fragen zur niederländischen Politik – wer ist dieser Mann, was ist das für eine Partei –, woraufhin ich ihr sage, dass sie das lieber Frank fragen soll. »Frank ist für unser politisches Netzwerk zuständig. Sowohl in Amsterdam als auch in Den Haag kennt er wirklich jeden, einigen hat er sogar eigenhändig die Windeln gewechselt. Er holt auch ständig neue europäische Fördermittel rein.« Aber Sariah hat schon zu den Weltnachrichten weitergeblättert.

Schweigend essen wir unsere Croissants, befinden uns kauend in zwei voneinander getrennten Welten. Ich frage mich, was sie wohl denkt, was in ihr vorgeht. Sie wirkt ziemlich abweisend und mitgenommen, und das nicht erst seit heute, sondern auch schon gestern Abend. So wie jemand, der das Leben übertrieben schwernimmt. Na gut, sie lacht zwar manchmal und macht schlagfertige Bemerkungen – solange wir uns unterhalten, ist alles relativ normal. Aber sobald Stille einkehrt, starrt sie wieder vor sich hin, als wäre sie ganz weit weg mit ihren Gedanken.

»Und?«, sage ich vorsichtig, »wie ist dein erster Eindruck?«

»Wenn ich ganz ehrlich bin …«

Ich sehe, wie sie das Gesicht verzieht, ohne von der zugeschlagenen Zeitung aufzusehen. Heimweh, denke ich, sie bereut ihre Entscheidung jetzt schon. »Bitte, nur zu!« Kaum habe ich das ausgesprochen, kommen ihr auch schon die Tränen. Tränen, die ich eigentlich nicht sehen soll. Sariah springt abrupt auf und rennt auf die Toilette im Flur. Aus der Küche höre ich, wie der Klopapierhalter quietscht und Wasser ins Wachbecken läuft. Um ihr ein bisschen Privatsphäre zu gönnen, mache ich das Radio an, zwei muntere Moderatoren reden über ihre Pläne fürs Wochenende. »Was steht bei dir alles so an, Hans?«

»Mein Tierpark!«, rufe ich und mache das Radio wieder aus. »Kommt verdammt noch mal alle in meinen Tierpark!«

»Entschuldige«, sagt Sariah, als sie in die Küche zurückkehrt. »Manchmal überkommt es mich einfach, ohne dass ich etwas dagegen tun kann.« Sie setzt sich und schaut mich an, als hätte sie beschlossen, mir etwas Wichtiges mitzuteilen. Ich nehme auf dem Stuhl gegenüber Platz und versuche, möglichst verständnisvoll dreinzuschauen. »Sariah, wenn du nicht …«

»Irgendwann muss ich es sowieso erzählen.«

Ich nehme einen letzten Schluck lauwarmen Kaffee, und auch Sariah trinkt erst ihren milchigen Tee aus, bevor sie weiterspricht.

»Dass ich aus Südafrika weggegangen bin, hat zwei Gründe.« Sie schließt die Augen und denkt kurz nach. »Den ersten kennst du, darüber haben wir uns ausführlich unterhalten.«

Ich nicke. »Das Schicksal des Nashorns.«

»Aber es gibt noch einen zweiten Grund, der nichts damit zu tun hat.«

Du musst ihn mir nicht nennen, möchte ich sagen, bekomme aber gar nicht erst Gelegenheit dazu. Sie holt tief Luft, strafft die Schultern und legt los: »Letztes Jahr ist Heidrick, mein Verlobter, im iMfolozi ermordet worden. Wir wurden von Wilderern beschossen, die kurz zuvor ein Nashorn getötet hatten. Aber das wussten wir damals noch nicht, der Kadaver wurde erst am nächsten Tag gefunden. Heidrick und ich waren gemeinsam unterwegs, ich war auf Patrouille und habe nach Spuren gesucht, während er gefilmt hat. Reuben hat uns assistiert. Es fielen mehrere Schüsse. Heidrick brach zusammen, und auch ich wurde getroffen. Als ich zwei Tage später wieder zu Bewusstsein kam, lag ich in Durban im Krankenhaus. Dort hat mir mein Vater erzählt, dass Heidrick nicht mehr am Leben ist.«

»Aber das ist ja entsetzlich!«

»Noch am selben Tag kam eine Gynäkologin an mein Bett. Sie sagte mir, der Schuss in den Unterbauch habe die Gebärmutter durchschlagen. Ich sei außer Lebensgefahr, aber mein Kind …«

»Ach du meine Güte.«

»Ich war erst in der zwölften Schwangerschaftswoche. Niemand außer Heidrick wusste davon.«

Ein Freund, ein Mord, ein Kind, eine Fehlgeburt – ein unvorstellbares Drama entfaltet sich hier an meinem Küchentisch. Hastig wischt sie eine Träne weg, die ihr über die Wange läuft. Aus ihrer Tasche zieht sie ein Foto, auf dem sie mit einem Gewehr in der Hand neben einem kräftigen Weißen steht. Eine Filmkamera ruht auf seiner Schulter. »Ich habe dieses Foto erst vor wenigen Tagen von meinem Vater bekommen. Reuben, mein Assistent, hat es aufgenommen, kurz bevor die Schüsse fielen. Wie Pa daran gekommen ist, weiß ich nicht, ich hatte keine Gelegenheit, ihn das zu fragen.«

Ich werfe einen erneuten Blick auf das Foto und schiebe es wieder zu ihr hinüber. »Meine Güte«, murmle ich erneut, weil ich nicht weiß, was ich sonst sagen soll. »Wann ist das passiert?«

»Letzte Woche war es genau ein Jahr her.« Ihr Blick hat sich verändert, auf ihrem angespannten Gesicht erscheint ein vorsichtiges Lächeln. Meine Gedanken überschlagen sich – Gedanken, die sich nicht in Worte fassen lassen. »Überfordere dich nicht«, höre ich mich sagen, »nimm dir die Zeit, die du brauchst.« Bevor ich meine aufmunternden Sätze beenden kann, werden wir vom Quietschen der aufgerissenen Küchentür abrupt unterbrochen, gleich darauf platzt Frank Rida mit einem lakonischen »Ich stör euch doch hoffentlich nicht?« mitten in unser Gespräch.

Die vertrauliche Atmosphäre ist im Nu dahin, Sariah steht auf, um sich vorzustellen, Frank gibt ihr die Hand und macht eine kleine Verbeugung. »Freut mich, Sariah. Wie schön, dass du unser Team verstärkst. Na dann, *baie* willkommen! Meiner Meinung nach hat der gute Edo mit Dir mal wieder das große Los gezogen.«

Ich mache frischen Kaffee und einen neuen Tee für Sariah. Wir unterhalten uns ein bisschen über den Masterplan, doch hauptsächlich führt Frank das Wort und erzählt Sariah, wie ich den Plan gestern bei der Vorstandssitzung durchgeboxt habe. »Edo ist ein echtes Schlitzohr, Sariah, so viel kann ich dir sagen! Der Plan enthält nämlich zahlreiche Fallstricke, jede Menge Kleingedrucktes und versteckte Klauseln.« Er zeigt auf Sariah und ruft: »Und *du* bist auch so eine Überraschung. Ein afrikanischer Donnerschlag an unserem holländischen Himmel!«

Alle müssen lachen. Sariah ist sofort ganz angetan von Frank, dem alten Charmeur. Eine gute Gelegenheit, die neuesten Zeichnungen zu holen und auf dem Küchentisch auszubreiten.

»Meine sehr verehrten Damen und Herren«, sage ich, »darf ich vorstellen? Afrika an der Amstel.«

Wir beugen uns über die Karte, und ich erkläre, welche Tiere wohin kommen, wobei ich ausgiebig das riesige Elefantengelände beschreibe. Die Spazierwege sind so angelegt, dass der Kunde die Stadt im Rücken und Afrika im Blick hat, während die bereits bestehenden Gehege durch einen Erdhügel und Felsen verdeckt werden. Alle Unterkünfte sind nach den neuesten architektonischen Leitlinien gestaltet, sodass die Illusion entsteht, sie wären auf organische Weise aus der Natur entstanden. »Die Wildhunde bekommen in dieser Ecke ein neues Gehege, können aber auch im Elefantengraben herumrennen.«

»Wie lang ist der?«, fragt Sariah.

»Einen halben Kilometer.«

»Großartig.«

»Die Löwen kommen hierhin, damit sich der Kunde nur umdrehen muss, um innerhalb des Afrika-Panoramas von den Elefanten auf die Löwen umzuschwenken. Das gilt auch für den Leoparden, der das Elefantengehege von einem Felshügel überblicken kann.« Abschließend beschreibe ich den Teich, der wieder bis zum Entrepotdok erweitert wird. Ich erzähle Sariah, dass der heutige Teich eigentlich ein Stück Prinsengracht ist. »Wir machen einen breiten Strom daraus, in dem eine große Nilpferdherde baden kann: ›Hippos in der Prinsengracht‹ – klingt das nicht toll?«

»Und was wird aus der Löwenterrasse?«, fragt Frank.

»Dort kommen die Tiger hin. Die haben in Afrika nichts verloren.«

»Tiger auf der Löwenterrasse?«

»Tigerterrasse! Das klingt doch viel besser.«

Sariah und Frank stellen noch einige Fragen, die ich manchmal beantworten kann, oft aber auch nicht. »Das ist nur ein Entwurf«, erkläre ich, die Details müssen wir in den nächsten Monaten noch ausarbeiten. Die Baufirmen kommen Ende November, um den Teilplan Afrika in anderthalb Jahren nach und nach umzusetzen.

»Und wo kommen die Nashörner hin?«, will Sariah noch wissen.

Frank lässt vor lauter Schreck die Kaffeetasse fallen, die mit einem lauten Knall auf den Fliesen zerspringt. »Nashörner? Gibt es die überhaupt noch? Die sind doch so gut wie ausgestorben?«

»Bitte setz dich erst mal hin, Frank«, sage ich gelassen. »Das mit den versteckten Klauseln gilt auch für dich: Ich habe eine Bestellung für drei Nashörner aufgegeben.«

Frank fasst sich an den Kopf. »Und was soll das *kosten*, um Himmels willen?«

»Och, schlappe zwei Millionen Euro.«

»Edo, verdammt noch mal! Das ist doch nicht dein Ernst! Zwei Millionen für drei Nashörner!«

»Nein Frank. Pro Stück.«

II
Afrika an der Amstel
(zwei Jahre zuvor)

I

Herzlichen Glückwunsch!«, sagt Edo, kaum dass ich die Haustür geöffnet habe. Es ist Sonntagnachmittag, also der Moment, an dem ich mich regelmäßig frage, wie ich den Rest des Wochenendes verbringen soll. Mit anderen Worten, was ich für mich allein kochen soll. Er hat eine Flasche Weißwein in der Hand – den südafrikanischen Wein, den ich ihm auf den Tag genau vor zwei Jahren geschenkt habe. »Der lag noch im Kühlschrank«, entschuldigt er sich. »Und da dachte ich, das ist ein guter Zeitpunkt, um ihn mit dir zu trinken.«

Zwei Jahre ist das jetzt her! Ich sehe meine Ankunft in Amsterdam noch genau vor mir. Was ich getan und was ich gedacht habe. Welche Ängste damit verbunden waren. Edo hat mich vom Flughafen abgeholt und zu dem kleinen Haus am Rande des Zoos gebracht. Während es draußen dunkel wurde, trugen wir die Koffer ins Haus. Edo erklärte mir noch das eine oder andere und machte ein paar Witze. Irgendwann fragte er, ob ich noch was essen oder trinken wolle, aber ich komplimentierte ihn höflich hinaus. Schwupps, war er weg. Die Tür fiel ins Schloss, und ich blieb allein in dem kleinen Wohnzimmer an der stillen Gracht zurück. Ich merkte, dass mir schwindlig wurde. Die Wände kamen auf mich zu, und der Fliesenboden schien sich zu drehen. Die Glühbirne, die an einem langen Kabel von der Decke hing, schaukelte hin und her. Gefangen im schwachen Licht, huschten schattenhafte Schemen über die blassen Wände. Aus Angst, ohnmächtig zu werden, ging ich rasch zur Spüle und hielt meinen Kopf unter den Kran, ließ das kalte Wasser über Kinn und Wangen strömen und setzte mich anschließend aufs Sofa. Ich war schweißgebadet und hatte Magenschmerzen. Da zog ich meine Jacke wieder an und ging hinaus, um noch ein bisschen frische Luft zu schnappen. Als ich über die sauberen, gepflasterten Wege schritt, lauschte ich dem Rauschen der Blätter in den Bäumen. Ich spürte die feuchte Luft auf meiner Haut. Beim Guanako-Gehege blieb ich kurz stehen und schaute nach oben. Es waren kaum Sterne zu sehen, dafür war die Lichtverschmutzung einfach zu groß. Und die Handvoll Sterne, die ich entdeckte, sagten mir nichts. Kein Kreuz des Südens, kein Alpha Centauri, kein Canopus oder Achernar. Sogar der Sternenhimmel war mir hier fremd. Die stille Kraft, die mir die Sterne der Südhalbkugel sooft geschenkt hatten, fehlte völlig. Zum ersten Mal seit dem Unglück fühlte ich mich nicht nur von den Menschen, sondern auch von der Natur im Stich gelassen.

Es hat keinen Sinn zu bleiben, dachte ich. Ein Stern nach dem anderen verschwand hinter Wolken, schon fielen die ersten Tropfen. Ich kehrte ins Haus zurück und legte mich in das von fremder Hand bezogene Bett. Es ächzte vor Erschöpfung.

Ich habe nicht nur meinen Job aufgegeben, dachte ich und wusste genau, dass ich in dieser Nacht schlecht schlafen würde. Ich habe nicht nur meinen Pa verlassen und meine Heimat aufgegeben. Ich habe mich selbst verleugnet, um den Fortbestand von etwas anderem zu sichern. In dem Wissen, dass es nicht anders ging: Meine Entscheidung war das einzig Richtige. Aber trotz dieser rationalen Überlegungen fühlte ich mich heimatlos und einsam. Hendrick: weg. Mein Kind: weg. Und obwohl das damals bereits ein Jahr her war, merkte ich erst in diesem kühlen Amsterdam, was das eigentlich heißt, weg, und zwar für immer.

Ich mache die Flasche auf und schenke zwei Gläser ein. »Auf deine ersten zwei Jahre«, sagt Edo und prostet mir zu. »Auf dass noch viele folgen werden!«

»Und auf Albrecht«, füge ich hinzu.

»Natürlich, auch auf Albrecht.« Wir stoßen an.

Zwei volle Jahre. Das genügt, um Wein, der frisch und fruchtig abgefüllt wurde, um seinen Geschmack zu bringen. Und um einen großen Sprung zu wagen, denn das habe ich getan. Einen Sprung ins kalte Wasser, ohne zu wissen, ob es mich tragen würde.

»Ist für morgen alles vorbereitet?«, frage ich.

»Ich schlage vor, wir drehen zur Sicherheit noch eine Runde.« Edo reicht mir den Arm, und ich hake mich bei ihm ein. Gemeinsam schlendern wir durch den inzwischen geschlossenen Zoo nach Afrika. Jeder hat ein Glas Wein in der Hand. Als Edo die Flasche in seiner Jackettasche verstaut, versichert er mir, dass unser Drehbuch mit allen Beteiligten detailliert besprochen wurde: mit dem Zoll, mit der deutschen Luftwaffe und mit der Verkehrspolizei. »Alle sind vorgewarnt, ich sehe da eigentlich keine Probleme. Nur das Wetter könnte uns noch einen Strich durch die Rechnung machen, aber die Vorhersage ist gut: trocken und wenig Wind.«

»Trotzdem schade, dass wir ihn nicht persönlich abholen. Ich hätte ihn gern von Berlin aus begleitet.«

»Das haben wir bereits besprochen, Sariah. Du kennst Dr. Loewe, er ist ein erfahrener Pachydermist.«

»Das Ruhigstellen vor dem Transport ist eines meiner Spezialgebiete. Niemand hat das so oft gemacht wie ich, und schon gar nicht Loewe.«

Bei Viola und Bill bleiben wir kurz stehen. Edo stellt die Gläser auf den Findling und füllt sie unter Salmans geringschätzigen Blicken erneut. Meine Bemerkungen hätte ich mir sparen können. Schließlich haben wir die praktischen Details lange diskutiert: Dass der Lieferant für den Transport verantwortlich ist. Dass die Versicherungsgesellschaft ihren eigenen Tierarzt, Herrn Dr. Loewe aus Zürich, stellen darf. Und dass wir uns erst einbringen dürfen, wenn sich das Tier auf unserem Gelände befindet und die Übereignungspapiere unterzeichnet worden sind. Meine Aufgabe besteht darin, morgen alles im Teilgebiet Afrika auf Albrechts Ankunft vorzubereiten – auf die Ankunft des Ältesten von drei noch lebenden Nashornbullen. Albrecht ist das letzte lebende Nashorn, das noch in Afrika geboren wurde, bevor es auf die Reise ging, um sein Leben in europäischer Gefangenschaft zu verbringen. Wir haben ihm ein eigenes Bullengehege gebaut, dessen Hütte im Notfall auch als Quarantänestation eingesetzt werden kann.

Wir lassen das Reptilienhaus hinter uns und betreten Afrika. Die Pfleger Ingrid und Henk sind noch damit beschäftigt, die letzten Elefanten ins Innengehege zu treiben. Den morgigen Lärm wollen wir diesen Tieren nicht zumuten. Ansonsten liegt Afrika da wie ausgestorben. Das neue Konzept hat in den letzten zwei Jahren erstaunliche Fortschritte gemacht. Zuerst haben wir die Tiefgarage ausheben lassen. Sie liegt jetzt unter der Erde wie eine trockene Zisterne, wie eine Grotte aus Asphalt und Beton. In einigen Monaten werden die Bauarbeiten ganz beendet sein. Über der Erde ist es bereits so weit, nur Albrecht und die Büffel fehlen noch. Die Giraffen sind letztes Jahr als Erste hierhergezogen, gefolgt von Springböcken und Zebras, Weißschwanzgnus und Straußen, Dickhäutern und Großkatzen. Zwischen den sieben Afrikanischen Elefanten und den zwei Nashornkühen, die uns allesamt der Emir von Abu Dhabi verkauft hat, liegt ein großer Nilpferdtümpel. Die weiter oben lebenden Löwen und Leoparden können von zwei verschiedenen Stellen darauf herunterschauen. Und auch die Nilkrokodile aus dem Reptilienhaus können jetzt nach Afrika schwimmen. Durch eine neue Tür in ihrem Gehege erreichen sie den Tümpel neben den Nilpferden. Ansonsten watschelt dort noch eine Handvoll Nilgänse herum, genau wie im richtigen Afrika. Solange wir die Krokodile ordentlich füttern, werden sie die Gänse vermutlich in Ruhe lassen.

Für die genaue Besiedlung der Gewässeranlage war ich zuständig. Ich habe versucht, die in drei Tümpel unterteilte Prinsengracht zum Höhepunkt einer Zooroute zu machen. Zu einem wichtigen Ruhepol am Ende der Route, an dem der Besucher viel zu sehen hat, während er darauf wartet, dass die letzten Tiere, die noch besichtigt werden müssen, an die Wasseroberfläche kommen. In den riesigen afrikanischen Naturparks begegnen sich Mensch und Tier an den Wasserlöchern. Meist gegen Ende des Tages, wenn die Tiere zum Trinken herkommen und die Besucher kurz vor Verlassen des Parks hoffen, noch ein paar Tiere zu sehen. Es ist uns gelungen, in Amsterdam das Gleiche zu erreichen. Immer mehr Besucher beginnen ihren Rundgang in Afrika, um ihn bei der dortigen Gewässeranlage auch wieder zu beenden. Die Gänse spielen bei diesem Ausstellungskonzept eine wichtige Rolle, die vor allem etwas mit der Komposition dieses Teilgebiets zu tun hat: Die Nilgans ist natürlich so exotisch auch wieder nicht. Nicht wirklich typisch. Nur wenige Besucher werden ausschließlich ihretwegen in den Zoo kommen. Der eine oder andere reagiert ein wenig enttäuscht, wenn er die Gewässeranlage erreicht und kein Krokodil zu sehen ist. An kalten Tagen bleiben sie lieber drinnen. Auch die Nilpferde halten sich oft sehr lange unter Wasser auf. Die Gänse federn diese Enttäuschung ab. Sie sorgen auch dann für Afrika-Bezüge, wenn echte Knaller fehlen. Das erhöht die Bereitschaft der Besucher, etwas länger auf die Tiere mit Star-Status zu warten. Damit gehören die Gänse zu einer Kategorie, die wir »Kollateral-Tiere« nennen. Das sind die nicht ganz so aufregenden Arten, die wir nur haben, weil sie billig sind und die Besucher auf die begehrteren Tiere vorbereiten. Genau dieser in die Landschaftsarchitektur integrierte Spannungsmoment macht unser Afrika-Erlebnis erst authentisch, sorgt für Höhen und Tiefen, Rhythmus und Timing, Berg und Tal.

Komposition. Ausstellungskonzept. Spannungsmoment. Hätte mir vor zwei Jahren jemand gesagt, dass ich mich eines Tages so ausdrücken würde, hätte ich ihn für verrückt erklärt. Manchmal versuche ich mir vorzustellen, was Pa wohl davon halten würde, wenn er mir bei der Arbeit zuschauen könnte. Wahrscheinlich würde er sich nicht dazu äußern, nur missbilligend das Gesicht verziehen oder mir vielleicht einen Zettel hinterlassen. *Pass auf, mein Kind, dass du dich nicht verlierst.* Aber ich habe mich längst verloren. Nur so konnte ich den Sprung überhaupt wagen. Ich habe mich einer völlig neuen Denkweise verschrieben, einer erlernten Vorgehensweise. Ich habe nicht weniger als meine Seele verkauft. Das sind große Worte, aber was soll's! Schließlich habe ich hehre Ziele. Es geht mir darum, das Nashorn zu retten. Das Lebenswerk meines Vaters ist auch zu meinem geworden. Zu einer anderen Zeit, an einem anderen Ort, das schon – trotzdem, die Arbeit ist im Grunde dieselbe.

Ich habe versucht, ihm das begreiflich zu machen. Zuerst am Telefon und später, als es mit dem Telefonieren nicht mehr so gut klappte, in zahlreichen Briefen. Ich glaube nicht, dass er mich verstanden hat. Oder aber *ich* habe was nicht verstanden und muss ihm im Grunde recht geben, wenn auch nur widerwillig. Denn Folgendes habe ich in den letzten zwei Jahren gelernt: Der Zoo ist eine menschliche Erfindung, die eine völlig unhaltbare Geschichte erzählt: Das Tier, das wir Ihnen zeigen, machen wir dem Besucher weis, steht gar nicht in Amsterdam, sondern in Afrika. Es ist kein Zootier, sondern ein echtes Wildtier. Wir verschweigen jedoch bewusst, dass die Tiere, die wir zeigen, rein gar nichts mehr mit Natur zu tun haben. Sie würden darin nicht zurechtkommen und innerhalb kürzester Zeit sterben. Zootiere sind leere Hüllen. Eigentlich erinnern sie noch am meisten an ihre ausgestopften Artgenossen. Zugegeben, im Zoo können sie sich noch ein bisschen bewegen, noch etwas fressen, hin und her laufen, Kot absetzen und sich paaren. Mit Ach und Krach ihr einstiges Selbst imitieren. Aber jeder weiß nur zu gut, dass es sie eigentlich längst nicht mehr gibt. Dass sie nicht mehr zur Natur gehören. Das verschweigen wir aber den Besuchern ausdrücklich. Wir tun alles, damit die Tiere wild und authentisch rüberkommen. Deshalb stellen wir sie aus – in Gehegen, die wir als ihre natürliche Umgebung verkaufen. Darüber kann ich mich heute noch wundern. Wir reißen ein paar Wildtiere gewaltsam aus ihrem ursprünglichen Lebensraum, setzen sie auf ein Boot oder in ein Flugzeug. Wir bestimmen, wo sie in Zukunft leben werden. Welche Medikamente sie bekommen. Mit wem sie sich paaren dürfen und mit wem nicht. Wir setzen sie in von Menschen gemachten Behausungen aus. Künstlicher Wärme und künstlichen Lichtquellen. Wir zwingen sie, sich Tag für Tag von ungeheuren Menschenmassen bestaunen zu lassen. Und um die Lüge aufrechtzuerhalten, dass das alles noch etwas mit Natur zu tun hat, hängen wir außerdem ein Schild auf: WILDE TIERE. BITTE NICHT STÖREN. In Wirklichkeit ist diese natürliche Umgebung kaum mehr als eine billige Filmkulisse. Das geht so lange gut, solange wir diese Illusion gemeinsam aufrechterhalten. Dieselben Tricks, die im Theater benutzt werden, werden auch bei uns im Zoo eingesetzt.

Edo wirft die Flasche in den Abfalleimer. Ich gehe schon mal vor zu den Wildhunden. Die elfköpfige »Rasselbande«, wie ich sie nenne, ist erst vor drei Monaten in ihren neuen Lebensraum umgesiedelt worden. Die Tiere haben jetzt eine Wiese, die mehr als doppelt so groß ist wie ihr ehemaliger Zwinger beim Café. Das neue Gehege ist auf raffinierte Weise mit einem tiefer gelegenen Auslaufgelände verbunden, welche das Gehege der Afrikanischen Elefanten umgibt. Es ist so konzipiert, dass der Besucher, wenn er es am wenigsten erwartet, einen Wildhund vorbeilaufen sehen kann – genau wie in den Wildparks Afrikas. Auch dort muss man häufig lange warten, bis sie sich kurz zeigen. So hatten wir uns das zumindest vorgestellt. Was uns allerdings schon seit einer ganzen Weile wundert, ist, dass die Hunde dieses Auslaufgelände kaum benutzen. Lieber liegen sie den ganzen Tag im Gras oder drehen ihre Runden an dem Zaun, an dem die Besucher vorbeigehen. Der halbe Kilometer, den wir ihnen geschenkt haben, interessiert sie kein bisschen. Mit Marco, dem Raubtierpfleger, habe ich inzwischen ausführlich über dieses Thema gesprochen. Warum nutzen sie den Platz nicht aus? In der Natur legen sie doch auch große Strecken zurück?

»Wir werden es wohl nie erfahren«, sagt Edo, der mich inzwischen eingeholt hat. »Tiergehege sind die einzigen Produkte menschlicher Architektur, zu denen wir die Endverbraucher nicht befragen können.«

»Aber wir berufen uns auf Verhaltensmuster. Auf ethologisches Wissen. Deshalb hat der Katzenbär einen Baum und das Nilpferd eine Gewässeranlage.«

»Aber das sind bloß unwichtige Details, geistige Krücken für den Kunden. Frag irgendein Tier in unserem Zoo, wo es am liebsten leben würde, und es wird sagen: nicht hier. Nicht in der Innenstadt. Nicht als lebendes Ausstellungsstück.«

»Sie kennen es nicht anders.«

»Sie kennen das, was sie kennen dürfen. Die Wildhunde legen nur deshalb keine großen Strecken zurück, weil sie es nie gelernt haben. Und jetzt stehen wir da mit unserem überflüssigen Auslaufgehege. Genauso gut hätten wir ein Steakhouse in einer Stadt voller Veganer eröffnen können.«

Edo hat natürlich recht. In der Natur ist ein großzügiger Lebensraum für Tiere wie den Wildhund überlebensnotwendig. Sie brauchen ihn, um ihre Beute zu Tode hetzen zu können. Nicht so im Zoo. Wir verfüttern keine lebendigen Tiere. Und weil es nicht mehr überlebensnotwendig ist, benutzen die Hunde den ihnen zur Verfügung stehenden Raum nicht. Das gilt auch für die meisten anderen Tiere. In der Wildnis legen Nilpferde auf der Suche nach dem grünsten Gras jede Nacht Dutzende von Kilometern zurück. Aber nicht hier bei uns. Hier laufen sie sieben Meter bis zur Futterkrippe, und damit hat es sich.

»Vielleicht müssen wir sie zum Laufen zwingen«, schlägt Edo vor. »Marco hat vorgeschlagen, alle paar Tage eine Schwarzfersenantilope ins Auslaufgehege zu werfen. Die Hunde müssen sich ihr Fressen also selbst fangen. Ehrlich gesagt, halte ich das für ein interessantes Experiment.«

Ob er schon mal miterlebt habe, wie grausam das sei, wenn riesige Fleischfetzen aus einer lebendigen Antilope gerissen werden?, wende ich ein. Wie Eingeweide bereits verzehrt werden, bevor die Beute an Schock und Blutverlust stirbt? »Die Leute beschweren sich schon, wenn sie sehen, wie ein Otter an einer toten Ratte nagt«, sage ich. »Die Besucher wollen wilde Tiere beobachten. Aber allzu wild sollen sich diese Tiere bitte schön nicht verhalten. Denn dann wird den Besuchern schlecht. Und wem schlecht wird …«

»… der kommt nie wieder!« Edo winkt ab. »Ob sie das Auslaufgehege nun benutzen oder nicht, ist im Grunde egal«, sagt er schließlich. »Hauptsache, sie *haben* Platz. Mich interessiert vor allem der Kunde. Und der wird zufrieden feststellen, dass wir sehr großzügig mit dem uns zur Verfügung stehenden Platz umgegangen sind.«

Damit könnte er sogar recht haben: Je mehr Platz ein Tier hat, desto besser. Nicht weil das Tier ihn braucht, sondern weil der Besucher sonst Mitleid mit ihm hat. Und das wollen wir um jeden Preis vermeiden. Denn ein enttäuschter oder, schlimmer noch, moralisch empörter Besucher kommt nie mehr wieder.

Wir laufen an der Wiese vorbei, über die in einigen Monaten Kaffernbüffel stapfen werden. Das sind ziemlich langweilige Kandidaten, die den meisten Besuchern gestohlen bleiben können. Trotzdem sind sie unverzichtbar, wenn wir die *Big Five* zusammenkriegen wollen. »Afrika ohne die *Big Five*, das ist völlig undenkbar!«, hat Edo vor zwei Jahren gerufen – damals, als ich ihn noch für einen Schwätzer hielt. Mich störten seine Vorurteile, sein klischeehaftes Bild von Afrika. Ich ärgerte mich über den Managementsprech, mit dem er mich Tag für Tag bombardierte. Branding. Framing. Typecasting.

Als er ganz nebenbei erwähnte, ich sei zu einem Abendkurs »Drehbuchschreiben« angemeldet, wäre mir beinahe der Kragen geplatzt. Ich war gerade mal seit einem Monat in Amsterdam. »Wer hat das entschieden?«, hakte ich nach.

»Ich«, sagte er ungerührt. »Auf Firmenkosten natürlich. Elf herrliche Abende im Vondelpark. Übermorgen ist deine erste Stunde.« Er hat es mir verkauft, wie er alles verkauft: mit seiner mitreißenden Art. Ich war nicht die Einzige, die er zu Schreibkursen schickte. Die anderen Teilgebietsmanager mussten ebenfalls dran glauben. »Die Gestaltung eines Zoos ist auch eine Form von Drehbuchschreiben«, behauptete Edo. »Zusammenhänge herstellen, für einen roten Faden sorgen, die Besucher mit unserer Erzähltechnik beeindrucken – genau das wollen wir.« Der Architekt – »und vergiss nicht, wir sind alle Architekten!« – sei das gefährlichste Tier im Zoo. Ein Satz, den ich öfter von ihm gehört habe. Denn der Architekt entscheidet, wie die Tiere gezeigt werden. In welcher Reihenfolge und Zusammenstellung. Und bestimmt damit auch, wie die Besucher das Gezeigte *erleben*.

Die Zelte sind wieder verschwunden, aber auf der Büffelwiese sieht man noch vergilbte Strohballen. Eigentlich hätten die Büffel bereits im Frühling hier sein sollen, noch vor der Sommersaison. Aber eine neue Maul- und Klauenseuche in Brabant hat uns einen Strich durch die Rechnung gemacht. Das Ministerium stellte sich quer. Der Zoll weigerte sich, Importgenehmigungen zu erteilen. Nicht einmal Frank konnte da was zusammenlobbyieren. Damit das Gelände nicht den ganzen Sommer über leer steht, haben wir »African Nights« organisiert. In ein paar Zelten durften die Besucher für einen stolzen Preis in Afrika übernachten. Die Abende wurden warm und sommerlich. Das Gebrüll der Löwen, das Schnauben der Nilpferde … Afrika wurde atmosphärisch ausgestattet, mit Feuerkörben voll lodernder Flammen. Und gegen Mitternacht ließen wir einen Schauspieler auftreten, der afrikanische Märchen erzählte. Warum hat der Elefant einen so langen Rüssel? Woher hat das Zebra seine Streifen? »Fantastisch!«, spottete Edo, als ich ihm meine Idee vorstellte. »Der Schreibkurs hat sich eindeutig gelohnt.«

Wir erreichen Albrechts zukünftigen Lebensraum. Sein Außengehege ist von dem der Weibchen getrennt – eine Trennung, die sich, wenn nötig, leicht aufheben lässt. So wie es aussieht, ist alles gut vorbereitet. Die Äste der nahe stehenden Bäume wurden gestutzt oder zusammengebunden. Der Bauwagen mit den Medikamenten steht schon bereit. Am Rand des Geheges wurde ein Bereich für die Journalisten abgetrennt, von denen sich einige nach der Pressekonferenz heute Nachmittag bereits bei uns umgeschaut haben. Auf der anderen Seite des Entrepotdoks werden einige Fernsehstationen auf dem Dach eines Lagerhauses ihre Kameras installieren. So kann Albrechts Ankunft auch aus der Vogelperspektive gefilmt werden.

»Albrecht ist morgen eine Weltnachricht«, sagt Edo, »das erste Nashorn, das es zu einem *global trending topic* bringt. CNN, ZDF, Al Jazeera, die BBC – alle werden sie hier sein.«

Lachend betreten wir das Innengehege der Nashornweibchen. Wir lehnen uns an das Stahlgitter und betrachten die beiden grauen Leiber, die einige Meter von uns entfernt im Stroh liegen. Das Licht ist bereits gelöscht. Sie haben die Augen geschlossen. Große Pläne scheinen sie heute nicht mehr zu haben. Nur Angela hebt wenig begeistert die Schnauze. Als sie merkt, dass wir es sind, lässt sie den Kopf gleich wieder sinken. »Dieses Gehege ist übrigens ein idealer

Beweis dafür, dass Platz relativ ist«, sagt Edo, um mir gleich darauf folgendes Gedankenexperiment zu präsentieren: »Stell dir vor, du hättest die Wahl, immer wieder in einem riesigen, aber völlig leeren Hangar eingeschlossen zu werden *oder* in einem winzigen Zimmer mit einem bequemen Bett, einem Geliebten und vielleicht sogar ein paar guten Büchern. Wofür würdest du dich entscheiden?«

»Für das winzige Zimmer«, sage ich. Die Entscheidung fällt mir nicht schwer.

»Genau. Diese Ungeheuer hier kuscheln sich immer in der hintersten Ecke aneinander. Anscheinend ist das ihre Vorstellung von Bequemlichkeit.«

»Wenn auch ohne Bücher. Und der Geliebte kommt erst morgen.«

»Genau so ist es!« Edo schlägt mit der flachen Hand auf das Gitter. »Morgen müssen sie ran und rammeln – ich habe schließlich nicht umsonst so viel Geld ausgegeben!«

Er nimmt mir das Weinglas aus der Hand und zieht mich an sich, legt die Arme um meinen Rücken und die Hände auf meinen Po. Edo führt, und ich folge. Zu seinem nicht ganz sauberen Summen und Brummen tanzen wir durch den Raum. Angela hebt erneut den Kopf, und auch Ursula öffnet ab und an ihre wässrigen Augen. Beide erlauben uns, unseren seltsamen Tanz fortsetzen.

Minuten vergehen. Edo zieht mich noch fester an sich. Ich höre seine ruhige Atmung, spüre seinen Herzschlag. Und jetzt?, denke ich, den Blick auf die bereits wieder dösenden Nashörner gerichtet. Wie geht es jetzt weiter? Ich kann seinen Atem riechen, er riecht nach Alkohol und Obst. Habe ich mich inzwischen genug eingelebt, um es zu wagen, die Initiative zu ergreifen? Oder soll ich mich lieber auf meinen konservativen Hintergrund berufen, auf Nummer sicher gehen und als Frau brav abwarten, bis der Mann den nächsten Schritt macht? Ich schmiege meine Brüste etwas fester an seinen Oberkörper, dränge meine Hüften an seine Beine und lege meine Wange auf seine Schulter. So tanzen wir weiter. Mich hin und her wiegend, bereite ich mich langsam auf das vor, was vielleicht gleich passieren wird. Ein Gedanke schießt mir durch den Kopf – dein Chef! Er ist eigentlich dein Chef! –, doch ich kann dieses Detail problemlos verdrängen. Ich konzentriere mich einfach auf die Nashörner. Sie sehen keine tanzenden Kollegen, keine bürokratische Hierarchie. Wegen ihrer Kurzsichtigkeit sehen sie sich bewegende Umrisse, die sie leicht deuten können. Sie kennen unseren Geruch, erkennen das erotische Knistern, das den Raum füllt. Ein tanzender Mann und eine tanzende Frau, nicht mehr und nicht weniger.

Und so tanzen wir immer weiter. Edo hört auf zu summen. Schweigend gleiten wir dahin und werden langsamer, bis sich unsere Füße kaum noch von der Stelle rühren. »Los, komm!«, sagt er und nimmt meine Hand. Seine warmen Finger verschränken sich mit meinen. Während er die Weingläser in die andere Hand nimmt, verlassen wir Afrika ohne ein weiteres Wort. Wir gehen am phallischen Denkmal vorbei und auf sein Haus zu. Am Gartentor bleiben wir stehen. »Und hier …«, murmelt er mit einem Blick, der viel zu ernst ist für diesen Moment, »hier wohnt das allerseltsamste Tier.

»Das *allergefährlichste Tier*«, scherze ich vielsagend und bin mehr als bereit, ihm zu folgen. Durch die Küchentür. In den Flur und dann die Treppe hoch zu seinem Zimmer.

Doch stattdessen dreht sich Edo erneut nach mir um. Er küsst mich auf die Wangen, und während er mir die Weingläser in die Hand drückt, murmelt er etwas, das ich kaum verstehe: »Abspülen musst du.«

Dann ist er verschwunden.

2

Ich habe die Haustür zugezogen, mein Rad aufgesperrt und bin jetzt unterwegs zum Zoo. Ich trete in die Pedale und sause über die Keizersgracht, als ich in der Ferne bereits die Gebäude auf der anderen Seite der Amstel erkennen kann. Aufs Tempo kommt es an – das weiß ich besser als jeder andere, und auch eine gute Geschichte möchte nichts lieber als voranschreiten. Trotzdem werde ich erst noch ein wenig von gestern Abend erzählen – ein Abend, den ich überwiegend in meiner bescheidenen Bibliothek verbracht habe. An meinem Lesetisch blätterte ich gemütlich durch einen dicken Stapel Monografien, wobei ich mir viel Zeit für die berühmten Meisterwerke von 1515 nahm, mit denen Dürer das Nashorn als erster Künstler überhaupt ins europäische Bewusstsein gebracht hat. Anlass für seine Kunstwerke – ein grober Holzschnitt mit den Maßen 25 mal 32 Zentimeter und eine atemberaubende, etwas größere Tuschezeichnung – war die Nachricht vom seltsamen Nashorn-Tier, das Afonso de Albuquerque, der portugiesische Gouverneur von Indien, vom Sultan von Gujarat Muzaffar II. geschenkt bekommen hatte. Was soll ich um alles in der Welt mit einem Nashorn?, dachte sich der Gouverneur bestimmt und ließ das Tier sofort nach Lissabon verschiffen, wo es am 20. Mai 1515 von König Manuel I. in Empfang genommen wurde. »Es hat ein Farb wie ein gespreckelte Schildkrot und ist von dicken Schalen uberleget sehr fest, und ist in der größ als der Heilffandt, aber niderichter von baynen und sehr wehrhafftig«, ließ Dürer in gotischen Lettern über seinen Holzschnitt drucken. »Es hat ein scharffstarck Horn vorn auff der Nassen, das begundt es zu wetzen, wo es bey staynen ist.« Aus eigener Anschauung konnte Dürer das alles unmöglich wissen, denn er bekam das Tier nie zu sehen. Der portugiesische König wusste auch nichts mit dem Nashorn anzufangen und beschloss, es dem Papst in Rom zu schenken. Doch das Nashorn sollte den Vatikan nie erreichen, denn das Schiff, auf dem es Kurs auf Italien nahm, sank, und das ertrunkene Tier wurde unweit von Nizza angespült, wo es der Legende nach von einigen erstaunten Fischern gefunden wurde. In Nürnberg indes stützte sich Dürer auf Skizzen und Beschreibungen, die ihm aus Lissabon geschickt wurden. Seine fantasievollen Abbildungen erfreuten sich einer so großen Beliebtheit, dass sie das europäische Bild vom Nashorn fast zwei Jahrhunderte lang prägen sollten. Das wie ein Panzer bewehrte Tier mit nur einem mickrigen Horn bohrte sich fest ins europäische Gedächtnis – ein Klischee, das von den lebenden Nashörnern, die nach ihm den Kontinent erreichten, kaum ins Wanken gebracht wurde.

Am Ende der Keizersgracht verlangsame ich die Fahrt, schaue kurz nach links und rechts, weiche einem Auto aus und biege erst rechts und dann links in Richtung Magere Brug ab. Drei energische Pedaltritte für die sanfte Steigung, noch ein Tritt wegen des Buckels in der Mitte, den Rest besorgt die Schwerkraft. Auf halbem Wind segle ich geradeaus in die Nieuwe Kerkstraat.

Das erste Nashorn auf niederländischem Boden wurde im Volksmund Clara genannt. Ich weiß das, weil ich als Minister für Landwirtschaft und Umweltschutz einmal im Naturhistorischen Museum Rotterdam eine Ausstellung dazu eröffnen durfte. Den Katalog habe ich gestern Abend auch noch kurz aus dem Regal gezogen, sodass mir die Fakten präsent sind. An Bord der *De Knappenhof*, ein Schiff der Vereinigten Ostindien Kompanie, kam Clara aus Bengalen nach Rotterdam, wo sie am 22. Juni 1741 an Land ging. Das Tier gehörte Kapitän Douwe Mout van der Meer, der rasch damit begann, seinen kostbaren Besitz auszubeuten. Im September desselben Jahres reiste Clara nach Amsterdam, dort konnten die Einwohner das seltsame Ungeheuer auf dem Jahrmarkt begaffen. Die ganze Stadt strömte herbei, angeblich wollten Tausende dieses mythische Einhorn sehen. Anschließend reiste Clara weiter nach Hamburg, es folgte eine mehrjährige Tournee durch Deutschland, die Schweiz, Frankreich und Italien. Die Roadshow ging kreuz und quer durch Europa, Österreich und England wurden besucht, und auch in den Niederlanden tauchte das Tier immer wieder auf, unter anderem in Leiden und Haarlem, bis es 1758 mit einundzwanzig Jahren in London starb. Claras Bedeutung ist nicht zu unterschätzen: Hunderttausende Europäer konnten sie mit eigenen Augen sehen, zahlreiche Wissenschaftler veröffentlichten eine Beschreibung, und zig Künstler hielten ihr Bild fest. Dürers Patent war endgültig abgelaufen.

Am Ende der Nieuwe Kerkstraat schieße ich kurz vor einer quietschenden Straßenbahn über die Brücke der Plantage Kerklaan. Der Fahrer wirft mir einen wütenden Blick zu, er stößt einen Fluch aus, den ich nicht hören, aber erahnen kann. Die Straßenbahn ist vollgestopft mit Leuten, die nur ein Ziel haben. Opas und ihre Enkel, Mütter mit Kinderwagen – sie alle sind unterwegs zum Zoo. Der Verkehr nimmt zu, an der Kreuzung zur Plantage Middenlaan steht viel Polizei, die Menschen drängen sich vor den Absperrgittern am Eingang, und Reisebusse verstopfen die Straßen. Montags ist es normalerweise ruhig, an diesem Tag erholt sich der Tierpark noch vom anstrengenden Wochenende. Aber heute Morgen ist alles anders. Dass die neue Tiefgarage nicht fertig ist, verschlimmert das Chaos. Autos suchen nach Parkplätzen, Busfahrer bleiben in den überfüllten Straßen stecken, und die den Verkehr regelnden Beamten haben keine Chance. Während ich mit gespitzten Lippen eine Melodie vor mich hin pfeife, schlängle ich mich mit dem Rad durch die Menschenmassen. Ich passiere das Bibliotheksgebäude und sause in Edos Auffahrt, wo ich, nachdem ich das Tor zur Straße geöffnet und wieder geschlossen habe, meinen Vorderreifen in den Fahrradständer gleiten lasse. Zum Glück sind die wilde Hektik, die gespannte Erwartung und die Tyrannei dessen, was in romantischen Kreisen »Straßenlärm« genannt wird, mit Betreten des Zoos gleich wieder verschwunden. Die Präriehunde laufen wie immer ziellos hin und her, die Papageien in der Mauritsvoliere räuspern sich, und die Helmkasuare picken schweigend im Gras, während der Musikpavillon still daneben liegt. Ich beschließe, kurz die Gibboninsel und die Wiesenvogelvoliere zu umrunden. Das ist nicht nur der älteste Teil des Zoos, der Abschnitt, in dem der Tierpark 1838 seinen Anfang nahm, sondern auch der, der mir am meisten am Herzen liegt, weil er mit einer meiner frühesten Kindheitserinnerungen verbunden ist.

Im Sommer 1940 bin ich zum ersten Mal mit meinen Eltern hergekommen, an einem Sonntagnachmittag, einige Wochen nach Kriesgsbeginn. Deutsche Soldaten begafften die Gehege oder ruhten sich im sauber gemähten Gras aus. Im alten gusseisernen Pavillon spielte eine Blaskapelle. Ich erinnere mich noch gut an meine Faszination für die merkwürdig geformten Instrumente, die in der Sommersonne glänzten, und an die Flüsterstimme, mit der mein Vater mir alles erklärte: Das ist eine Trompete und das eine Tuba, das ein Flügelhorn, das ein Saxofon. Später hat mir mein Vater erzählt, dass er meine Mutter Anfang der Dreißigerjahre im Zoo kennengelernt hat, bei einem der wöchentlichen Konzerte im Musikpavillon. Hier liegen meine Wurzeln, hier bin ich entstanden, wenn man so will. Denn hier wurde gescherzt und geflirtet, hier wurden Zukunftspläne geschmiedet, eine Verlobung und eine Ehe geplant, aus der einige Jahre später ich hervorgehen sollte. So gesehen bin auch ich eine Kreatur des Zoos, und da bin ich nicht der Einzige. Die wöchentlichen Konzerte habe ich nicht mehr miterlebt, in meiner Kindheit fand nur noch ab und zu etwas statt, bis der Musikpavillon schließlich abgerissen wurde, um erst Platz für den Goldfischteich und später für die Wiesenvogelvoliere zu machen. Während des Krieges blieb der Zoo für die Bevölkerung geöffnet, und das trotz der Nahrungsknappheit, den sporadischen Bombenangriffen und des fehlenden Personals aufgrund des »Arbeitseinsatzes« in Deutschland. Als Kind habe ich davon natürlich nichts mitbekommen, die Erkenntnis kam erst viel später, nämlich dass ein Zoo eine Gegenwelt ist, ein Gegenentwurf zum Alltag, eine Oase mitten im Chaos. Und dieses Gegenstück zur Wirklichkeit braucht furchtlose Fantasten, die es erhalten. Der Begründer des Zoos und dessen frühere Direktoren, jene tapferen Männer, die den Zoo durch den Krieg brachten, waren ausnahmslos Menschen, die Mut, Fachwissen, Humor, Leidenschaft, Draufgängertum und Visionen auf beeindruckende Art in sich vereinten. Und es ist diese innere Überzeugung, die es mir ermöglicht, Edo gegenüber dem konservativen Vorstand in Schutz zu nehmen, ihn in seiner riskanten Erneuerungswut zu unterstützen. Unser Nashornprojekt ist sensationell, die Kosten sind der reine Wahnsinn – aber all das ist gar nichts im Vergleich zu den Risiken, die dieser Zoo in seiner turbulenten Geschichte bereits eingehen musste. Es ist immer gut ausgegangen, und obwohl frühere Erfolge auch einem Zoo keinerlei Zukunftsgarantie bieten, stimmen sie mich doch zuversichtlich, dass es auch diesmal gut ausgehen wird. Hinter dem nach wie vor geschlossenen Eingang warten jedenfalls schon Tausende von Besuchern, denen unsere Vorstandsüberlegungen scheißegal sein dürften. Und auch die kauenden Kamele hinter mir interessiert das kein bisschen. Lethargisch starren sie vor sich hin und ahnen heute weder was von der Luftwaffe noch von einem Hubschrauber und erst recht nichts von einem Abwurf über Afrika. Es ist Viertel vor neun, in einer Viertelstunde werden die Tore geöffnet, woraufhin Tausende von Besuchern in unser runderneuertes Afrika stürmen werden. Und ungefähr ein, zwei Stunden später heißt es dann: Deus ex Machina!

Kaum bin ich nach Afrika spaziert, sehe ich auch schon Sariah, die hektisch in ein Funkgerät spricht. Sie sieht aus, als gäbe es schlechte Nachrichten, ihre gerunzelte Stirn verheißt nichts Gutes. Noch bevor ich etwas zu ihr sagen kann, hat sie sich auch schon umgedreht, läuft zum verlassenen Elefantengelände hinüber und verschwindet aus meinem Blickfeld. Wie seltsam! Sariah ist zwar häufiger etwas barsch und zurückhaltend, aber heute ist es anders. Gut möglich, dass die Nerven mit ihr durchgehen, es ist schließlich ein aufregender Tag. Vor dem neuen Wildhundgehege entdecke ich Edo – mehrere Kameras sind auf ihn gerichtet. Beim Näherkommen sehe ich, dass er von zwei Fernsehjournalisten gleichzeitig interviewt wird, während sich die Printmedienvertreter um ihn scharen und sich Notizen machen. Auch anderswo in Afrika ist die Presse überall präsent, Männer und Frauen mit Kameras, Tonangeln, Aufnahmegeräten und Fotoapparaten – bestimmt fast drei Dutzend. Es ist lange her, dass unser Tierpark so viel Medienaufmerksamkeit bekommen hat, und es würde mich nicht wundern, wenn wir heute einen neuen Rekord aufstellen. Egal, ob Albrechts Ankunft die Erwartungen erfüllen wird oder nicht – im Grunde ist die Sache jetzt schon ein Erfolg.

Edo beantwortet eine letzte Frage, und die Zuhörer lachen. Seiner Körperhaltung kann ich in etwa entnehmen, was er da gerade erzählt – etwas von einer glorreichen Zukunft, etwas Selbstbewusstes, Visionäres, das er zweifellos in einprägsame Slogans verpackt. Die Interviewer ziehen ab, woraufhin er sofort vom Team eines weiteren Senders umzingelt wird. Der Kameramann, die Journalistin und der Produzent bedrängen ihn von drei Seiten. Wollte Edo die Flucht ergreifen, müsste er durchs Hundegehege entkommen. Aber natürlich will Edo das nicht, vor der Kamera ist er so richtig in seinem Element. Weil ich neugierig bin, was er so alles zum Besten gibt, trete ich näher. Edo geht kurz aus dem Bild, um mir die Hand zu geben – »Der Tierpark ist das reinste Irrenhaus, Frank!« –, Sekunden später wird die erste Frage gestellt. In fehlerfreiem Deutsch erklärt Edo, wie es dazu kam, dass Albrecht heute in Amsterdam eintreffen wird.

»Seine Ankunft ist die unmittelbare Folge eines Übereinkommens über den Handel mit gefährdeten Arten, das vor zwei Jahren in Dublin getroffen wurde. Dort beschloss man, die noch lebenden Nashörner optimal zu verteilen, um den Bestand gesund zu erhalten. Der Berliner Zoo besaß zwei, Albrecht und Leopard, und musste deshalb eines abgeben. Es wurden DNA-Analysen von allen lebenden Nashörnern gemacht, woraus sich ergab, dass eine Paarung Albrechts mit unseren Weibchen das Beste für den Stammbaum ist.«

Die Journalistin schaut ihn ziemlich geistesabwesend an. »Natürlich freuen wir uns auch riesig über Albrecht an sich«, fährt Edo fort. »Aber letztlich geht es uns um das Überleben der Art. Und dafür brauchen wir einen vielseitigen Genpool. Das Schicksal der Art liegt in den Händen dieser drei Bullen, und wir sind stolz darauf, unseren Beitrag dazu leisten zu dürfen.«

»Mussten Sie viel für Albrecht bezahlen?«

»Ach, was heißt schon viel! Über einzelne Beträge erteilen wir keine Auskunft.«

»Es geht das Gerücht, dass Sie einige Millionen hinblättern mussten.«

Edo schüttelt den Kopf. »Albrecht ist von unschätzbarem Wert. Der lässt sich nicht in Zahlen ausdrücken, und deshalb tun wir das auch nicht.«

Das Interview ist beendet, der Kameramann hat die Kamera vom Stativ genommen. Als Edo seiner Interviewerin die Hand gibt und noch etwas mit ihr plaudert, sehe ich, wie Sariah mit einem Filmteam auftaucht. »Die sind meinetwegen hier«, sagt sie, ohne Edo ins Gesicht zu sehen. »Guten Morgen, Frank.«

Ich nicke ihr freundlich zu und frage mich erneut, was bloß mit ihr los ist. Edo runzelt die Stirn, auch er ist sichtlich verärgert. Ich beschließe, Sariah und dem Filmteam ins Innengehege der Nashornweibchen zu folgen. Sie sprechen Englisch, auch wenn sie mit dem schwarzen Kameramann ab und zu in Afrikaans verfällt.

»Hast du was dagegen, wenn ich zuhöre?«, frage ich. Sie zeigt auf eine Bank in der Ecke des Raums; gehorsam nehme ich darauf Platz. Sie hält sich genau an die Regieanweisungen – ein bisschen mehr nach links, einen Schritt vor –, denn im Hintergrund soll auch Ursula so gut wie möglich zu erkennen sein. Die Kamera läuft, der Interviewer stellt seine erste Frage auf Englisch, er hat einen leichten niederländischen Akzent.

Mir fällt auf, dass Edo und Sariah die Interviews gründlich vorbereitet und ihre Antworten auf die wahrscheinlichsten Fragen aufeinander abgestimmt haben. Sariah ist hochprofessionell, aber auch etwas nervös. Erst gegen Ende ihrer Antwort erscheint ein Lächeln auf ihrem Gesicht, und um ihre Augen bilden sich ein paar Krähenfüße. Während ich zuschaue und zuhöre, kann ich meine Begeisterung kaum verhehlen: Welch ein Glück, mit ihr arbeiten zu dürfen! Ich erinnere mich noch gut an den Abend, an dem Edo mich mit der Nachricht überrumpelte, sie eingestellt zu haben – einfach so hinter meinem Rücken, mit anderen Worten so impulsiv, wie es seine Art ist. Wenn ich die nur wenige Meter von mir entfernte Sariah vor der Kamera mit der verletzlichen Frau vergleiche, der ich mich damals vorstellen durfte, ist sie kaum wiederzuerkennen. Schon bald nach ihrer Ankunft hat Edo mir ihre Lebensgeschichte erzählt. Eine Frau ohne Mann, ohne Kind, ohne Land – eine Lebensgeschichte wie eine klassische Tragödie. Mit großer Genugtuung stelle ich fest, dass sie in den letzten Monaten ganz schön Widerworte gibt, Edo die Meinung geigt, ja manchmal ohne nachweisliche Fachkenntnisse direkt sagt, was sie denkt. Mit anderen Worten: Sie ist drauf und dran, eine echte Niederländerin zu werden, wozu auch ein gewisser ironischer Sarkasmus gehört. Sariah ist in ihrer »niederländischen Phase«, wenn ich das mal so nennen darf, ein vollkommen anderer Mensch geworden.

Die ersten Fragen folgen demselben Muster wie das Interview mit Edo, doch dann nimmt das Gespräch eine andere, eine persönlichere Wendung, denn der Interviewer, der heute extra aus Johannesburg hergeflogen ist, lenkt seine Fragen rasch in eine andere Richtung: »Und was ist mit Ihnen, Miss Malan?«, fragt er forsch. »Was hat Sie dazu gebracht, in einem holländischen Zoo zu arbeiten?«

»Das Nashorn«, sagt Sariah ernst. »Für das Überleben des Nashorns bin ich bereit, alles aufzugeben – sogar meine Heimat.«

»Finden Sie nicht, dass es eigentlich nach Afrika zurückmuss, dorthin, wo es hingehört?«

Sariah überlegt einen Moment. »Gilt das nicht für uns alle?«, sagt sie nachdenklich. »Kommen wir nicht alle aus Afrika?« Aber eine Rückkehr sei unmöglich, fährt sie fort, da das Nashorn in der Wildnis nicht mehr sicher sei. »Selbst in gut bewachten Tierparks können wir das Wildern nicht absolut verhindern. Ich brauche Sie wohl nicht daran zu erinnern, was vor zwei Jahren in Kalkutta passiert ist. Ein ähnlicher Versuch konnte letztes Jahr bei uns in Pretoria zum Glück gerade noch verhindert werden. Jetzt, wo das wilde Nashorn ausgestorben ist, befürchten wir, dass sich die Wilderer zunehmend auf Zoos konzentrieren.«

»Ist das nicht ein Kampf, der bereits hoffnungslos verloren ist? Lässt sich eine Tierart mit elf Exemplaren überhaupt noch retten? In den letzten Jahren sind wieder ziemlich viele gestorben.«

»Es ist teuer, aber nicht hoffnungslos. Und ja, das Nashorn ist noch zu retten. Drei Bullen, acht Weibchen – laut unseren Genpool-Analysen müsste es klappen. Es gibt Tierarten, die mit noch weniger Exemplaren ausgekommen sind. Wir müssen uns allerdings beeilen, wir haben keine Zeit zu verlieren.«

Wir haben keine Zeit zu verlieren – genau das hat Edo auch gesagt. Sariah hält sich wieder an ihre einstudierten Sätze, an die Geschichte, die heute an die versammelte Weltpresse gebracht werden muss. Auch auf diesem Gebiet hat Sariah große Fortschritte gemacht, sie hat sich innerhalb kürzester Zeit eine bestimmte Philosophie angeeignet, gelernt, das Spiel des Zoos zu spielen und das Tier mit ausgefuchsten sprachlichen Mitteln zu verkaufen. Auch wenn ich ihr das so natürlich nie sagen würde, wird sie Edo immer ähnlicher.

»Wenn das Nashorn ausstirbt, wäre es das größte Säugetier seit dem Mammut«, fährt sie fort. »Und das wäre nicht nur ein Umweltverbrechen, sondern aus meiner Sicht auch ein Verbrechen gegen die Menschlichkeit.«

Komm schon Sariah, jetzt gehst du aber echt zu weit! Aber der Interviewer hakt kaum nach, er freut sich über die O-Töne, die er bekommt. Als das Interview vorbei ist, verlasse ich das Nashornhaus und schlendere zwischen den Besuchern umher, die Afrika inzwischen betreten haben, laufe den verlassenen Nilpferdtümpel entlang. Durch die schweren Doppeltüren gehe ich kurz ins Elefantenhaus, in dem Tembo und seine Kühe der kommenden Dinge harren. Sie fragen sich bestimmt, warum sie nicht ins Freie dürfen, warum sie an einem so sonnigen, trockenen Tag wie heute drinnen bleiben müssen. Aber wie soll man ihnen das bitte schön erklären? Sie bleiben drinnen, weil gleich ein Hubschrauber kommen und ein – wie es so schön heißt – »wollüstiges« Nashorn in unserem Zoo absetzen wird. Deutsch ist und bleibt trotz allem eine herrliche, ebenso vornehme wie derbe Sprache, der wir die unsere verdanken – ob uns das nun gefällt oder nicht.

Als ich wieder draußen bin, sehe ich, dass die Filmteams ihre Positionen bezogen haben. Am Entrepotdok parkt eine lange Schlange Ü-Wagen, ihre Satellitenschüsseln zeigen zum Himmel, und oben in der Luft hängen zwei blaue Polizeihubschrauber. Sariah hat ihren Overall angezogen, neben dem Bauwagen für den Tierarzt bereitet sie gerade mit ein paar Pflegern alles vor: todernst, engagiert und wieder mit diesem grimmigen Blick. Ich drehe nochmals eine Runde durch Afrika, wo heute Morgen nur die Wildhunde draußen sind, denn nur sie können den Lärm ertragen. Sobald Albrecht gelandet und der deutsche Heli wieder davongeflogen ist, werden auch die anderen Innengehege geöffnet, und dann ist es wieder ein ganz normaler Zootag. Edo löst sich aus der Menschenmenge, sein Grinsen ist noch breiter als seine ohnehin schon große Klappe. Ich umarme ihn wie einen verlorenen Sohn. »Noch zwanzig Minuten«, sagt er und vibriert förmlich vor Energie. »Wir liegen genau im Zeitplan.«

Ich eile zum Affenhaus, bahne mir einen Weg durch die Massen, die alle in die andere Richtung wollen. Beim Affenpfleger habe ich mir nämlich einen Stehplatz in einem der Türme reserviert. Dort ist es ruhig, und man hat eine gute Aussicht. Dort liegt mir ganz Afrika zu Füßen. Außerdem bietet mir der Turm einen fantastischen Fernblick nach Osten, sodass ich Albrecht schon von Weitem sehen kann. Ich habe meine eigene »Skybox«, die ich über eine schmale Wendeltreppe auf der Nordseite des Gebäudes betrete. Ich sehe, dass die Polizei auch auf der anderen Seite des Entrepotdoks Stellung bezogen hat und dass dort ebenfalls Hunderte von Menschen am Kai sitzen, um Albrechts Ankunft mitzuerleben.

Minuten vergehen, alle warten gemeinsam auf den großen Moment. Mir fällt auf, dass auf den Gebäuden jenseits des Wassers mehrere Kameras nach rechts schwenken, und in diesem Moment glaube auch ich, Albrecht zu erkennen. Aus östlicher Richtung kommt ein kleiner Punkt angeflogen, ein Punkt, unter dem sich ein noch kleinerer Punkt befindet – zwei Tupfen, die sich langsam nähern, bis ich auch das Seil zwischen Hubschrauber und Nashorn sehen kann. Manche Dinge lassen sich nur schwer in Worte fassen, und das gilt auch für ein Nashorn, das an allen vieren an einem Hubschrauber baumelt. Und trotzdem erscheint genau dieses Bild über der Stadt. Mit ohrenbetäubendem Lärm kommt die Luftwaffe näher, den betäubten Albrecht am Schlepptau, ein drei Tonnen schwerer Koloss. Als sich der Hubschrauber weiter nähert, sieht man, dass sich das gelbe Seil einige Meter über dem Tier in vier breite Bänder teilt, die jeweils mit einer Schlaufe an seinen Beinen befestigt sind. Es ist ein extrem merkwürdiger Anblick, groteske Realität. Als das graugrüne Fluggerät die Innenstadt erreicht, wird es langsamer, geht tiefer und schwebt knapp über dem Wasser heran. Die Zuschauer am Kai filmen die Szene mit ihren Handys, und auch die Zoobesucher haben den Hubschrauber inzwischen entdeckt. Ein Pfleger, der auf den Tierarztbauwagen geklettert ist, feuert eine Leuchtrakete ab, die sofort für dichten orangefarbenen Rauch sorgt. Der steigt schnell auf, und der Pilot analysiert die Rauchfahne, berechnet die Anflugroute. Wind ist offenbar kein Problem. Der Hubschrauber fliegt in Richtung Plantage Kerklaan, verschwindet hinter dem Vogelhaus und taucht dann in seiner ganzen Pracht über Afrika auf, um etwa zwanzig Meter über der Nashornweide auf der Stelle zu fliegen. Albrecht bekommt von alldem hoffentlich nichts mit, seelenruhig hängt er etwa sieben Meter über seinem neuen Habitat, die Beine nach oben gestreckt und den Kopf völlig benommen zurückgeworfen, die zwei Hörner zeigen wie Krallen zum Boden. Ein weißes Tuch ist um seinen Kopf gebunden, und sein Maul wurde mit Klebeband verschnürt.

Bei Ankunft des Hubschraubers haben sich alle im Publikum die Ohren zugehalten, der Fallwind drückt sie zu Boden, nur ein besonders Wagemutiger versucht, die Szene festzuhalten. Die Seitentür des Hubschraubers öffnet sich, und der Windenfahrer reagiert auf den gehobenen Daumen Sariahs, die geduckt in Albrechts Schatten steht. In der Türöffnung erscheint ein Mann im Schutzoverall, der Windenfahrer schubst ihn sanft aus dem Hubschrauber. An einem dünnen Seil wird der Mann herabgelassen, schießt an Albrecht vorbei und landet direkt neben Sariah auf der Weide. Das wird der Tierarzt sein, der berühmte Dr. Loewe, über den bei uns im Büro wochenlang gestritten wurde. Kaum steht der Arzt auf Amsterdamer Boden, löst Sariah den Karabiner, und das Seil wird wieder hochgezogen. Zeit für eine richtige Begrüßung bleibt nicht, denn gleich darauf geht der Hubschrauber in den Sinkflug, Meter für Meter erreicht Albrecht sein Ziel. Sariah und Loewe können das hängende Tier inzwischen anfassen und drehen es so, dass sein Kopf nach Osten zeigt – weg von Publikum und Elefantenhaus. Auf dem letzten Meter nimmt Sariah das große Horn in die Hand und zieht Albrecht zu sich her, woraufhin sein Kopf kurz vor seinem Rücken die Erde berührt und eine Vierteldrehung beschreibt. Auch seine vier Beine fallen jetzt zu Boden, und während man sieht, wie die Seilspannung nachlässt, rollt das Tier sanft auf die Seite. Dann geht alles ganz schnell. Das Seil wird vom Hubschrauber gelöst, und als es direkt neben Albrecht ins Gras fällt, steigt der Hubschrauber um mehrere Meter, dreht nach Backbord ab und verschwindet anschließend in östlicher Richtung – Albrecht und seinen Leibarzt zurücklassend.

Am liebsten würde ich so schnell wie möglich hinunterrennen, aber ich dürfte es kaum schaffen, mich durch die Menschenmassen zu zwängen. Deshalb bleibe ich einfach hier, in meinem Elfenbeinturm, und sehe zu, wie Sariah und Loewe die breiten Bänder von Albrechts Beinen lösen, danach auch das Klebeband sowie die Binden um seinen Kopf. Inzwischen holt Dr. Loewe aus dem Bauwagen etwas, das aussieht wie eine Dose Haarspray. Daran befestigt er einen dünnen Schlauch, den er in Albrechts Nüstern steckt. Ich stehe zu weit weg, um es richtig zu erkennen, vermute aber, dass es eine Art Gegengift ist, ein Mittel, um die Betäubung aufzuheben. Alle Nachrichtensender halten ihre Kameras nach wie vor auf das Tier in der Nashornweide, und auch die Zuschauer platzen vor Ungeduld. Zusammen mit Sariah trägt Dr. Loewe Seile und Tücher weg, und das geduldige Warten beginnt. In diesem Moment verlasse ich meinen Turm. Ich möchte dabei sein, bei Edo, Sariah und Dr. Loewe, ich möchte ganz nah dran sein, wenn Albrecht aufwacht und seine ersten Amsterdamer Schritte macht.

3

Ein Nashorn, das seinen Rausch ausschläft – warum dauert das bloß so lange? Komm schon, Albrecht, die Leute warten, du bist live im Fernsehen, verdammt!

Loewe und Sariah sind schwer mit Schläuchen, Tüchern, Spritzen und Lappen beschäftigt, sie unterhalten sich in einer unverständlichen Fachsprache, sodass ich überhaupt nicht mehr mitkomme, ich kann ihnen nicht im Geringsten folgen. Ich schaue auf die Uhr. Seit Albrecht abgesetzt wurde, ist etwa eine Dreiviertelstunde vergangen. Wenn jetzt nicht bald etwas passiert, wird die Story keine Schlagzeilen mehr machen. Weltnachrichten wuchern und finden kein Ende, überall stehen Länder vor dem Zusammenbruch, Volkswirtschaften vor dem Ruin, Banken vor der Pleite; weltweit stehen Politiker Schlange, um live ihre Botschaften in den Äther zu schicken. Solange wir etwas zu *bieten* haben, kann Albrecht im Kampf um Aufmerksamkeit locker mithalten, aber dafür muss eben bald was passieren. Ein lebloser Dickhäuter ist alles andere als spannend, schon bald wird alle Welt gähnend weiterzappen.

Aus dem Augenwinkel sehe ich, dass Ingrid und Henk das afrikanische Elefantenhaus geöffnet haben. Mit seinem Harem im Schlepptau marschiert Tembo selbstbewusst auf die Weide. Kurz darauf höre ich auch das Plätschern der Nilpferde, ihr nasales Schnauben im Wasser. Anderswo tauchen ebenfalls Tiere auf, Giraffen und Antilopen, Löwen und Leoparden – nur die Nashornschwestern müssen vorerst drinbleiben.

Wieder ein Blick auf die Uhr, inzwischen ist bereits eine Stunde vergangen. Ich passe Sariah am Tierarzt-Bauwagen ab und frage sie, wie es aussieht. Worauf wartet Albrecht genau?

»Es kann jeden Moment so weit sein, höchstens noch eine halbe Stunde.«

»Eine halbe Stunde?«, murmle ich und sage laut: »Wir *haben* aber keine halbe Stunde!«

Sariah sieht mich kopfschüttelnd an, sie scheint nicht zu begreifen, worum es mir geht.

»Wir müssen uns beeilen, wir hängen verdammt noch mal in der Luft!«

Jetzt erst dämmert es ihr. »Albrecht braucht Zeit. So eine Betäubung lässt nicht so schnell nach.«

»Ach!«, erwidere ich. »Erklär das mal CNN! Oder Al Jafucking-zeera!«

»Was hast du denn gedacht?«, sagt sie verächtlich. »Dass Albrecht aus dem Heli springt und der Presse umgehend Rede und Antwort steht? Wir reden hier von einem Tier, Edo, nicht von einem Fernsehformat.« Gereizt schüttelt sie den Kopf, und Loewe ruft nach ihr. Alle Augen – nicht nur unsere, sondern auch die von Hunderten von Kunden – richten sich auf Albrecht, dessen Hinterbein anfängt zu zucken – ein Mal, zwei Mal, drei Mal, vier Mal –, dann kehrt wieder Ruhe ein. Fantastisch!, denke ich, immerhin ein Anfang, etwas, das die Kameras in Großaufnahme bringen können. Albrecht liegt nach wie vor auf der Seite, seine Beine zeigen alle in dieselbe Richtung und erinnern an vier gefällte Bäume. Das Bein von vorhin beginnt erneut zu zucken, und auch an seinem Rumpf beginnen jetzt ganze Hautlappen zu zittern. Albrecht öffnet langsam die Augen, rührt sich aber ansonsten nicht von der Stelle.

Verdattert liegt er einfach bloß da, ohne jeden Plan oder Ehrgeiz, ohne die leiseste Ahnung von dem Medienzirkus um ihn herum.

»*Jetzt*«, sagt Sariah auf Deutsch, und Loewe begreift sofort. Während Albrechts Körper immer rhythmischer zuckt und zittert, stemmen sich die beiden Fachleute mit aller Kraft gegen seine Flanke. »*Eins, zwei*«, ruft Sariah immer wieder, um sich bei *drei* gemeinsam mit Loewe gegen Albrecht zu werfen. Es ist Sariah, die die Initiative ergreift, sie ist diejenige, die weiß, was jetzt passieren muss. Obwohl Loewe offiziell verantwortlich ist, sieht man sofort, wer hier das Sagen hat. Vielleicht hätte auch ich sie ermutigen sollen, die Initiative zu ergreifen. Gestern Abend meine ich. Vielleicht hätte ich mich ihr hingeben, ihr den aktiven Part überlassen sollen. In meiner Fantasie stehen wir erneut vor meinem Gartenzaun. Sariah nimmt mich an der Hand und schiebt mich *eins, zwei, drei* die Treppe hoch ins Schlafzimmer, reißt mir die Kleider vom Leib und wirft sich auf mich.

»Was für ein Spektakel!«, sagt Frank, der auf einmal direkt hinter mir steht.

»Toll, was? Ja, *das* ist Fernsehen!«

»Und? Läuft alles genau nach Plan?«

»Natürlich. In meinem Zoo fällt ein Nashorn nicht grundlos vom Himmel.« Lachend drehe ich mich wieder um und sehe, dass das Geschiebe nach wie vor anhält. Albrecht rudert ein wenig mit den Beinen, und beim x-ten *drei* dreht er sich auf den Bauch, als hingen ihm die deutschen Direktiven langsam zum Hals heraus. In alle vier Himmelsrichtungen zeigt nun ein graues Bein mit dicken schwarzen Zehennägeln. Sariah und Loewe lachen, sie lachen und keuchen, und Sariah streicht sich eine lose Strähne hinters Ohr. Albrecht liegt nach wie vor benommen auf der Weide, die Vierteldrehung scheint ihn völlig erschöpft zu haben, und sein Blick ist ebenso starr wie apathisch in die Ferne gerichtet. Sariah kniet sich vor seinen Kopf, legt ihre Hände um das Horn und scheint auf etwas zu lauschen, als wäre dort sein Herzschlag oder seine Atmung zu hören. Dann steht sie wieder auf, winkt Loewe herbei und geht mit ihm zu Albrechts Hinterteil. Eine Weile unterhalten sie sich leise, Sariah erklärt dem Leibarzt, was nun passieren muss, und auf ihren konzentrierten Gesichtern breitet sich ein entspanntes Lächeln aus. Wieder wird gezählt, auf *drei* drücken vier Hände gegen den aschfahlen Arsch. Reflexartig stemmt Albrecht sein Hinterteil hoch, um auf seine steifen Hinterbeine zu kommen und anschließend Kopf und Oberkörper aufzurichten.

Albrecht steht, sein Kopf wackelt. Kerzengerade steht er da wie ein Basaltblock, steifbeinig und mit verträumtem Blick. Durch die Nüstern stößt er ein paar dumpfe Geräusche aus. Sie hören sich an wie eine Art Husten, ein heiseres Röcheln, das hoffentlich nichts zu bedeuten hat. Er hebt den Kopf noch etwas höher und schaut nach wie vor verwirrt geradeaus. Wo bin ich?, scheint er sich zu fragen. Wohin gehe ich, wer hört mich, zu wem gehöre ich?

»Was für ein Vieh!«, sage ich zu Frank. »Viel größer, als ich dachte. Was er wohl gerade denkt?«

»Das werden wir nie erfahren«, sagt Frank tadelnd. »Das können wir unmöglich ergründen.«

»Aber man wird sich das doch noch fragen, sich in ihn hineinversetzen dürfen!«, erwidere ich lachend.

Frank schüttelt ernst den Kopf. »Wir sollten Tiere nicht vermenschlichen. Tiere denken nicht in Worten, sondern in Gerüchen, Geräuschen, Schwingungen, Bewegungen. Sie holen sich Hormone aus der Luft.« Er tut so, als würde er einen Apfel pflücken.

Inzwischen ist es um uns herum immer stiller geworden, Hunderten von Kunden steht der Mund offen, und jemand beginnt zaghaft zu klatschen. Ein Klatschen, das langsam zu einem donnernden Applaus anschwillt, aber Albrecht scheint das kaum zu kümmern. Vorsichtig macht er einen ersten Schritt, dann einen zweiten und dritten. Nach wie vor nicht ganz bei sich, läuft Albrecht über die Weide. Mit dem Kopf knapp über dem Boden und mit leicht abstehenden Ohren erkundet er seinen neuen Lebensraum.

In Afrika scheint es inzwischen immer hektischer zuzugehen, immer mehr Kunden versuchen, einen Blick auf Albrecht zu erhaschen. Das Tier schnuppert an der niedrigen Futterkrippe mit Stroh, kostet davon und beschließt, dass es noch nicht fressen will. Anschließend trottet es langsam bis ans Ende seines Geheges, hebt den Schwanz und beginnt zu kacken, unzählige riesige Grasknödel schießen aus ihm heraus. Die Besucher kriegen sich kaum noch ein vor Begeisterung, lautes Klatschen ertönt, denn alle haben begriffen, dass Albrecht sein Revier markiert, seine neues Zuhause angenommen hat. Dann läuft das Nashorn seelenruhig zur Weibchenweide und schnuppert lange an dem Gitter, das die beiden Gehege voneinander trennt, wobei er sein Horn zwischen den Stahlstreben durchsteckt. Menschen interessieren mich nicht die Bohne, scheint er sagen zu wollen, mir geht es um die Kühe. *Introibo ad altare virgini*s, ihr Duft weht mir entgegen! Sesam, Sesam, öffne dich und erlaube mir, meinen Samen zu verteilen!

Doch Albrecht wird sich noch etwas gedulden müssen, die Weibchen bekommt er erst morgen zu Gesicht, wenn seine Betäubung vollständig abgeklungen ist. Dann muss Sariah einen wissenschaftlichen Paarungsplan aufstellen. Da erwartet uns noch ein ganz schönes Stück Arbeit, denn in Zoos pflanzen sich Nashörner nur selten fort. Sie rammeln nicht gern in Gefangenschaft. Deshalb ist der Nashornbestand der Zoos stets durch wilde Exemplare ergänzt worden, was inzwischen leider nicht mehr möglich ist. Eine anspruchsvolle Aufgabe, trotzdem muss ich insgeheim lachen. Einen wissenschaftlichen Paarungsplan – das heißt wirklich so! – brauchen nämlich nicht nur Nashörner. »Komm!« Ich packe Frank am Ellbogen. »Lassen wir das finstere Ungeheuer fürs Erste in Frieden. Wir müssen noch so einige Unterschriften leisten.«

Gemeinsam gehen wir zu Dr. Loewe, der sich im Bauwagen gründlich die Hände wäscht. Es riecht nach Chemikalien, genau wie beim Haus- oder Zahnarzt. Nach dem durchdringenden Gestank von Krankheit und Desinfektion. Angesichts seiner tropfnassen Hände klopfe ich ihm einfach auf die Schulter und bedanke mich auf diese Weise für seine Arbeit. Du bist ein erbärmlicher Feigling, denke ich, denn nach allem, was ich gesehen habe, muss ich Sariah vollkommen recht geben: Du bist nichts als ein jämmerlicher Versicherungsfuzzi.

Loewe wedelt sich die Hände trocken, und ich nehme aus einer der Schubladen die Plastikmappe mit den Übereignungspapieren in zweifacher Ausfertigung. Loewe zieht einen Umschlag aus seiner Innentasche – die Vollmacht, im Namen Berlins unterzeichnen zu dürfen. Ich werfe einen flüchtigen Blick darauf und stecke den Brief in eine Schublade. Wir nehmen uns jeder einen Vertrag, setzen unsere Unterschrift darunter und überreichen uns das Dokument. Wir ergänzen unsere jeweilige Unterschrift auf der Kopie, woraufhin Loewe seine zusammengefaltet in die Innentasche steckt und ich meine in die Mappe. Wir geben uns die Hand, und damit ist die Übereignung erledigt. Albrecht gehört uns, bis dass der Tod uns scheidet.

Warum habe ich nicht an Champagner gedacht, verdammt noch mal? Ich wende mich an Frank, der die Sache von nun an übernehmen wird. Denn so sieht unsere Aufgabenverteilung heute aus: Frank nimmt Loewe unter seine Fittiche, damit Sariah und ich der Presse auch nach Albrechts Auferstehung Rede und Antwort stehen können. »Gratuliere, Herr Dr. Loewe«, hebt Frank an, und ich weiß, dass ich die beiden allein lassen kann.

Draußen sehe ich Sariah, sie unterhält sich mit einzelnen Kunden. Lebhaft gestikulierend holt sie gerade zu einer Erklärung aus. »In so ein Nashorn geht einiges hinein«, höre ich sie sagen.

»Und es kommt auch einiges wieder heraus«, erwidert ein alter Mann naserümpfend. Die Umstehenden lachen.

»Herzlichen Glückwunsch«, sage ich, sobald sie sich loseisen kann. »Ich bin schwer beeindruckt.«

Sie lacht verlegen und wird rot, das Abweisende, Verbitterte von vorhin ist wie weggeblasen. Ich denke an das gestrige Debakel, eine Katastrophe, die ich selbst verursacht habe, aber das Ganze scheint eine Ewigkeit zurückzuliegen. Das alles war *vor Albrecht*, in einer anderen Zeit, ab heute beginnt eine neue Zeitrechnung. Ein Neuanfang – bestimmt auch für Sariah und mich, denn von nun an heißt es nur noch *nach Albrecht*. »Danke«, sagt sie, »zum Glück ist alles gut gegangen. Dieser Loewe hatte nicht die geringste Ahnung.«

Ich breite einladend die Arme aus. »So sind wir eben, Sariah.« Sie sieht mich begriffsstutzig an und schmiegt sich dann an meine Brust. Ich lege die Arme um sie. »So sind wir Männer nun mal, wir haben von den meisten Dingen nicht die geringste Ahnung.« Sariah lacht und seufzt resigniert, ich spüre ihren Atem an meinem Hals. »Das mit gestern Abend tut mir leid«, flüstere ich so leise, dass sie mich kaum verstehen kann.

»Ich habe die Weingläser zerschlagen«, erwidert sie. »Die Scherben liegen in deinem Briefkasten.«

»Recht hast du! Es tut mir leid.«

Sariah vergibt mir, indem sie mich küsst: ein Kuss auf meinen Hals, der um die ganze Welt geht, wie wir abends sehen können. Bei der Nashornweide rücken bereits die ersten Filmteams an, Sariah löst sich von mir und unterhält sich mit ihren Landsleuten, während ich einige andere Sender abfertige.

Ein paar Stunden später stehe ich an meinem Küchenfenster und löffle Kaffee in den Filter. Ich hatte das Bedürfnis, mich unsichtbar zu machen, mich aus diesem Irrenhaus zurückzuziehen. Leichte Kopfschmerzen machen mir zu schaffen. Wie viele Interviews habe ich wohl heute gegeben, auf wie vielen Kanälen meine strategischen Visionen verkündet? Tausende von Besuchern sind heute über die Wege getrampelt, schon mittags um zwei war es der meistbesuchte Tag seit Langem. Um drei gab es im Restaurant nichts mehr zu essen, die Snack- und Kaffeebuden waren geplündert, Eis, Waffeln und Wurst im Schlafrock restlos verputzt, Cola und Apfelsaft ausverkauft.

Kaffeeduft macht sich breit, ich schenke mir einen großen Becher ein und nehme einen kochend heißen Schluck. Es pocht in meinen Schläfen – ein hämmernder, aber zum Glück nicht allzu stechender Schmerz, der mich immer dann heimsucht, wenn ich etwas Großes, Aufregendes erledigt habe.

Das Telefon klingelt, und ich weiß sofort, dass es Frank ist. »Was für ein Langweiler, dieser Loewe!«, stöhnt er mir ins

Ohr. »Wie dem auch sei, die graue Maus ist wieder abgereist. Ich habe ihn gerade nach Schiphol gebracht, denn er fliegt noch heute Abend zurück nach Berlin.« Wir besprechen die Abschiedsfeier für Insektenforscher Gré Samson, die am frühen Abend stattfinden wird. Albrecht kommt, und die Käfer gehen – aus meiner Sicht ist das Timing einfach perfekt. Aber Frank hat da so seine Zweifel, ja spürbares Mitleid mit Samson. Er wird heute Abend die Ansprache halten, denn Gré hat verlauten lassen, dass er auf eine Rede von mir keinen Wert legt.

»Und, bist du fertig mit deiner Geschichte?«, heuchle ich Interesse.

Zustimmendes Brummen. »Ich habe Sofie gebeten, noch ein paar Fakten für mich zu recherchieren: die Dauer seiner Betriebszugehörigkeit, die Namen seiner Frau und seiner Kinder, solche Sachen. Sie hat mir versprochen, mich gleich zurückzurufen. Hat jemand ein Geschenk besorgt?«

»Aber natürlich! Gré darf alle Bettwanzen mit nach Hause nehmen.« Frank prustet in den Hörer, ein ersticktes Lachen vermutlich. »Die Damen aus der Personalabteilung haben eine Skulptur in Auftrag gegeben«, fahre ich etwas ernster geworden fort, »und ich habe ihm noch eine DVD-Box gekauft: die komplette Spiderman-Trilogie.«

»Spiderman?«, sagt Frank tadelnd. »Ist das denn was für Erwachsene?«

»Aber natürlich«, erwidere ich und sehe, wie Sariah das Gartentor aufmacht. »Auch wenn ich eher der Batman-Typ bin. Aber wie dem auch sei, *dear Alfred*, ich muss jetzt auflegen. Catwoman steht vor der Tür.«

»Hör mal, Edo«, sagt Frank, noch bevor ich das Gespräch beenden kann. »Ich weiß nicht genau, was da zwischen euch läuft, zwischen Sariah und dir, und es geht mich natürlich auch nichts an. Aber tu ihr bitte nicht weh.«

»Frank …«

»Schon in deinem eigenen Interesse, Edo: Sie ist für den Zoo unverzichtbar. Jetzt, wo alle drei Nashörner hier sind, ist Sariah extrem wichtig für uns. Wenn du das verkackst …«

Lange nachdem die Verbindung unterbrochen wurde, lausche ich immer noch auf das Freizeichen. Wie lange ist es her, dass Frank sich dermaßen derb ausgedrückt hat? Scheiße, Kacke, fuck – Frank benutzt solche Worte äußerst selten –, nur wenn wirklich was auf dem Spiel steht.

»Tee?«, frage ich und gehe zur Spüle, um Wasser aufzusetzen.

»Danke.« Sariah hängt ihre Jacke über die Stuhllehne und setzt sich an den Küchentisch. Sie legt die Arme auf die Tischplatte und vergräbt ihren Kopf darin. »Was für ein Tag!«, sagt sie, und ihr entweicht ein tiefer Seufzer, »so was habe ich wirklich noch nie erlebt.« Ihre Haare sind noch nicht ganz trocken, die Pflegespülung riecht angenehm.

»Mit etwas Glück waren heute mehr als zwölftausend Kunden da«, erwidere ich. »Das ist seit hundert Jahren nicht mehr vorgekommen – nicht seit man samstags für nur fünfundzwanzig Cent in den Zoo konnte.«

»Das ist wirklich sensationell.«

»Das ist viel, aber wahrhaftig keine Hexerei: Vergiss nicht, dass wir langfristig zehntausend Kunden am Tag anstreben. Heute haben wir es den Skeptikern, die behaupten, dass solche Zahlen unrealistisch sind, ordentlich gezeigt. Wir müssen uns mit etwas mehr Calippos und Fleischkroketten eindecken, und eine Tiefgarage wäre wirklich nicht schlecht, aber das sind alles bloß Peanuts.«

Sariah greift zur Fernbedienung und macht den Fernseher an – das kleine Gerät, das zwischen Kochbüchern und Besteckkästen auf der Anrichte steht – und sagt: »Ich bin neugierig, wie sich Albrecht im Fernsehen macht.« In der darauf folgenden Stunde schauen wir uns die Wiederholung einer Nachrichtensendung an, in der ich zwischen Aufnahmen von Albrechts Landung einige Fragen beantworte. Anschließend Beiträge auf verschiedenen deutschen (ich), französischen (Sariah), englischen (ich), spanischen (Sariah), flämischen (ich) und amerikanischen (ich) Sendern. Irgendwo sind wir immer zu sehen. Auch der Helikopter, Loewe und Albrecht werden ausführlich in Großaufnahme gezeigt, während das sterbenslangweilige, endlose Warten jedes Mal rausgeschnitten wurde.

»Schade, dass wir diesen südafrikanischen Sender nicht reinkriegen«, sage ich. »Da hätte ich auch gern mal reingeguckt.«

Sariah sieht mich mit hochgezogenen Brauen an, ein mitleidiges Lächeln auf den Lippen. »SABC«, sagt sie. »Um wie viel Uhr müssen wir zu Gré?«

»Bis dahin ist noch jede Menge Zeit.« Wir zappen noch eine Weile durch die Kanäle und stellen den Fernseher schließlich auf stumm.

»Arme Insekten«, flüstert sie und starrt in die Ferne. »Irgendwie ist es schon schade.«

»Wieso denn das? Wer Insekten sehen will, braucht bloß eine Steinfliese umzudrehen. Groß und haarig – das ist die Zukunft! Der moderne Kunde will etwas geboten bekommen, Tiere, die ihm Ehrfurcht einflößen. Bei allem Respekt vor dem Seychellenkäfer – im Insektarium ist das nun mal nicht der Fall.«

»Größe allein kann kein Maßstab sein. Das Reptilienhaus bleibt doch auch geöffnet?«

»Aber das ist doch was völlig anderes!«, sage ich. »Für Schlangen gehen die Leute schon vor die Tür, genauso wie für eine exotische Agame. Aber eine Kakerlake ist der Mühe nicht wert, egal, wo sie herkommt. Das sind todlangweilige Tiere, Küchenschaben.«

»Meiner Meinung nach suchen die Besucher die Faszination des Unbekannten – Tiere, von denen sie kaum etwas wissen. Sie wollen zum Staunen gebracht, von der Natur überwältigt werden.«

»Solche Kunden gibt es auch: ein paar versprengte Rentner, und die schicken wir in den Schmetterlingspavillon. Aber die meisten kommen wegen der drohenden Gefahr, um ihre Angst vor wilden Tieren zu spüren.«

»Aber auch viele Insekten sind Raubtiere. Taranteln sind für kleine Vögel und Eidechsen lebensgefährlich. Das sind ziemlich wilde Tiere.«

Irritiert zeige ich auf mich und sage: »Es geht darum, ob sie für *uns* gefährlich sind, im Zoo stehen *wir* im Mittelpunkt. Das ist die wichtigste Lektion überhaupt, die du eigentlich längst gelernt haben solltest, Sariah.« Zugegeben, Letzteres hätte nicht unbedingt sein müssen, aber es langweilt mich, diese Diskussionen immer wieder führen zu müssen.

Fuchsteufelswild sieht Sariah mich an. »Man kann den Laden auch kaputtmodernisieren!«

»Mit Modernisieren hat das nichts zu tun«, sage ich erschöpft. »Ich habe mir schließlich nichts Neues einfallen lasen, mein Masterplan ist reine Wiederverwertung. Ich entstaube bloß uralte Ideen.« Sie schaut mich ungläubig an, so als würde ich mein Licht unter den Scheffel stellen. Deshalb fahre ich fort: »Unser Elefantenplan zum Beispiel. Es hört sich vielleicht radikal an, haufenweise Afrikanische Elefanten anzuschaffen und in Afrika an der Amstel abzuladen, aber neu ist es nicht: Schon 1932 hatten wir einen Afrikanischen Elefanten, Tembo aus Tanganjika, den ganz Amsterdam ins Herz geschlossen hat.«

»*Tembo returns*.«

»Ganz genau. Und bis 1989 sind hier ständig ein paar Nashörner rumgelaufen, *keine* zu haben, das ist eher die Ausnahme. Auch die Eisbären, die nächstes Jahr kommen sollen, hatten wir bereits. Ich werde dafür bezahlt, das Rad immer wieder neu zu erfinden.«

Nachdenklich nickend kommt Sariah auf das Insektarium zurück: »Trotzdem: Es ist und bleibt grausam, jemanden drei Jahre vor der Rente rauszuschmeißen. Das hat Gré nicht verdient.«

»Samson hat viele Jahre gut verdient«, wende ich ein. »Manche denken, wir wären eine Art Heilsarmee und könnten jeden Sozialfall durchfüttern. Aber du solltest inzwischen wissen, dass es mir weder um die Menschen noch um die Tiere geht. Ich arbeite für den Zoo, nicht für seine Bewohner oder Mitarbeiter. Außerdem bekommt Samson fünf Monatsgehälter und eine Bronzeskulptur zum Abschied. Auch das ist ziemlich großzügig.«

In diesem Moment wandern unsere Blicke automatisch zum Bildschirm, denn Sariah und ich sind in einer stummen Umarmung zu sehen. Wir schauen zu, wie sie mich vor aller Welt auf den Hals küsst. Hier am Küchentisch schauen die echte Sariah und ich uns eine Weile schweigend an. Mir wird kalt, und Sariah wird rot. »Was für eine Skulptur?«, fragt sie verwirrt. »Was für eine Skulptur bekommt Gré?«

»Die Skulptur einer Gespenstschrecke«, sage ich rasch. »So ein Neutrum aus Australien, mit dem er sich in den letzten Jahren intensiv beschäftigt hat. Hast du gewusst, dass Samson der am häufigsten zitierte Gespenstschreckenspezialist weltweit ist?«

»Nein, das wusste ich nicht«, flüstert sie leise, umrundet den Tisch mit einem dreckigen Grinsen und springt auf meinen Schoß. Sie küsst mich mitten auf den Mund, und während wir knutschen, murmelt sie: »Komm her, Edo Gespenstschrecke, komm her ...« Sie legt meine Hände auf ihre Bluse; ich knete ihre wogenden Brüste und spüre, wie ihre Brustwarzen steif werden. Sariah kann es kaum erwarten. Ehe ich mich versehe, hat sie Gürtel und Hosenschlitz geöffnet und meinen Schwanz gepackt.

»Sariah«, sage ich. »Nein. Es tut mir leid.«

Nachts liege ich wach, an Schlaf ist nicht zu denken. Sariah und ich, Albrecht und Loewe, Frank und Samson, zig Kameras, Tausende von Menschen – unzählige Bilder, Geräusche, Gespräche und Gedanken stürmen auf mich ein. Ich bin ein Trottel, denke ich Stunden später, als ich eine Schlaftablette hinunterwürge. Ein Trottel, der weiß, dass er ein Trottel ist, aber nichtsdestoweniger ein Trottel.

Meine Schlaftablette weigert sich zu wirken, noch Stunden später wälze ich mich hin und her. Todmüde, aber hellwach schlüpfe ich in meinen Bademantel und gehe durch die Küchentür ins Freie. Barfuß, auf kalten Wegen eine Runde durch den Zoo drehen, kann Wunder bewirken. Das Nashorn ist ein unwirkliches Tier, ein kauendes Etwas, denke ich, während ich nach Afrika laufe. Eine Märchenfigur wie Trolle, Feen, Drachen und Fabeltiere, aus einer Zeit, in der die Erde noch von

Ungeheuern und Riesen bevölkert wurde, die Jahrhunderte brauchten, um einander zu zeugen: Abraham zeugte Isaak, Isaak zeugte Jakob, einer zeugte den anderen, und wenn sie nicht gestorben sind, dann leben sie noch heute.

Es ist Nacht in Afrika, ein paar wenige Lichter scheinen vom Entrepotdok herüber und werfen lange Schatten auf Weiden und Wege. In dieser Nacht ist auch Afrika an der Amstel ein Herz der Finsternis, ein unergründlicher Kontinent, in dem ich meine weiße Seele suhlen kann. Ich löse den Gürtel meines Bademantels und setze mich nackt und bloß auf die Bank vor Albrecht. Albrecht steht dort, und ich sitze hier. Höchste Zeit für ein Gespräch von Mann zu Mann, von Angesicht zu Angesicht.

4

Als ich ans Telefon gehe, höre ich ein leises Seufzen, das ich unter Tausenden von Seufzern wiedererkennen würde. »Wer ist dieser Kerl?«, murmelt mein gebrechlicher Pa. Ich lausche seiner schweren Atmung, seiner zittrigen Stimme. »Ihr wart im Fernsehen. Wer ist dieser *povian*?«

Es ist Donnerstag, vor drei Tagen ist Albrecht eingetroffen. Am ersten Tag hat er sich kaum von der Stelle gerührt. Stundenlang stand er vor der Tür zum Weibchengehege, starrte darauf und schnupperte daran. Ab und zu scheuerte er den Rücken am Trenngitter. Nachdem Albrecht am zweiten Tag angefangen hatte zu fressen und zu trinken und mit den Hinterbeinen in seinem eigenen Kot herumgetrampelt war – ein eindeutiges Anzeichen dafür, dass er sich wohlfühlt –, öffneten wir das Weibchengehege. Nach einigem Zögern trat Angela als Erste ins Freie. Kurz darauf folgte Ursula, die Schüchternere von den beiden. Als die Damen zum Trenngitter marschierten, wich Albrecht einige Meter zurück. Minutenlang starrte er sie an. Er schnaubte und rammte die Vorderbeine in den Sand, raste vor bis zum Gitter. Die Damen nahmen vor ihm Reißaus. Dieses Machtspiel dauerte mehrere Stunden. Die Weibchen näherten sich, um erneut von Albrecht verjagt zu werden, woraufhin der wartete, bis sie wieder auf ihn zukamen. Ein Ritual, das mit viel Schnuppern und Schnauben einherging, ein stampfendes Hin und Her, bei dem Urin an Albrechts Beinen hinunterlief. Das Ganze war im Grunde beinahe so wie in freier Wildbahn.

»Er heißt Edo, Edo Morell. Er ist der Zoodirektor.«

»Musste das sein, so in aller Öffentlichkeit?«

»Ich würde das nicht überbewerten, Papa. Es war ein besonderer Moment. Etwas, worauf wir uns lange gefreut haben.« Es tut gut, wieder mit Pa zu sprechen. Lange war das gar nicht möglich gewesen, weil er es kaum schaffte, das Telefon zu halten. Erst nach zehn Monaten hatte er sich einigermaßen von seinem Schlaganfall erholt. Doch so langsam fange ich an, mich über ihn zu ärgern. Was geht ihn das eigentlich an?

Ich bin achtunddreißig Jahre alt – da muss ich mich in puncto Männer doch nicht vor meinem Vater rechtfertigen? Ich schildere kurz, wie es mit den Nashörnern läuft, erzähle ihm, dass Ursula, nachdem sie Albrecht gewittert hat, sofort brünstig geworden ist. Dass wir sie morgen zu Albrecht auf die Weide bringen. Ich weiß nicht, ob er mir zuhört. Er hat mein neues Leben nie richtig akzeptiert, obwohl das Nashorn darin die Hauptrolle spielt. Schon bevor ich fortging, hatte ich manchmal den Eindruck, sein Interesse an Nashörnern hätte deutlich nachgelassen. Ganz so, als hätte sein schwankendes Gedächtnis das für ihn Wichtigste zuerst gelöscht.

»Wann kommst du wieder nach Hause, Sariah, denn dein Platz ist hier.«

»Ich glaube nicht, dass ich … Du weißt doch, dass ich hier Arbeit habe. Ich kümmere mich von hier aus um Afrika.«

»Die Hunde vermissen dich, Sariah, Nolwazi natürlich auch, das hat sie mir erst gerade gesagt.«

»Ich kann hier vorläufig nicht weg. Vielleicht gegen Ende des Jahres. Vielleicht.«

Ein Knall kommt aus dem Hörer, so als knallte jemand mit dem Kopf auf den Boden. »Papa!«, rufe ich, »Papa, was ist da los? Papa!«

Einige Sekunden herrscht Stille, es folgt ein dumpfes Rauschen, und jemand greift nach dem Hörer. »Sariah, ich bin's, Nolwazi. Dein Pa hat das Telefon fallen lassen.«

»Nolwazi, wie geht es dir? Und was macht Papa?«

Pa sei es in letzter Zeit besser gegangen, so Nolwazi. Aber der Arzt meine, das sei eher ein letztes Aufbäumen. Er gebe ihm nur noch wenige Wochen, bestenfalls zwei Monate. »Er ist stark geschwächt, nickt immer wieder für Stunden ein. Doch dann ist er wieder hellwach.« Er erkundige sich regelmäßig nach Bekannten von früher. »Er redet sogar über deine Ma. Morgen hätte sie Geburtstag gehabt, hat er noch heute früh gesagt.«

Der Geburtstag meiner Mutter. Daran habe ich noch gar nicht gedacht.

Ich bedanke mich bei Nolwazi für ihre guten Wünsche und lege auf. Es ist abends um halb acht. Wieder habe ich vergessen, Lebensmittel einzukaufen. In den letzten Tagen war ich von früh bis spät beschäftigt und habe auch nachts noch mal nach Albrecht geschaut, um mich davon zu überzeugen, dass auch wirklich alles mit ihm in Ordnung ist. Ich schlinge einen Schal um den Hals und gehe hinaus, vorbei an der Baugrube, wo bis vor Kurzem noch Axishirsche und Nilgauantilopen zu Hause waren – asiatische Paarhufer, die Edo nach Antwerpen verkauft hat. Jetzt liegt dort eine freie Fläche. Nur ein einsamer Bagger weist darauf hin, dass hier bald das Teilgebiet »Die Polarwelt« entstehen wird. Seelöwen und Pinguine haben wir bereits, Polarfüchse und Seeelefanten werden in Kürze dazustoßen. Danach bekommen wir noch drei äußerst seltene Schneeleoparden, eine Herde Moschusochsen aus Grönland und ein paar junge Eisbären – die Topattraktion des Teilgebiets, das überwiegend von Petrus Koevoet entworfen wurde. Er arbeitet hier bereits seit fünfzehn Jahren als Pinguinpfleger. Sein Drehbuchkurs scheint sich ebenfalls bezahlt zu machen, denn schon bald werden die Besucher wie echte Entdeckungsreisende durch Schnee und Eis ziehen und im Herzen des Teilgebiets auf ein gesunkenes Schiffswrack stoßen. Dort wird es nur so wimmeln von Vögeln und Meeressäugern. Auch der Wolfswald wurde inzwischen geräumt. Das komplette Rudel ist ins einstige Wildhundgehege umgezogen, um Platz für die Rentiere aus Reykjavík zu machen, die im nächsten Monat erwartet werden.

Ich laufe an der Rückseite des Geheges für die Asiatischen Elefanten vorbei und erreiche Afrika. Ursulas östrogengeschwängertes Orgeln ist schon von Weitem zu hören – ein gurgelndes Flöten, das vermutlich die ganze Nacht anhalten wird. Der Zoo ist inzwischen geschlossen, und so wie es aussieht, sind auch die letzten Pfleger nach Hause gegangen. Ich nehme auf der Bank vor Albrechts Weide Platz. Wie ich sehe, steht er noch immer am Trenngitter und nimmt Ursulas Düfte und Laute in sich auf. Kurz wendet mir das Tier den Kopf zu. Vielleicht erkennt es mich bereits. Anschließend steckt es sein Horn wieder durch den breiten Spalt des massiven Gitters. Nur wenige Meter von ihm entfernt steht Ursula auf der Weibchenweide. Ab und zu kommt sie näher. Die beiden Hörner treffen mit einem dumpfen, hölzernen Klacken aufeinander: klack-klack, klack-klack-klack – ein packendes Schauspiel. Ich freue mich auf die vielen Stunden, die ich in den nächsten Tagen hier verbringen werde, wenn wir das Trenngitter öffnen, um Ursula zu Albrecht zu lassen, damit die beiden ihren urinalen Flirt intensivieren können.

Während ich Albrecht anstarre, denke ich an mein Telefonat mit Pa, an das, was mir Nolwazi gesagt hat. Auf seine alten Tage denkt er immer noch an Ma. Ihre Ehe war ein Fehler.

Es grenzt an ein Wunder, dass sie überhaupt so lange gehalten hat. Ma hat Pas Beruf gehasst. Sie hat den Busch gehasst, die Menschen, die Apartheid. Sie hat die Welt gehasst, über deren Tellerrand mein Vater nicht hinausschauen konnte. Nachdem sie in die Niederlande zurückgekehrt war, wurde nie mehr von ihr gesprochen. »Deine Ma ist gegangen«, sagte er eines Nachmittags nach der Schule, »ich werde versuchen, vor Einbruch der Dunkelheit zu Hause zu sein.« Alles Weitere würde mir Nolwazi erklären und auch das Trösten übernehmen, hat er sich bestimmt gedacht. Von da an zog sich Pa, nachdem wir wieder mal stumm zu Abend gegessen hatten, regelmäßig in seinen Hobbyraum zurück. Dort lauschte er aufgenommenen Vogelgesängen und weinte im Verborgenen. Über Ma verlor er kein einziges Wort. Ich kann mich nicht erinnern, dass er sie jemals erwähnt hätte. Meine Mutter und ihre Familie hörten einfach auf zu existieren. Nur an meinen Geburtstagen bekam ich noch ein Paket. Die Kleider, die man mir schenkte, waren immer zu klein.

Albrecht trottet zu seiner Futterkrippe und beginnt geistesabwesend zu fressen, wie Nashörner das eben so tun. Auch mir knurrt der Magen. Ich verlasse den Zoo und gehe ins Café BurgerBureau an der Plantage Kerklaan. An einem Fenstertisch bestelle ich einen Burger mit Lammfleisch aus Texel. Ich denke an die seltenen Male, die mein Vater und ich essen gegangen sind, zu Spur oder Wimpy in St. Lucia. Zu KFC in Hluhluwe – natürlich alles kein Vergleich zu den teuren Lokalen, die ich mit meiner Mutter in Durban aufgesucht habe.

Meine inzwischen verstorbene Ma hätte morgen Geburtstag gehabt – der Gedanke geht mir einfach nicht mehr aus dem Kopf. Nachdem ich gezahlt habe, beschließe ich, noch eine Runde durch den Zoo zu drehen, mich ganz auf die Tiere zu konzentrieren. Beim inzwischen verwaisten Insektarium muss ich wieder an Gré Samson denken, an Edos Ausführungen über Steinfliesen und Küchenschaben. Seine Aversion gegen Insekten ist wirklich erstaunlich. Edo ist natürlich ein Alphatier. Ein Tierbändiger. Eine Herrscherfigur – der Typ Mann, der alles bestimmen will. Er befiehlt über den Zoo wie ein König über sein Reich. Darin denkt und lenkt ausschließlich er. Alle Tiere sind vollkommen von ihm abhängig. Sie dürfen sich nicht zu viel versprechen. Aus seiner Sicht sind sie nur dafür da, dass der Mensch sie sich untertan machen kann. Damit ein für allemal klar ist, welche Spezies auf dieser Welt das Sagen hat. Für ihn ist der Zoo eine Art Stadion, eine Art Stierkampfarena, in der das Machtverhältnis zwischen Mensch und Tier immer wieder neu besiegelt wird. Insekten spielen für dieses Ritual keine Rolle. Ein Insekt kann man schließlich nicht zähmen, und das macht es für den Menschen so widerwärtig. Insekten sind eigentlich gar keine richtigen Tiere – etwas, das sie mit Ratten gemein haben. Sie sind unsere Zuneigung und unser Interesse einfach nicht wert. Sie haben nichts als Gift verdient – Körner, Insektizide.

Inzwischen ist es dunkel geworden. Die Nacht hat sich über die Stadt gesenkt. Noch sind keine Sterne zu sehen. Ursula scheint sich etwas beruhigt zu haben. Bloß ab und zu höre ich sie noch grunzen, und auch Angela hat sich seelenruhig ausgestreckt. Nur Albrecht steht noch stolz auf seiner Weide und hat den Weibchen sein Hinterteil zugekehrt. Vielleicht hat er für heute genug Östrogen geschnuppert. Erst beim Näherkommen sehe ich, wohin er schaut. Auf der Holzbank sitzt Edo und glotzt vor sich hin. Sein Bademantel liegt über der

Lehne, und zu meinem Entsetzen ist er splitterfasernackt. Er bemerkt mich erst, als ich nur noch wenige Meter von ihm entfernt bin. Traurig sieht er mich an. Dass ich hier auftauche, scheint ihn kein bisschen zu stören.

»Was machst du denn hier?«, frage ich. »Warum hockst du hier nackt rum?«

»Hast du das schon mal ein Tier gefragt?« Seine Stimme bekommt eine philosophische Note, und er schaut mich beim Reden nicht an.

Ich schüttle den Kopf, finde es überflüssig, darauf zu antworten.

»Warum dann ausgerechnet mich, Sariah? Was unterscheidet mich von ihm?«

Ich spüre einen kühlen Luftzug im Nacken. Als ich mich neben ihn auf die Bank setze, sehe ich, dass er Gänsehaut hat. »Tiere sind niemals nackt«, sage ich. »Aber Menschen schon. Wir wissen, dass wir nackt sind, weil wir wissen, dass es Kleider gibt.«

»Wir sind also anders?«

»Grundlegend anders, jawohl. Für das Tier sind wir ›Das Andere‹.«

»FKKler sind also keine Menschen?«

»Vielleicht nicht, nein.«

»Ich werde es dir erklären«, raunt er mir zu und reibt sich die Augen. Währenddessen kommt Albrecht näher. Es ist, als wollte auch er hören, was Edo zu sagen hat, als suchte auch er nach einer Erklärung für das nächtliche Auftauchen seines nackten Besitzers. »Seit Albrechts Ankunft sitze ich jeden Abend hier«, hebt Edo an. »Und zwar nach Sonnenuntergang. Das hilft mir, über mich nachzudenken.«

»Nackt?«

»Ja, nackt, denn das ist wichtig. Es ist, als stünde ich nackt vor einem Spiegelkabinett, dessen Spiegel immer wieder andere Facetten von mir zeigen. Ich versuche, mich mit Albrechts Augen zu sehen.«

»Das ist Küchenpsychologie.« Ich lache verlegen.

Edo bleibt todernst. Er hebt die Hand und flüstert: »In den Momenten, in denen ich nackt und in nächtlicher Stille vom Blick dieses Tieres erfasst werde, frage ich mich: Was sieht es wohl? Was ist das für ein Ich, das es betrachtet? Albrecht bringt mich in Verlegenheit. Ich schäme mich, sobald er mich ansieht. Und nach Verlegenheit und Scham sehne ich mich in letzter Zeit sehr. Es ist, als könnte ich mit Albrechts Hilfe den Knacks in meiner Seele sehen, die Kratzer und Risse.«

Ich werfe einen Blick auf seinen Körper, auf seine spärliche Brustbehaarung und das Dickicht in seinem Schritt.

»Findest du das obszön?«, fragt er. »Glaubst du, ich tue Albrecht damit Gewalt an?«

»Nicht mehr als sonst. Ohne Gewalt gäbe es keinen Zoo.«

»Schon möglich«, sagt er. »Schon möglich. Trotzdem will ich nur sein Bestes. Ich versuche, Kontakt zu ihm aufzunehmen. Ich zeige mich von meiner verletzlichen Seite, liefere mich ihm aus. Ich lasse mich von ihm auslachen, wenn er das will.«

»Aber warum?«, frage ich. »Ich verstehe immer noch nicht …«

»Albrecht wird mir beibringen, mich nicht für meinen Körper zu schämen«, unterbricht er mich. »Damit muss endlich Schluss sein, denn Scham ist eine Form der Dummheit.«

»Du suchst das Tier in dir?«

»So was Ähnliches.« Er nickt bedächtig. »Du kannst mitmachen, wenn du willst.«

»Vergiss es! Ich lass meine Sachen lieber an.«

Schweigend konzentrieren wir uns auf Albrecht, der mit hängendem Kopf zu uns emporschielt. Ich lege die Hand auf Edos Oberschenkel: zu einem Eisblock erstarrte Menschenhaut. »Du solltest auch lieber was anziehen. Sonst wirst du noch krank.«

Das Gespräch scheint Albrecht zu langweilen, was man ihm schlecht verübeln kann. Während ich den Bademantel um Edos Schultern und Beine lege, wendet sich Albrecht ab und trottet in seine Kotecke. Er hebt den Schwanz und presst ein paar dampfende Kötel heraus. Mit einem dumpfen Plopp fallen sie zu Boden.

»Edo«, sage ich nach einigen Minuten des Schweigens. »Ich komme morgen etwas später. Ich muss vorher noch in die Stadt.« Nach kurzem Zögern erzähle ich ihm von meiner Mutter, sage, dass ich morgen an ihr Grab in Zorgvlied gehen möchte – vorausgesetzt, ich finde es.

»Wann ist sie denn gestorben?«, fragt Edo.

»Vor fünfzehn Jahren. Morgen wäre sie fünfundsechzig geworden. Ich habe heute mit Pa telefoniert, und er hat davon angefangen.«

Edo rutscht näher und legt den Arm um mich. »Geh ruhig«, sagt er. »Natürlich musst du dorthin.«

»Nur in der Früh«, sage ich. »Anschließend müssen wir Ursula zu Albrecht bringen.«

»Das kann warten. Unsere Eltern gehen vor, das versteht sich doch von selbst.«

»Eltern gehen vor«, pflichte ich ihm leise bei.

»Weißt du, wo genau sie begraben ist? Wenn nicht, können wir das schnell im Internet nachschauen. Ich weiß, wie das geht, mein mutmaßlicher Vater liegt auf demselben Friedhof.« Dann erzählt Edo von seiner Mutter, die mit einundzwanzig schwanger geworden war. Sie studierte damals in Amsterdam, Anthropologie im zweiten Jahr. Das waren noch Zeiten, damals in den Sechzigern! Laut Edo hat sie mit unzähligen Männern geschlafen. Vor ungefähr fünf Jahren gab sie ihm eines Abends eine Trauerkarte und sagte: »Dieser Mann war wahrscheinlich dein Vater.«

»Und? Wie reagiert man da?«, frage ich.

»Na, ich bin natürlich zur Beerdigung! Er hat in der Apollolaan gewohnt. In den Zeitungen erschienen Anzeigen der Anwaltskammer – er war ein erfolgreicher Strafverteidiger. Anscheinend konnte keiner so gut reden wie er – er war äußerst wortgewandt.«

»Dann war er bestimmt dein Vater.«

Edo lacht. »In Zorgvlied habe ich mich heimlich dem Trauerzug aus Hunderten von Menschen angeschlossen. Ich habe seine Frau und seine Kinder gesehen, die alle jünger waren als ich, und es dann dabei belassen. Ich hatte nicht das Bedürfnis, Kontakt aufzunehmen. Ein dahergelaufener Halbbruder, der zur Beerdigung kommt – das kann man den Leuten einfach nicht zumuten.« Er steht auf und zupft seinen Bademantel zurecht, der Gürtel liegt wieder locker um seine Taille. Er erzählt, dass nach der Beerdigung Artikel über die dunkle Seite seines mutmaßlichen Vaters erschienen sind. Über dessen Beziehungen zur Unterwelt. Es bestand der Verdacht der Geldwäsche, des Unterschlagens von Beweismitteln. »Einmal habe ich Frank gegenüber seinen Namen erwähnt. ›Ein dubioser Kerl‹, hat er nur gemeint. ›Von dem habe ich mich immer ferngehalten.‹«

Wir brechen auf, verlassen Afrika in Richtung des Ziergartens »Hollandse Tuin«. »Es heißt, dass Männer, die ohne

Vater aufgewachsen sind, oft selbst abwesende Väter sind«, sagt Edo. »Auf mich trifft das mit Sicherheit zu. Ob das für Frauen, die ohne Mutter aufgewachsen sind, ebenfalls gilt, kann ich nicht sagen.«

»Und deine Mutter? Hat sie nie geheiratet?«

Edo schüttelt den Kopf. »Nein, nicht wirklich beziehungsweise zwei Mal, aber das hat nie länger als drei Jahre gehalten. Die Männer waren genauso nichtssagend wie ihre Namen, ich wollte nichts mit ihnen zu tun haben.«

»Weißt du, wer ein guter Vater für dich wäre?«, sage ich. »Frank!«

Edo stößt ein schnaubendes Lachen aus. »Das ist er auch ein bisschen. Für uns alle eigentlich.«

»Für dich ja. Wenn du mich fragst, sieht er in dir seinen einzigen Sohn.«

»Kann sein, kann sein.« Edo beginnt zu strahlen, ruft dann aber energisch: »Ein Ersatzvater ist selbstverständlich nichts für mich! Ich muss mich wohl oder übel mit einem abwesenden abfinden.«

Bei der Raubvogelvoliere bleiben wir kurz stehen. Ein Geier sitzt direkt vor uns auf dem Boden und hat die Schwingen ausgebreitet. Wie ein Polizist, der uns den Weg versperrt. »Erzähl mir von deiner Tochter!«, fordere ich ihn auf, als wir »Die Hoffnung« betreten.

»Eines weiß ich genau, nämlich dass ich ihr Vater bin«, sagt er. »Sie heißt Elke und ist dieses Jahr aufs Gymnasium gekommen.« Er lacht, als machte er einen Insiderwitz. »Vor ein, zwei Wochen war ich auf dem ersten Elternabend. Einer von denen, wo man mit jedem Lehrer fünf Minuten sprechen kann. Sie macht sich ausgezeichnet, hat Supernoten in Griechisch, Latein, Biologie und Geschichte, auch in den anderen Fächern sind ihre Leistungen mehr als zufriedenstellend. Trotzdem …« Edo verstummt, als wüsste er selbst nicht mehr so genau, was er eigentlich sagen will. Vielleicht auch nur, um sich kurz hinterm Ohr zu kratzen, bevor er sich mir anvertraut. »Wenn ich sie manchmal so sitzen oder laufen sehe, denke ich: Das Mädel schafft es nicht. Man kann noch so intelligent und aufgeweckt sein, aber wenn man zu sensibel ist … Kein dickes Fell hat … Wenn einem niemand zeigt, wie man sich wehren muss … Wie man sich behauptet … Dann kann es leicht passieren, dass man scheitert im Leben, dass es auf eine Wiederholung des Immergleichen, auf Routine pur hinausläuft.« Er seufzt. »Keine Ahnung, ob das, was ich sage, irgendeinen Sinn für dich ergibt, Sariah.«

»Und ihre Mutter? Was ist das für eine Frau?«

»Carla Bloem, die Schauspielerin. Vielleicht hast du mal von ihr gehört. Vor fünfzehn Jahren war sie ein neues, aufstrebendes Talent. Die einheimische Filmindustrie stand Schlange, um mit ihr arbeiten zu dürfen. Sie hat in anspruchsvollen Rollen brilliert und auch auf der Bühne lobende Kritiken bekommen.«

»Und ihr beide?«

»Wir haben einen gemeinsamen Film gedreht und wurden ein Paar; sie ist bei mir eingezogen, und wir bekamen ein Kind. Elke war noch im Kindergarten, als ich für einige Jahre nach London ging, um dort ein paar Filme zu machen. Eine rein berufliche Entscheidung, aber auch ein idealer Vorwand, dem Familienleben Lebewohl zu sagen. Ich kam zu kurz: In jeder Sekunde, die ich mit ihnen zusammen war, habe ich gemerkt, dass ich völlig ungeeignet bin, die Vaterrolle zu übernehmen.«

»Das gilt für alle Männer. Das ist keine Entschuldigung.«

»Das war keine Entschuldigung, sondern ein Vorwand, mit dem alle leben konnten.«

Wir haben die sandige Baugrube hinter uns gelassen und stehen vor meiner Haustür. Die Sterne lassen sich nach wie vor nicht blicken. Der Wind hat aufgefrischt und rauscht in den Bäumen. »Töchter brauchen einen Vater«, sage ich und stecke meinen Schlüssel ins Schloss. »Jemanden, der ihnen zeigt, wie das Leben funktioniert. Das wirkliche, brutale Leben. Eine Mutter kann das einfach nicht.«

»Ich sehe sie nur noch sehr unregelmäßig. Auch ihre Mutter ist häufig unterwegs, sie konnte sich in Deutschland gut etablieren. Deshalb lebt Elke an der Weteringschans bei ihren Großeltern – zwei gesetzte Greise, die ich auf der Straße kaum erkennen würde.«

»Und deine Mutter?

Er lacht und macht eine wegwerfende Geste. »Die spinnt nach wie vor! Sie wohnt in einem Apartment in Amsterdam-Noord. Ich rufe sie jeden dritten Dienstag im Monat an – außer im September, wenn sie am Prinsjesdag Fähnchen schwenkend vor dem Königlichen Palast in Den Haag steht. Und an jedem zweiten Weihnachtsfeiertag kommt sie zu mir zum Essen: Rouladen mit grünen Bohnen, jahrein, jahraus. Nein, Sariah, meine Mutter ist niemand, mit dem man Staat machen kann.«

Lächelnd nehme ich Edos Hand und ziehe ihn ins Haus. Die Tür fällt hinter uns ins Schloss, der Flur ist leer und kalt. Edo legt die Hand in meinen Nacken, und ich reagiere sofort. »Komm«, sage ich. »Ich will, dass du bei mir bleibst.«

Edo schließt die Augen, drückt seine Lippen auf meine. »Sariah, du weißt …«

»Ich will nur, dass wir uns berühren, uns aneinanderschmiegen. Das reicht mir schon.«

Wir ziehen uns gegenseitig aus, er hilft mir aus meinen Sachen und ich ihm aus seinem Bademantel, anschließend verstecken wir uns unter meinen Laken. Er dreht sich auf die Seite. Ich spüre seinen Bauch in meinem Rücken, seine Schenkel schieben meine nach oben. Wir liegen Löffelchen. Edo wiegt sich mit mir ein wenig auf der Matratze hin und her – auf eine liebevolle Art, so als wollte er mich in den Schlaf wiegen. Und so kommt alles zur Ruhe.

Wir schlafen gemeinsam ein, glücklich und ungestört… Es ist lange her, dass ich so tief geschlafen habe. Als ich um sechs Uhr früh das Telefon höre, bin ich so ausgeschlafen wie noch nie. Wenn es wichtig ist, wird man mich schon wieder anrufen, denke ich mir. Während ich Edo leise schnarchen höre, werfe ich einen kurzen Blick durch die halb geschlossenen Vorhänge nach draußen. Ich stelle mir vor, wie sich die Sonne im Osten auf den Kampf mit dem holländischen Morgennebel vorbereitet. Edo und ich bleiben zum Glück außen vor. Wir liegen noch immer in meinem schmalen Bett. Wieder schmiege ich mich an ihn, meine Knie in seine Kniekehlen, meinen Bauch an seinen Rücken – genau so, wie wir gestern Abend eingeschlafen sind –, und ignoriere das Telefon.

Plötzlich schreckt Edo auf. »Das Telefon! Albrecht! Vielleicht ist ihm irgendwas zugestoßen!« Wie der Blitz rennt er ins Wohnzimmer, nimmt den Hörer ab und murmelt etwas Unverständliches. Gleich darauf ist er zurück. »Für dich«, sagt er. »Es ist eine Frau, sie klingt ziemlich mitgenommen. Es scheint was Ernstes zu sein.«

Nackt springe ich aus dem Bett, greife im Wohnzimmer zum Hörer, presse ihn an Ohr und Mund und rufe »Nolwazi!«

Irgendwo hinter dem Rauschen höre ich ihre Stimme. »Dein Pa ist gestern gestorben, Sariah.«

III
Das Tonbandgerät
(ohne Zeitangabe)

Ein Tonbandgerät wird mit lautem Klicken eingeschaltet. Ein Summen, ja ein Rauschen ertönt, das in jeder Gesprächspause hörbar bleibt. Das Zwitschern von Vögeln in der Ferne, Hundegebell. Die zittrige Stimme eines alten, betrunkenen Mannes.

Hast du alles dabei, *meisje*? Hast du nichts vergessen? *(Schweigen)* Ich bin kein Mann der großen Worte, Sariah, und das weißt du auch. Meine Welt ist die Wildnis, aber sie hat Grenzen: Cengeni im Westen, Hluhluwe im Osten. Gontshi im Norden und Silevani im Süden. Ungefähr hunderttausend Hektar. Das Tier und ich, das ist meine Welt. *(Schweigen)* Willkommen, Sariah. Willkommen daheim in unserem Paradies. Wenn du diese Worte hörst, wird dort einiges passiert sein. Dinge, die einfach passieren mussten *(Husten)* Erstens: Der Tod hat mich geholt. Ich hatte schon Angst, das würde gar nicht mehr passieren. Ich habe meinen letzten Atemzug getan. *(Schweigen)* Zweitens: Du bist nach Hause zurückgekehrt, um mich zu begraben. Um zu regeln, was geregelt werden muss. Drittens: Nolwazi hat dir das Tonbandgerät gezeigt. Du hast das Band zurückgespult und angefangen, es abzuhören. *(Schweigen)* Das Ganze grenzt an ein Wunder. Du bist erst heute Morgen aufgebrochen, Sariah. Ein großes blaues Flugzeug bringt dich in das Flachland am anderen Ende der Welt, und zwar genau in diesem Moment, während ich in dieses Gerät hier nuschle. Du wirst meine Stimme noch hören können, genau wie die Vögel hier im Zimmer. Geräusche, die ich im Laufe meines Lebens festgehalten habe, Vogel für Vogel, Tonband für Tonband. *(Ausgiebiges Schweigen. Der alte Mann hustet und putzt sich die Nase, er nimmt einen laut vernehmlichen Schluck, man hört das Klirren von Tasse und Untertasse.)* Solange ich denken kann, bin ich mit diesem Tonbandgerät ins Veld gegangen, an die Flussmündung, den Strand. Hunderte von Tonbändern auf ihren Spulen. In den Regalen und Kisten um mich herum. Niemand kann mehr etwas damit anfangen. *(Flüstern)* Es bricht mir das Herz, dass du fortmusst. Dass du verschwindest, wer weiß für wie lange. *(Ausgiebiges Schweigen)* Und wann wirst du das abhören? In fünf Jahren? In zehn? In wenigen Monaten? Ich hatte immer alles unter Kontrolle, alles, bis auf mein Leben. *(Leiser)* Jetzt ist mir alles entglitten.

Ein dumpfes Klicken. Das Band wird gestoppt und wieder gestartet. Erneut diese Stimme, diesmal klingt sie nüchtern und lauter, so als befände sich der Mann näher am Mikrofon.

(Begeistert) Schön, dass du angerufen hast, Sariah! Wann bist du gleich wieder geflogen? Vor drei Wochen, wenn ich mich nicht täusche. Du wirst meinen Brief inzwischen gelesen und dir die Fotos angesehen haben. Ich hoffe, dass sie dich … nun ja, wie soll ich das nennen … berührt haben. *(Schweigen)* Es tut mir leid, dass alles so gekommen ist. Ich hätte gern geredet. Aber ich konnte nicht. Deine Ma – es hat sie nie gegeben. Ich schaffe es nicht mal, an sie zu denken. *(Schweigen)* Durban, wir beide am Strand. Ich konnte das Foto einfach nicht mehr sehen, mir wurde regelrecht schlecht davon. Vielleicht hat mein *meisje* Verwendung dafür, hab ich mir gedacht. So hat es ein Bild von seiner Mutter. *(Schweigen)* Und dann

dieses Foto von euch beiden: Sariah und Heidrick, ein glückliches Paar. Du hast dieses Foto nie gesehen, obwohl es mit deiner Kamera aufgenommen worden ist. Ich hoffe, dass du dich dort drüben … na ja, darüber freust. Es ist schon seltsam. Du musst doch von dem Foto gewusst haben! Irgendwo existiert noch ein Foto! Jetzt, wo ich darüber nachdenke, wird mir klar, dass du einfach anders tickst: Du schaust nach vorn, in die Zukunft. Aber dein Vater ist ein ganz anderer Typ: Bestimmen. Ordnen. Für die Nachwelt bewahren. Ich hätte Archivar werden sollen, Bibliothekar. Kurator von diesem und jenem. *(Lachen)* Und vielleicht *(Lauteres Lachen)* vielleicht bin ich das ja auch. Hab ich nicht genau das versucht, ein Leben lang? Lebendiges Inventar zu archivieren und es für die Nachwelt zu bewahren. *(Husten. Schweigen)* Und du, Sariah, hast beschlossen, es anders zu machen, das Leben anders anzugehen. *(Schweigen)* Zu schummeln, denn so nennt man das. Ich will ehrlich zu dir sein. Ich werde nur noch ehrlich sein. Das Tonbandgerät verträgt keine Lügen. *(Tiefes Seufzen)* Wie du weißt Sariah, hab ich es versucht, ein Leben lang. Auch wenn ich versagt habe – ich hab es auf jeden Fall versucht. So wie du es jetzt auf deine Art versuchst. Aber auch du, Sariah, auch du wirst scheitern. Wir scheitern, aber ohne jede Verbitterung. Die meisten scheitern, ohne je etwas gewagt zu haben.

Klick.

Die Polizei. Ein Tag nach dem Unglück ist sie vorbeigekommen. Du lagst immer noch im künstlichen Koma. Zwei Männer standen vor der Tür. Nolwazi hat ihnen Tee angeboten. Sie haben hier im Wohnzimmer Platz genommen, auf dem Sofa, auf dem du soeben noch gesessen hast. Aus einer Plastiktüte holten sie einen durchsichtigen Beweisbeutel mit einer Kamera. »Das ist die Kamera von Sariah Malan«, sagte der Ältere der beiden. »Von Ihrer Tochter«, fügte der andere hinzu, so als wüsste ich das nicht. Sie baten mich um Erlaubnis, die Fotos auf dem Speicherchip auszudrucken. »Der Fotoapparat ist beschädigt, die Linse hat einen Sprung. Aber der Chip ist unversehrt.« Ich hörte aufmerksam zu, fragte, was sie sich davon versprechen. »Wir werden sehen«, murmelte der Ältere. »Wir werden sehen. Vielleicht sind da Aufnahmen von den mutmaßlichen Tätern drauf.« Perplex sah ich die Männer an. Mutmaßliche Täter? Gab es denn schon Verdächtige? Der Ältere nickte und sagte: »Bei Gewaltverbrechen in Zusammenhang mit Wilderei gibt es immer Verdächtige. Das war vermutlich ein Insider.« Ich konnte es kaum glauben. »Wer?«, fragte ich, »aber wer?« Darüber durften sie nicht reden. »Das werden die Ermittlungen ergeben«, sagten sie. Wir tranken Tee. »Kann ich Abzüge davon haben?«, fragte ich, als sie schon am Wagen waren. Sie nickten wortlos. Ein paar Tage später lagen sie im Briefkasten. Das letzte Foto kennst du. Du strahlst vor Glück.

Klick. Rauschen. Ein einzelner Hund, keine Vögel.

Der Frühling kam und ging, Sariah. Ich wünschte, du könntest mich sehen, hier in meinem Zimmer. Die Sonne scheint durch die Vorhänge. Staubflocken tanzen im Licht. Meine Tischplatte fühlt sich verstaubt an. Nolwazi war schon seit Monaten nicht mehr hier. Das lasse ich nicht zu. Das ist jetzt nur noch mein Reich. Keine Menschenseele darf es betreten. *(Schweigen)* Komm zurück, *meisje*! Komm zurück! *(Schweigen)* Wir brauchen dich, Nolwazi und die Hunde. *(Flüstern)* Und ich. *(Schweigen)* Auch die Natur trauert. Die Bartvögel singen nicht mehr wie früher. Der Feuerstirn-Bartvogel hat sich aus dem Staub gemacht. Wir warten auf dich, Sariah, denn hier gehörst du hin. Afrika ist deine Welt, dein Lebensraum. Unser gelobtes Land. *(Schluchzen)* Nur in Afrika können wir uns entfalten, Sariah. Nur dort sind wir ganz wie selbst, du und ich. *(Ausgiebiges Schweigen)* Und gilt das nicht auch für das Tier, Sariah? Sind wir nicht alle Tiere? Wir sind unbezähmbar, gehen dorthin, wo wir nichts verloren haben. *(Schweigen)* Die Kuhhirten haben gerade das Gras abgebrannt, Rauch hängt über den Feldern und Straßen. Alle warten auf den Regen. Die Bauern lechzen förmlich danach. Die Sangomas tanzen. Die Pfaffen werden sicherlich beten. Alles schmachtet und dürstet.

Dieses Jahr sind es wieder zwei Fuß weniger: Der Fluss trocknet aus. Das Wasser sickert immer tiefer. Die Sandbänke sind größer denn je. Magere Jahre, Sariah. Auch die Tiere machen sich auf den Weg. Die Nilpferde haben kaum Junge bekommen. Dasselbe gilt für die Krokodile. Die Nilpferde laufen nachts nach wie vor durch unsere Straßen. Ich kann sie sehen, hier in der McKenziestraat, Nacht für Nacht, wenn ich schlaflos aus dem Fenster starre. Es sind weniger, viel weniger als in den letzten Jahren. *(Schweigen)* Aber ich schweife ab, rede um den heißen Brei herum. Eines muss ich allerdings noch loswerden: Das Afrikanische Nashorn gehört nach Afrika, Sariah, und das weißt du so gut wie ich. Auch Tiere haben einen Ort, an den sie gehören. Für unsere Nashörner ist das Afrika. Wenn sie Afrika verlassen, hören sie auf, Nashörner zu sein. Was sie dann noch sind, weiß ich nicht. *(Seufzen)* Ich will dir keine unnötigen Vorwürfe machen, Sariah, aber was du da in Holland machst, ist Verrat.

Klick.

Gestern habe ich das alte Notizbuch durchgeblättert, das weiße mit den Metallringen. Die abgegriffenen Registerblätter mit den Buchstaben des Alphabets. Vor allem das M ist ziemlich mitgenommen.

Immer mehr Namen von Verstorbenen, Sariah. Menschen, die nicht mehr existieren, Nummern, die weitervergeben wurden. Und auch ich … auch ich verlasse kaum noch mein Zimmer, höchstens um in den Garten zu gehen. Dort mache ich noch ein paar Schritte. Ich halte nach Vögeln Ausschau, nach Mangusten. Manchmal schieße ich auf Paviane. *(Schweigen)* Ich sollte langsam den Löffel abgeben. Was soll ich hier noch auf meinem Zimmer? Ein Leben ohne Gegenüber, ohne Sinn. *(Schweigen, Naseputzen)* Dass wir nur existieren können, wenn wir irgendwo dazugehören, das habe ich von den Zulus gelernt. Zu einer Gemeinschaft, zu irgendwelchen Ahnen. Zu einem ganz bestimmten Fleckchen Erde. Das ist eine unverrückbare Wahrheit, Sariah. Wir stehen mit beiden Beinen fest auf dem Boden, der uns hervorgebracht hat. Wie altmodisch!, denkst du vielleicht. Das hat in unserer Zeit keine Gültigkeit mehr. Aber die Zeit kann der Wahrheit nichts anhaben: Wer seine Herkunft verleugnet, verleugnet sich selbst.

Klick.

Dezember 1950. Eine andere Zeit, ein anderes Jahrhundert. Vor genau sechzig Jahren war ich das erste Mal im iMfolozi. Der Winter war gerade erst vorbei. Im Oktober und November war es sehr nass gewesen, aber jetzt war es schon seit einer ganzen Weile trocken. Ich war nach Zululand gekommen, um dort einen Vogel zu suchen. Den Gelbschnabel-Madenhacker, ein Verwandter der Starvögel. Er galt schon länger als ausgestorben, zumindest bei uns in Südafrika. Im Norden von Betschuanaland, in Rhodesien und in Teilen von Französisch-Westafrika kam er noch häufig vor. Vogelforscher behaupteten, im iMfolozi sei er noch zu finden beziehungsweise *wieder* zu finden. Ich wurde losgeschickt, um das zu überprüfen, seinen Lebensraum soweit möglich zu kartieren. Ich hatte in Rondebosch Ornithologie studiert und wollte mich vor dem Wehrdienst drücken. Deshalb sagte ich begeistert zu, als mir mein Professor dieses gefundene Fressen präsentierte. *(Schweigen)* Warum erzählst du mir das alles, wirst du dich fragen. Hab Geduld, *meisje*! Diese Geschichte muss ich unbedingt loswerden. *(Schweigen)* Ich kann mich noch genau an meine erste Fahrt in den iMfolozi erinnern, vorher war ich bereits einige Tage durch die umliegenden Dörfer gezogen. Ich hatte ein paar Fotos von diesem Vogel dabei, seinen Zulunamen hatte ich mir fest eingeprägt: Isi-hlalanyati esiphuzi. In den Dörfern und Homesteads zeigte ich meine Bilder herum, ahmte sein zischendes Krächzen nach: *Kriss! Kriss!* Ich machte die Leute auf den gelben Schnabel aufmerksam, der an der Spitze knallrot wird. Auf die orangefarbenen Augen mit der schwarzen Pupille. Aber alle zuckten nur die Achseln. Niemand hatte den Gelbschnabel-Madenhacker gesehen. *(Schweigen)* Dann kam der Park, Sariah, die echte Wildnis. An dem Morgen hatte es ein bisschen geregnet. Ein Veldwachter fuhr mich nach Mpila. Ich konnte es kaum erwarten, endlich loszuziehen. Mit einem kleinen Zelt und einem Gewehr auf dem Rücken, mit Verpflegung für drei Tage, einem Feldstecher, einer Karte und einem Notizbuch. *(Schweigen)* Dann der erste Abend. Mein Zelt stand auf einer leichten Anhöhe neben einem kleinen Dornbaum. Ich hatte mir ein Feuer gemacht, darauf etwas zu essen aufgewärmt. Die Sonne war inzwischen beinahe untergegangen.

Ich wartete auf die Moskitos, die Nachtfalter. Die Wildnis! Ich begriff, dass ich das konnte: Allein sein. Ich fühlte mich frei. Unabhängig. Einsamkeit schien dem Glück nicht im Weg zu stehen. Einsamkeit, so lernte ich, ist Glück im eigenen Habitat. *(Schweigen)* Keine Moskitos. Keine Nachtfalter. Schon bald war der iMfolozi wie ausgestorben, so als hätte man ihn für unbewohnbar erklärt. Selten so eine Stille erlebt. Ich wusste, dass dieser Naturpark harte Zeiten hinter sich hatte. Die meisten Wildtiere waren im Kampf gegen die Tsetsefliege abgeschossen worden. Diese Aktion hatte zwar das Wild, nicht aber die Fliegen umgebracht. Trotzdem – dass er dermaßen ausgestorben war, hatte ich nicht erwartet. So langsam machte ich mir Sorgen. Die vollkommene Abwesenheit von Vögeln und Antilopen beunruhigte mich. Am nächsten Tag brach ich in aller Herrgottsfrühe auf. Es war noch kalt. Die Sonne ließ sich kaum blicken. An diesem Tag wollte ich eine große Strecke zurücklegen. Wenn alles gut ging, würde ich noch vor Einbruch der Dunkelheit den Oberlauf des Schwarzen iMfolozi erreichen. Dort hoffte ich, auf eine Herde Kaffernbüffel zu stoßen, denn soweit ich wusste, waren sie dort zu finden. Und damit hoffentlich auch der von mir gesuchte Vogel, pickend auf breiten Büffelrücken, auf der Suche nach Zecken und Stechfliegen in Haut und Fell. Ich näherte mich dem Fluss. Keine Büffel in Sicht. An diesem Abend schlug ich erschöpft mein Zelt auf. Enttäuscht schlief ich ein. *(Schweigen) Kriss! Kriss!* Von diesen Klängen wurde ich geweckt. Ich versuchte, lautlos das Zelt zu öffnen. Kaum hatte ich einen Blick hinausgeworfen, bekam ich den Schreck meines Lebens. Ich hatte eine Vision, machte eine überwältigende Erfahrung. Auf dem Bauch liegend, den Kopf durch die Zeltöffnung gestreckt, sah ich im Nebel ein riesiges Nashorn vor mir aufragen. Der Abstand betrug höchstens zwanzig Meter. Das Tier kam immer näher. Aus zehn Metern Entfernung sah ich, dass es ein Grasbüschel im Maul hatte. Und auf seinem Kopf, zwischen seinen Ohren, erkannte ich aus fünf Metern Entfernung zwei Madenhacker. Zu meiner großen Enttäuschung hatten sie rote Schnäbel, das sah ich genau. Es waren Vögel der falschen Art. *(Schweigen)* Das Nashorn blieb vor mir stehen, den Kopf knapp über dem Boden. Die Sonne war gerade aufgegangen, und sein Schatten fiel auf mich. Mit glasigen Augen sah es in meine Richtung. Da wurde mir klar, dass diese Begegnung leicht tödlich verlaufen könnte. Über Nashörner wusste ich im Grunde so gut wie gar nichts. Dieses Tier hatte mich nie besonders fasziniert. Bei mir hatte sich immer nur alles um Vögel gedreht. Vögel?, wirst du dich jetzt fragen, warum ausgerechnet Vögel? *(Schweigen)* So ist das eben. Als kleiner Junge war ich verrückt nach Dinosauriern. Ich wusste alles über sie. In einem Buch hatte ich gelesen, dass Vögel von Dinosauriern abstammen. Sie sind das, was noch von ihnen übrig ist. Und so kam es, dass ich wie besessen von Vögeln war und blieb. Erst in diesem Moment, als ich dem Nashorn in die Augen sah, überkam mich eine ganz neue Leidenschaft. Reglos blieb ich auf dem Bauch liegen. Sah dem Tier in die Augen. Und hatte das Gefühl, als ob mich jemand gepackt und in der Urgeschichte wieder abgesetzt, ja als ob ich eine Reise in die Vergangenheit unternommen hätte. Ich starrte auf ein Tier, das es eigentlich gar nicht mehr geben durfte. Und dieses Tier hatte mein Leben in der Hand. Nur noch wenige Schritte, und ich wäre tot. Ich hatte nicht den Hauch einer Chance. Trotzdem empfand ich keinerlei Angst. *(Schweigen)* Keine Ahnung, wie lange das Tier dort stand. Vermutlich nur ein paar Minuten, auch wenn es mir viel länger vorkam. Ich betrachtete dieses Tier, und die Zeit blieb stehen.

Ich sah seine breiten, schwarzen Lippen, seine grotesken, mir zugewandten Ohren. Seine Hautfalten. Hier und da war es mit rotem Schlamm besudelt. Auch zwischen seinen Hörnern hing noch ein Klumpen Lehm. Anscheinend hatte es irgendwo in der Erde gewühlt. Es wehte eine leise Brise. Der Geruch dieses Tieres wurde mir zugetragen. Ein seltsamer Geruch nach Heu und Kot. Nach weiteren mucksmäuschenstillen Minuten drehte sich das Tier schwerfällig um. Hunderte von Fliegen flogen auf, um gleich darauf wieder auf seinem Rücken zu landen. Das Nashorn setzte sich in Bewegung und verschwand langsam im Nebel. Ein Dinosaurier! *(Schweigen)* Tagelang lief ich durch den iMfolozi, auf der Suche nach dem Isi-hlalanyati esiphuzi. Aber dieser Vogel interessierte mich kaum noch. Ich bekam das Nashorn nicht mehr aus dem Kopf. Noch nie zuvor hatte ein Lebewesen solchen Eindruck auf mich gemacht. Ich wusste natürlich, dass das Nashorn ernsthaft bedroht ist. Dass es in Südafrika eigentlich nur noch im iMfolozi vorkam. Es arbeitete in mir, und als ich zwei Wochen später nach Rondebosch zurückkehrte, berichtete ich meinem Professor, dass ich den Gelbschnabel-Madenhacker nicht gefunden hatte. Schlimm fand ich das nicht. Ich hatte im iMfolozi ein Erweckungserlebnis gehabt, eine Aufgabe gefunden, der ich von nun an mein Leben widmen wollte.

Klick.

Sieben Monate bist du jetzt fort, Sariah. Und das Leben dauert so lang. Es ist das Längste, was du jemals tun wirst.

Klick.

Deine Mutter. *(Seufzen)* Gut. *(Schweigen)* Neun Monate sind jetzt vergangen. Das ist so lang wie eine Schwangerschaft. Es ist nicht leicht, ein guter Vater zu sein. So aus der Ferne, wenn die einzige Tochter so weit weg ist. *(Schweigen)* Ich sitze hier an meinem Schreibtisch. Ich musste mich schwer überwinden, Sariah. Deine Ma und ich. Das Band läuft. Du sollst das ruhig wissen, ja hast das Recht, alles zu wissen. Neun Monate bist du jetzt fort, und es sieht nicht so aus, als würdest du bald zurückkehren. Hier ist es dunkel, ja fast pechschwarz. So fühle ich mich weniger allein. Denn das bin ich: allein. Nur aus Scham schweige ich noch. *(Schweigen)* Es ist aber auch so lange her! Eine Ewigkeit. Vergangenheit, gehüllt in Nebel. In Rätsel. Sie wollte nur selten mit, deine Ma. Nur ab und zu, aus Langeweile. Nashörner haben sie kein bisschen interessiert, wie du weißt. Das musst du doch noch wissen. *(Schweigen)* Wir sind über die Landstraße nach Muntulu gefahren. Du kennst die Straße. Es war im August.

Ich wollte sehen, wie es der Glattnackenrapp-Kolonie geht. Notizbuch. Feldstecher. Alles griffbereit. Die Sonne schien. Es war nicht allzu staubig, und deine Ma machte einen zufriedenen Eindruck. Plötzlich mussten wir vor zwei Nashörnern bremsen. Ein Weibchen und ihr Junges. Sie überquerten direkt vor uns die Straße. Das Junge war noch nicht alt, fünf Wochen vielleicht. Das Kleine erschrak vor unserem Wagen, vermutlich hörte es zum ersten Mal Motorenlärm. Es rannte zurück ins Unterholz. Die Mutter hatte bereits die andere Straßenseite erreicht. Wir beide im Auto, gefangen zwischen Mutter und Kind. Ich habe versucht, einen klaren Gedanken zu fassen, einen Ausweg zu finden, mir nichts anmerken zu lassen. Deine Ma sah mich an und fragte: »Bist du sicher, dass das gut geht?« Ich nickte. »Natürlich«, sagte ich. »Kein Grund zur

Sorge.« Das Nashornjunge hatte inzwischen die Straße betreten. Es war nur noch wenige Meter von uns entfernt. Weiterfahren kam nicht infrage. *(Leises Seufzen)* Daraufhin drehte sich das Weibchen wütend um, stampfte mit den Füßen und donnerte gegen den Wagen. Ohrenbetäubender Lärm. Mit einem lauten Knall stieß es zu, dass es nur so staubte. Das Horn durchbohrte die Beifahrertür, dort, wo deine Ma saß. Streifte ihr linkes Bein. Es war, als hätte eine Kugel das Blech durchsiebt. Unser Wagen bot keinerlei Schutz. »Schieß!«, schrie sie. »Du musst schießen!« In der Hoffnung, deine Mutter zu beruhigen, packte ich mein Gewehr. Das Nashorn griff erneut an, diesmal die hintere Wagentür. Wieder bohrte das Horn ein Loch ins Blech. Unser Wagen kam von der Straße ab. Deine Ma schrie immer lauter. »Jetzt schieß doch endlich!«, kreischte sie in Todesangst. »Schieß doch, verdammt noch mal!« *(Schweigen)* Ich hatte an diesem Tag kein Betäubungsgewehr dabei. Ein Schuss wäre tödlich gewesen. Wenn ich dieses Weibchen tötete, würde ihr Junges nicht überleben. Schießen kam also nicht infrage. *(Schweigen)* Das Nashorn ging ein drittes Mal auf uns los. Die hintere Stoßstange fiel ab. Das Jungtier war inzwischen wieder zurückgerannt. Das war unsere Rettung. Das Weibchen gesellte sich zu ihrem Jungen, die beiden drehten ab. Während die Nashörner im Gebüsch verschwanden, versuchte ich, den Motor anzulassen. Es klappte, zum Glück! Problemlos verließen wir mit dem ramponierten Wagen die Böschung. Ich stieg schnell aus und warf die Stoßstange in den Kofferraum. *(Schweigen)* »Gerade noch mal gut gegangen«, murmelte ich beim Einsteigen. Ich sah deine Mutter an. Jetzt erst sah ich sie richtig an. Sie war leichenblass. Ihre Hose war zerrissen. Und ihr Bein sah ziemlich mitgenommen aus. »Ich bring dich ins Krankenhaus«, sagte ich. »Das Knie sollte sich jemand ansehen.« Deine Ma schwieg. Sie schwieg die ganze Fahrt über. Ich holte einen Rollstuhl. Hob sie aus dem Wagen. Schob sie ins Gebäude. Sie würdigte mich keines Blickes, schwieg einfach weiter. Der Arzt gab ihr eine Tetanusspritze. Er machte ein Foto und verband ihr Bein. Es sei nichts Ernstes, sagte er. Aber als wir wieder im Wagen saßen, begann sie wild zu schluchzen. Sie legte den Kopf auf die Armlehne und schloss die Augen. Sie weinte stumm. *(Schweigen)* Von da an war nichts mehr so wie zuvor. Ich weiß nicht, ob du das gespürt hast, Sariah. Es wurde kein Porzellan zertrümmert und auch nicht mit Türen geknallt. So einen lautlosen Krieg hat es noch nie gegeben. Das Schweigen war ihre Waffe. Eines Tags beschloss sie zu gehen. Sie brachte dich zur Schule, packte ihren Koffer und rief mich in der Arbeit an. »Wenn du nach Hause kommst, bin ich fort«, sagte sie. »Nolwazi wird sich um Sariah kümmern, das musste sie mir versprechen.« Ich tat alles, um sie davon abzuhalten. »Wieso denn das?«, rief ich. »Du kannst uns doch nicht einfach so verlassen.« Meine Worte fanden kein Gehör. »Du hast *mich* im Stich gelassen«, sagte deine Mutter. »Ich hätte tot sein können.«

Klick. Dieselbe Stimme, betrunken.

Ich hatte mir vorgenommen, es nicht zu tun. Zurückzuspulen. Mir anzuhören, was ich gesagt habe. Die Geschichten, die ich so erzähle, die Beschönigungen. Und was ich gehört habe, gefällt mir ganz und gar nicht. *(Lachen)* Ich habe überlegt, die Aufnahmen zu löschen. Alles, von vorn bis hinten. Die Geschichte mit deiner Ma ist kompliziert. *(Schweigen)* Ich weiß nicht, welches Bild du von ihr hast, Sariah. Welches Bild du von ihr haben willst. *(Schweigen)* Ich werde die Aufnahmen nicht löschen, so gern ich es auch tun würde. Das ist gegen die Vereinbarung, die Vereinbarung mit mir selbst. Meine Worte sind schließlich echt. Sie stinken zum Himmel, aber es ist der Gestank nach Aufrichtigkeit. *(Ausgiebiges Schweigen)* Vor meinem Fenster ist ein Oryxweber aufgetaucht, Sariah. Der gute alte Webervogel mit seinem orangefarbenen Gefieder. *Euplectes orix.* Auch seinen Gesang habe ich aufgenommen. In der Wasserschale auf der Fensterbank wäscht er seine Schwingen. Tropfen spritzen an mein Fenster. Das Tier schaut mich einen Moment an. Ich störe es nicht. *(Lachen)* Und ich setze meine Beichte fort. *(Schweigen)* Aber was heißt das schon – gar nichts! Gleich gehe ich schlafen. Wenn die Sonne aufgeht, habe ich es hinter mir. Wenn die Sonne aufgeht, werde ich Frieden gefunden haben.

Klick. Der Mann spricht langsamer als vorher, unterbricht seine Sätze durch häufiges Husten.

In der Nacht muss es passiert sein, Sariah. In der allerersten Nacht. Deine Ma und ich. *(Schweigen)* Sie hat für die Botschaft in Pretoria gearbeitet. Mit irgendwelchen niederländischen Umweltschützern war sie für ein paar Tage im iMfolozi, um sich unser Nashorn-Zählprogramm anzuschauen, das von einem niederländischen Prinzen subventioniert wurde. Die Delegation war in den Rondavels bei Hilltop untergebracht. Mit zwei Kollegen sollte ich sie zu den Bomas bei Masinda fahren. Es war heiß und sonnig. Ich gab allen die Hand und vergaß ihre Namen sofort wieder. Deine Ma hat mich angelacht. Blondes, nach vorn wehendes Haar. Ihre blauen Augen blitzten. Sie fiel auf, war ungewöhnlich groß, sogar für eine

Niederländerin. *(Schweigen)* Wir wollten die Kaaskoppen auf die Geländewagen verteilen. Als ich hinterm Steuer Platz nahm, sprang sie auf meinen Beifahrersitz. »Darf ich bei dir mitfahren?«, fragte sie fröhlich. Ich hatte eine kurze Hose an. Deine Ma legte ihre Hand auf meinen Oberschenkel. Auf die Schürfwunden. Was mit meinem Bein passiert sei, wollte sie wissen. Ich lachte, spürte die Wärme ihrer Hand. »Das sieht schlimmer aus, als es ist«, sagte ich. »Das sind nur Schrammen vom Beerenpflücken.« Wir lachten. Anschließend bestiegen die anderen Niederländer den Wagen. Deine Ma zog ihre Hand wieder zurück. Das Prickeln war immer noch zu spüren. Sie legte die Hand auf ihre Wange. Ab und zu sah sie lachend zu mir herüber. Noch am selben Abend sollten wir uns lieben. *(Ohrenbetäubendes Husten. Schweigen. Der Mann spricht langsam weiter, ist immer schlechter zu verstehen.)* Deine Ma war sechsundzwanzig. Ich war ein ganzes Stück älter. Wir liebten uns auch in der zweiten Nacht. *(Schweigen)* Einige Wochen später rief sie mich an: Sie habe ein paar Tage frei, ob sie vorbeikommen dürfe? Wir fuhren durch den Wildpark, lauschten meinen Vogelgesängen. Das schien ihr zu gefallen. Sie hat sich wirklich bemüht. An diesem Abend hat sie mich angesehen und gesagt: »Wir bekommen ein Kind, Frederick. Du hast mich geschwängert.«

Mir fehlten die Worte. Deine Ma ließ mich gar nicht erst zu Wort kommen. *(Wieder ein Husten, die Sätze sind kaum noch zu verstehen.)* Sie hatte gekündigt. Sie wollte nicht zurück in die Niederlande. Sie hatte vor, hier … *(Schweigen. Flüsternd, mit letzter Kraft)* Vergib mir. *(Schweigen)* Sariah. *(Schweigen)* Vergib –

Stöhnen. Ein Knall. Plötzliche Stille. Ein Schweigen, das gar nicht mehr aufhören will. Eine Tür wird quietschend geöffnet, Absätze klappern über Holzdielen, im Hintergrund läuft ein Radio. Eine Frau räuspert sich und beginnt rasch, aber verständlich zu sprechen.

Sariah! Dein Vater ist vom Stuhl gefallen! Er liegt hier und kann sich nicht bewegen. Er liegt hier auf dem Boden. *(Langes Schweigen, Keuchen)* Ich muss den Krankenwagen rufen! *(Klappern von Absätzen)*

Klick. Der Mann, stammelnd.

Wieder meiner Stimme gelauscht und alles so gelassen, wie es ist. Meine Beichte … Wie lange ist das jetzt her? Nolwazi! Nolwazi! *(Weinen)* Nolwazi! *(Türquietschen)* Wie lange ist das jetzt her, Nolwazi? *(Schweigen)* Zehn Monate im Krankenhaus. *(Schweigen)* Ich muss jetzt alle möglichen Tabletten schlucken. Folsäure. Vitamine. *(Schluchzen)* Ich kann nichts mehr, weder Laufen noch Telefonieren. *(Schweigen)* Das Band ist beinahe zu Ende. Und ich? Mach es auch nicht mehr lange. Ich rieche Verwesung in meinem Atem.

Klick. Der Mann, etwas verständlicher.

Mit großer Freude lese ich deine Briefe, Sariah. Mein Schweigen ist keine Strafe. Kein Protest. Meine Hände zittern häufig. Es fällt mir schwer zu schreiben. Ich bin gerade beim Arzt gewesen. Es geht mir einigermaßen, viel besser als vorher. Der Arzt teilt meine Zuversicht nicht. Er sagt, es dauert nicht mehr lange. *(Schweigen)* Ich hinterlasse kein vollendetes Werk,

Sariah. Du bist alles, was bleibt. Mein *meisje.* Meine Kleine. Sariah Malan. Ein Phönix aus der Asche.

Klick.

Das Band ist zu Ende, Sariah. Nur noch wenige Sekunden. *(Schweigen)* Ich habe dich gerade im Fernsehen gesehen! Ich habe den ganzen Tag an dich gedacht. Und dich dann im Fernsehen gesehen. Ein Nashorn ist vom Himmel gefallen. Seltsam. Das war wirklich seltsam. *(Schweigen)* Unser Nashorn gehört da nicht hin, Sariah. Wann bringst du es wieder zurück? Nach Afrika? *(Schweigen)* Und wer ist dieser Mann, Sariah? Das Band ist zu Ende. Wer ist das, los, sag schon! Wer ist –

Ein monotones Rauschen. Dann ein leises Klicken – das Band, das sich von der Spule löst.

IV
Das Nashornhorn
(zwei Jahre zuvor)

I

Sofie ruft mich an, sie bittet mich, so schnell wie möglich in den Zoo zu kommen. »Was ist passiert?«, frage ich, denn ich höre an ihrer Stimme, dass etwas Schlimmes geschehen sein muss.

»Es geht um Ursula, das Nashorn«, erwidert sie mit zitternder Stimme. »Sie ist heute Nacht getötet worden.«

Zehn Minuten später sitze ich in einem Taxi. Wegen des herbstlichen Unwetters mit Hagel und heftigen Böen habe ich mein Rad stehen lassen. Mein Fahrer klagt über die Türken und Antillaner, nur englische Touristen sind seiner Meinung nach noch schlimmer. Schließlich verkündet er, dass ich doch etwas alt sei für den Zoo, erst recht an einem so stürmischen Tag wie heute.

Mit einem Nicken verbanne ich den Mann aus meinen Gedanken und rufe mir lieber das dritte Kapitel meiner Doktorarbeit ins Gedächtnis, das ich gestern Abend erneut gelesen habe. An jedem ersten Sonntag im Monat lese ich ein Kapitel, um die komplette Doktorarbeit im Laufe eines Jahres wieder präsent zu haben. Das gestrige Kapitel, das ich von Anfang bis Ende, einschließlich Fußnoten, in zwei herrlichen Stunden gelesen habe, ist mein Lieblingskapitel, und zwar insbesondere deshalb, weil es eine These enthält, die die kunsthistorischen Gemüter bis heute erhitzt. Noch immer erhalte ich mit der Post oder per E-Mail wissenschaftliche Aufsätze, in denen meine Interpretation begeistert zitiert wird, so wie neulich die

Arbeit eines Professors für Kunstphilosophie in Australien. »*As Rida (1965) rightly argues …*« Ganz recht, Herr Professor, ganz recht! Dürer hat meine Liebe zur rätselhaften Welt des Tieres geweckt, und das dritte Kapitel ist der Abschnitt, in dem das am deutlichsten wird. Denn darin lege ich dar, wie die Künstler der nördlichen Renaissance zu einer neuen Darstellung des Tierischen gelangten, und argumentiere, dass Dürer der Initiator dieser Entwicklung war, ein mutiger Pionier, der von anderen Künstlern kopiert wurde. Während das Tier bis dahin fast immer Symbol für etwas anderes gewesen war (für einen Evangelisten, den Heiligen Geist, die Vergänglichkeit, den Teufel) und daher nichts Eigenständiges, zeigten die Künstler der nördlichen Renaissance das Tier als *Geschöpf*, als komplexes, vielschichtiges Subjekt, das wie der Mensch zur beseelten Schöpfung gehört. Dürer trat diese Entwicklung nicht nur los, sondern ging auch weit darüber hinaus – etwas, das seine Zeitgenossen noch nicht wagten.

Mein Taxi passiert rasend schnell die Amstelschleusen in Richtung Sarphatistraat. Die Scheibenwischer sausen wie verrückt hin und her, und durch das beschlagene Fenster sehe ich, dass die Bäume am Fluss schier explodieren. Auf der anderen Uferseite liegt das Theater Carré, und wie ich in der Zeitung las, werden dort in den kommenden Wochen ausschließlich Kabarettisten auftreten. Verschont mich bitte mit Kabarett, der Plage des 21. Jahrhunderts! Über alles muss man heutzutage lachen können, auch über Dinge, die alles andere als zum Lachen sind: Politik, Journalismus, Literatur. Sogar im Zoo scheint Humor eine immer größere Rolle spielen zu müssen, und das Staunen verliert zugunsten vulgärer Unterhaltung immer mehr an Boden. »Jetzt reicht's aber wirklich!«, sagt der Fahrer seufzend. »Bei diesem Wetter will niemand mehr vor die Tür.«

Die schönen Künste, meine Doktorarbeit – schnell zurück zu wirklich ernsthaften Themen. Seit 1500 – Dürer ist damals neunundzwanzig Jahre alt – beschäftigt er sich immer häufiger mit dem Tier. Er fertigt Tuschzeichnungen von Hasen und einem Storch an und hält einsame Elche, Reiher und Eulen mit Wasserfarbe fest. Die Krönung dieser Reihe ist der Kopf eines Rehbocks von 1503, ein Aquarell, in das Dürer so viel Selbstbewusstsein legt, dass ich in meiner Doktorarbeit die ziemlich spekulative These aufstellte, man könne fast ein Selbstbildnis des Künstlers darin sehen. Das Tier bekommt bei ihm immer menschlichere Züge, ein Gesicht, eine Persönlichkeit, wodurch er als Erster den Eindruck erweckt, dass die Grenze zwischen Mensch und Tier gar nicht so eindeutig ist, wie bisher gedacht. Das Tierische wird Dürer auch weiterhin faszinieren, er konzentriert sich immer stärker darauf. Auf Papier gibt es detaillierte Abbildungen eines Stiermauls, den ausgestreckten Flügel einer Blauracke. Schließlich – und das ist die Kernaussage meines dritten Kapitels – fügt Dürer seinem Werk auch einige verblüffend intime Aquarelle von getöteten Tieren hinzu: einen pfeildurchbohrten Hirschbock, eine aufgehängte Ente, und ihre gequälten Blicke sind genauso dramatisch wie die des ans Kreuz geschlagenen Christus. Doch das heißt nicht, dass Mensch und Tier für Dürer auf ein und derselben Stufe stehen: Tiere haben zwar etwas Menschliches, aber es gibt nach wie vor einen hierarchischen Unterschied. Das Tier mag zwar die Fähigkeit haben zu fühlen und zu denken, aber nur der Mensch kann wirklich lenken: Der Pfeil im Hirschkopf und der Nagel, an dem die Ente aufgehängt ist, zeigen, dass die Tiere von Menschenhand getötet worden sind. Das Tier – und genau das ist es, was Rida noch immer *rightly argues* – ist bei Dürer ein Geschöpf, das zugegebenermaßen menschliche Züge trägt, aber nichtsdestotrotz für unser Wohl geopfert werden muss. Das Tier muss sterben, damit der Mensch leben kann.

Am Haupteingang des Zoos parken zwei Polizeifahrzeuge. Ich lasse mich dort absetzen und eile nach Afrika, das inzwischen mit Bändern abgesperrt wurde. Ich sehe Ursula sofort, sie liegt auf der Weide. Als ich näher komme, fällt mein Blick auf den blutüberströmten Kopf, der reglos im Sand liegt. Dort, wo sich einst ihre zwei Hörner befanden, klaffen nun zwei große, feuchte Löcher. In einer klatschnassen Regenjacke steht Edo mit einem Polizisten daneben, zwei weitere Beamte knien in der Weide und suchen nach verwertbaren Spuren. Viel werden sie leider nicht finden, der Boden ist nass und schlammig, auch die Fußabdrücke der Polizisten haben sich längst in formlose Krater verwandelt. »Die Schweine!« ruft Edo, kaum dass er mich sieht. »Wie können sie es wagen?« Der Schreck steht ihm ins Gesicht geschrieben, immer wieder schlägt er die Hand vor den Mund und schüttelt fassungslos den Kopf. Auch ich spüre, wie heiße Wut in mir aufsteigt – Übelkeit erregende Wut, und meine Hände zittern, so geschockt bin ich.

»Wie konnte das passieren?«, frage ich mit brüchiger Stimme. »Wie sind die hier reingekommen?«

Ein Beamter zeigt aufs Entrepotdok. »Die Spuren führen dorthin. Woher sie gekommen sind, wissen wir nicht, aber der Fluchtweg führt in diese Richtung. An der Kasse gibt es keine Überwachungskamera, nehme ich an?«

»Wir sind doch kein Museum«, murmelt Edo.

»Gut möglich, dass sie sich kurz vor Ende der Besuchszeit haben einschließen lassen, um dann zu warten, bis es dunkel wurde. Bei diesem Unwetter ist ein Schuss kaum zu hören.«

»Mit Waffen und Sägen?«, fragt Edo erbost.

Der Beamte zuckt nur mit den Schultern. »Alles Weitere werden die Ermittlungen ergeben. Die Kripo ist bereits unterwegs.«

Schweigend gehen Edo und ich zu »Die Hoffnung«. Der Wind weht immer noch unglaublich stark, dafür scheint der Regen etwas nachzulassen. »Wir werden eine Presseerklärung vorbereiten müssen«, sagt Edo. »Eine Pressekonferenz.«

»Und wie geht es den beiden anderen Nashörnern?«

»Wir hatten noch Glück im Unglück: Albrecht und Angela standen drinnen. Nicht auszudenken, was passiert wäre, wenn die noch ein Nashorn erwischt hätten, geschweige denn alle drei! Laut Sariah sind diese Wilderer-Banden unglaublich professionell, sie verfügen über modernste Hilfsmittel und können im Nu zuschlagen.«

»Ist das zum ersten Mal passiert?«, frage ich. »Oder ist das woanders schon mal vorgekommen?«

Edo schüttelt besorgt den Kopf. »Sariah hat uns bereits vor so etwas gewarnt. Sie hat es kommen sehen. Ihr zufolge ist das woanders bereits passiert, aber das waren obskure Kleinzoos in Entwicklungsländern. Wir konnten uns das einfach nicht vorstellen. Ich meine hier, bei uns in *Amsterdam*, verdammt noch mal!«

Erst jetzt fällt mir auf, dass ich sie noch gar nicht gesehen habe. »Wo steckt eigentlich Sariah?«

»Zu Hause, sie muss ihren Vater beerdigen. Sie ist Freitagabend abgereist.«

»Ach«, murmle ich. »So plötzlich?«

»Ich glaube nicht. Er hatte bereits Ende letzten Jahres einen Schlaganfall. Es war also abzusehen.«

»Ich nehme an, du hast es noch nicht geschafft, sie zu erreichen?«

Edo schüttelt den Kopf und sagt, er wisse nicht, ob das so sinnvoll sei. »Dann will sie bestimmt zurückkommen, obwohl sie in Südafrika gebraucht wird. Sie ist das einzige Kind ihres Vaters und wird jede Menge regeln müssen.«

»Wir haben keine andere Wahl, Ursula wird bald eine Weltnachricht sein. Du willst doch nicht, dass sie es morgen aus der Zeitung erfährt?«

»Wir haben noch etwas Zeit, und das ist besser als nichts.«

Im Büro herrscht eine gedrückte Stimmung. Laut Sofie wurde das Personal inzwischen verständigt, und auch die anderen Vorstandsmitglieder hat man per Telefon informiert.

»Wir lassen die Nashörner vorläufig drinnen«, sagt Edo seufzend, lässt sich in seinen Bürostuhl fallen und aktiviert seinen Computer. Ich ziehe die Jalousien vor seinen Fenstern hoch und mustere die unzähligen kleinen Regentropfen, die von außen an der Scheibe kleben. »Wir werden viel Geld in die Bewachung der Tiere stecken müssen«, fährt er fort. »Sie sind sehr verwundbar, wie man sieht.«

Überrascht drehe ich mich zu Edo um. Er scheint schon wieder zur Tagesordnung übergehen zu wollen. Er tut genau das, was man von einem Manager erwarten kann. Er versucht den Schaden einzuschätzen, überlegt sich eine Strategie, berechnet die Kosten – trotzdem geht mir das alles ein bisschen zu schnell. Ich fände es vernünftiger, erst einmal die Ermittlungsergebnisse abzuwarten und die neue Situation in Ruhe auf sich wirken zu lassen, um den Verlust zu verarbeiten.

»Wieso sind die anderen Nashörner eigentlich drin geblieben?«, frage ich. »Soweit ich weiß, sollten Ursula und Albrecht auf der Weide zusammengebracht werden.«

»Das hatten wir auch vor, ja, aber es ist anders gekommen.«

Er erzählt, wie Sariah am Freitagabend das Trenngitter geöffnet hat, in der Hoffnung, Ursula zu Albrecht auf die Weide führen zu können. Aber Albrecht wollte nichts davon wissen, und obwohl er ihren Östrogenduft bereits seit Tagen mit animalischer Gier in sich aufsaugte und sichtlich erregt war, duldete er sie nicht in seinem Revier. Ursula wiederum konnte es kaum erwarten, machte ab und zu vorsichtige Annäherungsversuche, aber Albrecht versperrte jedes Mal schnaubend und stampfend die kleine Öffnung zwischen den Weiden. Ursula war nicht willkommen. »Am späten Nachmittag mussten wir eine Entscheidung treffen. Sariah wollte noch am selben Abend nach Johannesburg fliegen und hat es nicht gewagt, das Gitter offen zu lassen.«

»Was hätte denn passieren können?

»Laut Sariah können Nashörner in seltenen Fällen aggressiv werden, wenn sie einem brünstigen Weibchen begegnen – ein ziemlich merkwürdiges Verhalten, für das es nach wie vor keine wissenschaftliche Erklärung gibt. Das scheint nur bei Tieren vorzukommen, die wie Albrecht in freier Wildbahn geboren wurden. In Gefangenschaft geborene Stiere haben diesbezüglich keine Probleme. Deshalb haben wir beschlossen, das Gitter wieder zu schließen, zumindest bis zu Sariahs Rückkehr. Weil das Wetter am Wochenende umgeschlagen hat, haben sich die Nashörner fürs Innengehege entschieden, nur Ursula hat draußen am Gitter ausgeharrt und sich Hoffnungen auf Albrecht gemacht. So auch gestern Abend, als die Wilderer zugeschlagen haben.«

Sofie kommt und sagt, die Kripo warte am Haupteingang. »Willst du sie in Afrika empfangen oder zuerst hier im Büro?«

Edo zuckt mit den Schultern, stößt einen langen, tiefen Seufzer aus und sagt: »Was ändert das schon, am besten wir treffen sie gleich am Tatort.« Er zieht seine Regenjacke wieder an und ruft bereits im Gehen: »Fahr ruhig nach Hause, Frank. Für dich gibt's hier nichts mehr zu tun. Und ja: Ich werde Sariah gleich nachher anrufen!« Er ist noch nicht ganz weg, als er auch schon wieder kehrtmacht. »Ich melde mich noch, bevor ich die Presseerklärung abgebe. Ich rechne mit regem Betrieb, mit besonders vielen Kunden. Hoffentlich haben wir in den kommenden Tagen mit dem Wetter etwas mehr Glück!« Schon ist er wieder verschwunden.

»Der Kerl ist unglaublich!«, murmle ich, sobald er davongestürmt ist. »Immer volle Kraft voraus. Ein wertvolles Nashorn wurde gewildert? Pech gehabt, weiter im Takt.«

»Typisch Edo!«, sagt Sofie und tritt neben mir ans Fenster. »Manchmal habe ich das Gefühl, dass Rückschläge ihn erst recht zur Hochform auflaufen lassen, ja ihm einen zusätzlichen Energieschub geben.«

Wir starren in den Himmel, in dem sich die Wolken ballen – weiße und graue sowie hier und da eine beängstigend schwarze. Sofie schaut mich kurz an und sagt dann fast flüsternd: »Wenn es geregnet hat, haben mein Bruder und ich uns früher oft auf den Balkon gesetzt. Er war ein Stück weit überdacht, und wenn der Wind nicht zu stark war, konnten wir dort sitzen, ohne nass zu werden. Wir haben in Bergen aan Zee gewohnt, der Balkon ging auf die Dünen hinaus. Mein Bruder und ich starrten in die Wolken und haben versucht, Formen darin zu erkennen. Tiere, Gegenstände, Menschen. Meist lachten wir über die Vorschläge des anderen. Immer wenn ich in die Wolken schaue, muss ich wieder daran denken. Es ist eine schöne Erinnerung, sie macht mich glücklich. An traurigen Tagen schaue ich in den Himmel und denke: eine Glühbirne, ein Hund, ein Amboss, eine Qualle.«

»Das ist einfach, Wolken sehen immer aus wie Quallen.«

Sofie lacht. »Das haben wir auch jedes Mal gesagt, wenn uns nichts einfiel.«

»Und diese Wolke hier?« Ich zeige darauf. »Die graue, links unter der tiefschwarzen. Woran erinnert die?«

Sofie denkt kurz nach und ruft: »An ein Kamel! An den Kopf und den Hals eines Kamels.«

»Wie kommst du bloß darauf? Eher an etwas Langes, Biegsames. Ich würde sagen, das ist ein Wiesel.«

Sie prustet vor Lachen, und das ist ansteckend. Wir strahlen uns an. »Oder ein Wal«, schlägt sie vor, denn jetzt ist sie wieder an der Reihe. »Ein Wal, der aus dem Wasser springt.«

Tatsächlich! Wirklich, sehr walmäßig, du hast gewonnen!«

Sofies Telefon klingelt, und sie geht zurück zu ihrem Schreibtisch. Ich sehe, dass es aufgehört hat zu regnen, nur der Wind weht hier und da – platsch! – Wasser aus den Bäumen. Ein Spaziergang bei Sturm, darauf habe ich jetzt richtig Lust. Ein Spaziergang, der es mir erlaubt, gedankliche Abwege zu beschreiten: Sofies Walfisch hat eine Tür zu meiner Vergangenheit geöffnet, die etwas mit meinem geliebten deutschen Künstler zu tun hat. Gleich nach der Promotion habe ich, während ich vergeblich auf eine Festanstellung an der Uni wartete, ein paar Monate an einer Abhandlung über Dürers Reise in die Niederlande gearbeitet. 1520 brach er aus Nürnberg auf und erreichte über Antwerpen die Seeländischen Inseln, wo er darauf hoffte, in Zierikzee einen gestrandeten Walfisch zu finden. Genau wie der Walfisch strandete auch mein Buchprojekt, aber das Manuskript liegt noch immer in fast vollendetem Zustand in meiner Bibliothek, teilweise getippt und teilweise noch in meiner jugendlichen Handschrift von damals. Auch den Kasten voller Karteikarten mit meinen Aufzeichnungen zu Dürers Tagebüchern und Briefen habe ich noch zu Hause. Hin und wieder nehme ich mir vor, das Buch zu beenden und auf meine alten Tage zu meiner ersten Liebe, der Wissenschaft, zurückzukehren, um den Kreis meines Lebens zu schließen. Es ist ein Vorsatz wider besseres Wissen, ein Wunsch, von dem ich mich meist innerhalb weniger Stunden wieder verabschiede. Ich bin für die Wissenschaft verloren, durch mein politisches Geschick bin ich doch zu sehr zum Geschichtenerzähler geworden. Spannung, Plot und Drama sind mir inzwischen lieber als die aufrichtige, aber pedantische Suche nach Wissen und Erkenntnis.

Das Dürer-Tier als menschenähnliches Opfer: Genau diese These wollte ich in meiner nächsten wissenschaftlichen Arbeit vertiefen und hoffte, dass mich Dürers Suche nach dem gestrandeten Wal irgendwie weiterbringen würde.

Zu Hause muss ich nicht lange nach meinem alten Karteikartenkasten suchen. Seit ich vor dreißig Jahren hier eingezogen bin, steht er in dem Schrank mit meinen Studiennotizen, peinlich genau einsortiert neben den Ordnern mit Promotionsunterlagen und gut geschützt durch eine abschließbare Glastür. Die vielen Karteikarten befinden sich nach wie vor perfekt geordnet darin. Unter S wie Seeland finde ich mehrere Zitate aus Dürers Reisebericht über die Niederlande, ein Manuskript, mit dessen verlässlichster Abschrift ich mich während meiner Postdoc-Zeit in der Staatsbibliothek Bamberg gründlich beschäftigt habe. »Item es ist ein wahlfisch zu Zürche in Seland mit einer großen Fortuna und Sturmwind an land kummen«, schrieb Dürer Ende November 1520 in seinem Reisebericht. »Der ist viel mehr dann huntert Klaffter lang, und lebt niemand in Seeland, der ein gesehen hat, der ein drittaihl von der leng hett gehabt.« Auch Dürer wusste gute Geschichten zu schätzen, erst recht, wenn sie von Tieren handelten. Ein Wal von hundertachtzig Metern Länge ist selbstverständlich reine Erfindung, und das Ende dieser Beschreibung zeugt ebenfalls von einem guten Gespür für Dramatik: »Und der fisch kann nit von land, das volck sehe gern, das er weg were, dan sie forchten den großen gestanck, dann er ist so gar groß, das sie mainen, man köne ihn ein halben jahr mit auffhauen und öhl von ihm sieden.« Nun ja, lieber Dürer, ganz wie Sie meinen! Wenn das Tier nicht schon lange tot war, als es angespült wurde, was eher unwahrscheinlich sein dürfte, ist anzunehmen, dass die Fischer an der seeländischen Küste entzückt über den Wal waren, der ihnen da in den Schoß fiel. An der chinesischen Küste habe ich selbst miterlebt, wie sich einfache Fischer mit Messern und Sägen ans Werk machten: Innerhalb weniger Stunden hatten sie einen riesigen angespülten Buckelwal bis auf die Knochen zerlegt, das Fleisch verteilt und verkauft. Auch die Seeländer des 16. Jahrhunderts, die bestimmt öfter einen Wal stranden sahen, dürften gewusst haben, was man mit dem angespülten Meeressäuger alles so anstellen kann.

Ich lasse meine Notizen kurz ruhen. Während ich ein Brötchen mit Räuchermakrele esse, starre ich aus dem Wohnzimmerfenster auf die Wolken und suche nach einem neuen Wal. Ich denke an Sariahs verstorbenen Vater im fernen Südafrika, an Ursulas Kadaver auf der Nashornweide, wo die Kripo bestimmt noch ermittelt, und merke, dass ich ein bisschen melancholisch werde – ein Gefühl, bei dem ich jedes Mal das Bedürfnis habe, eine Kerze anzuzünden und einen Psalm für die Toten zu lesen – *Placebo Domino in regione vivorum* – und mit meiner brüchigen Stimme notfalls ein Requiem zu murmeln. Ein bisschen mitgenommen und aus dem seelischen Gleichgewicht gebracht, kehre ich zu meinen Dürer-Notizen zurück, in der Hoffnung, darin etwas Ablenkung zu finden.

Im Jahr vor seiner Seelandreise ging es Dürer nicht besonders gut, seine Freunde machten sich Sorgen um ihn wegen seiner niedergeschlagenen Stimmung. Einen guten Grund, ans Meer zu fahren, scheint er nicht gehabt zu haben – keinen außer dem Wal –, und seine Irrfahrt durchs nasskalte Seeland hatte dann auch eher etwas von einer beschwerlichen Pilgerreise ans Ende der Welt. Denn das waren die Seeländischen Inseln für Dürer, das Ende eines Kontinents. Die Reise verlief dramatisch, nach einem gerade noch abgewendeten Schiffbruch wurde Dürer von einer rätselhaften Krankheit niedergestreckt, die stark an Malaria erinnert – stets wiederkehrende Fieberschübe, die ihn Jahre später endgültig das Leben kosten sollten. In Zierikzee angekommen, schien der große Fisch vom Meer fortgeschwemmt worden zu sein. Aus der Zeichnung, die Dürer zweifellos von dem verendeten Tier machen wollte, aus diesem Memento mori, wurde also nichts, er musste sich mit einem Walross begnügen, das er quicklebendig in seeländischen Gewässern schwimmen sah – ein für die Niederlande exotisches Tier, das er auf eine Länge von etwa acht Metern schätzte.

Aber was hat das alles zu bedeuten? Warum diese weitschweifigen Ausführungen über ein Buch, aus dem nie etwas wurde, über eine Abhandlung, die ich ein halbes Jahrhundert später immer noch nicht fertiggestellt habe? Nun, in meiner Trauer um Ursula fühle ich mich Dürer und seiner damaligen Melancholie gewissermaßen verbunden. Wir sitzen sozusagen im selben Boot, auch wenn seines ein halbes Jahrtausend vor meinem in See gestochen ist. Zufrieden seufzend stecke ich die Karteikarten wieder zurück in den Kasten, genau dorthin, wo sie vorher waren, und schließe die Glastür. Mein gedanklicher Abweg ist überaus tröstlich gewesen. Jetzt bleibt mir nichts anderes übrig, als auf Edo zu warten, der mir versprochen hat, sich noch mal zu melden.

»Es sind so gut wie keine Spuren gefunden worden«, höre ich ihn kurz darauf sagen. »Wir scheinen einem perfekt geplanten Verbrechen zum Opfer gefallen zu sein. Diese Wilderer haben genau gewusst, was sie tun, so viel steht fest.«

Ich versuche, Edos schockierende Worte zu verarbeiten. Wilderer in unserem Zoo? Ist das denn tatsächlich möglich?

»Zwanzig Kripobeamte sind mit der Sache befasst, Interpol ist ebenfalls eingeschaltet. Die Ermittlungen werden noch einige Wochen dauern. Sie scheinen auf jeden Fall über die Nilpferdbrücke zum Entrepotdok gelangt zu sein. Am Zaun und bei der Brücke sind ein paar Blutspuren gefunden worden, die jetzt im Labor untersucht werden. Dort dürfte ein Auto gewartet haben.«

»Dann muss doch jemand was gesehen haben?«, hebe ich an. »In den Häusern wohnen Hunderte von Menschen. Da wird doch einer dabei sein, der nachts nichts schlafen kann, in einer stürmischen Nacht kurz aus dem Fenster schaut und plötzlich ein paar maskierte Männer mit zwei Nashornhörnern davonrennen sieht?«

»Schön wär's!«, sagt Edo lachend, der sich die Szene vermutlich gerade vorstellt. »Die Kripo befragt auf jeden Fall die Anwohner, vielleicht meldet sich ja jemand. Ich habe für heute um halb fünf eine Pressekonferenz anberaumt. Anschließend wird sich die Sache schnell herumsprechen.«

»Hast du irgendeine Ahnung, warum sie sich ausgerechnet uns ausgesucht haben? Warum unser Zoo?«

»Das ist mir auch ein Rätsel. Eigentlich ist unser Zoo alles andere als ideal, er liegt schließlich mitten in einer belebten Großstadt. Aber laut Interpol kann es an unserer Bekanntheit liegen. Albrecht und seine Damen sind in den letzten Tagen ausführlich in den Nachrichten gewesen. Anscheinend hat sich das negativ ausgewirkt.«

Ich erkundige mich bei ihm nach den Ermittlern – sind das Leute, die wirklich was taugen?

»Nun ja, was soll ich sagen.« Laut Edo behandeln die Beamten den Fall wie jeden anderen Diebstahl, wie einen Juwelenraub oder Banküberfall.

»Was im Grunde gar nicht mal so abwegig ist«, sage ich. »Man kann von der niederländischen Polizei schließlich nicht erwarten, dass sie Erfahrung mit Nashornwilderern hat.«

»Wir haben Kontakt zu Scotland Yard aufgenommen«, sagt Edo. »Ihre *Wildlife Crime Unit* wird uns vielleicht beraten.«

»Wie dem auch sei.« Ich seufze. »Die Hörner werden wir bestimmt nie mehr wiedersehen. Vermutlich hat man sie bereits außer Landes geschafft, und sie befinden sich gerade auf dem Weg nach China, nach Vietnam – wer weiß?« Ich erzähle ihm von meinen Erlebnissen in Shanghai, wo ich mich vor etwa drei Jahren dank des Freundeskreises Niederlande-China für einige Tage aufgehalten habe. Eines Nachmittags zog ich alleine los: Nach der Neonbeleuchtung der Nanjing Road und den ultramodernen Wolkenkratzern am Bund sehnte ich mich nach dem alten Shanghai, dem China von *vor* den vielen Umstürzen, die das Land erlebt hat. Ich hatte gehört, dass man als aufmerksamer Tourist durchaus noch das eine oder andere entdecken konnte. Unweit der Waibaidubrücke nahm ich ein Taxi und gab dem Fahrer einen Zettel mit lauter chinesischen Schriftzeichen – der Name eines Viertels, in dem ich laut meinem Gastgeber bestimmt finden würde, was ich suchte. Nach einer knappen Stunde Fahrt stand ich inmitten von älteren Gebäuden im klassischen Stil oder, besser gesagt, inmitten von Gebäuden, die meinen Vorstellungen davon entsprachen. Eine schlecht erhaltene Verbotene Stadt – so hatte es zumindest den Anschein, gut versteckt vor heutigen Touristen. Fast niemand sprach Englisch, die Schilder waren für mich nicht zu entziffern. In einem kleinen Restaurant zeigte ich auf beliebige Dinge, woraufhin ich orangefarbene Nudeln in einem übel riechendem Schälchen bekam, dazu kochend heißen Tee, um die Angelegenheit hinunterzuspülen.

»Worauf willst du hinaus?«, fragt Edo ungeduldig. »Ich muss dir noch die Presseerklärung vorlesen.«

»Nach dem Essen ging ich auf den Markt, eine Mischung aus Hütten und eng stehenden Gebäuden, wo man tatsächlich alles Mögliche kaufen konnte. Schließlich kam ich an eine breite Allee, die von unzähligen Apotheken gesäumt wurde. Sie bestanden oft nur aus einem Schrank und einem Tresen, dahinter ein Apotheker, umringt von Tausenden von Tiegeln und Schachteln, die mit unlesbaren Schriftzeichen übersät waren – Puder und Pillen gegen jedes nur erdenkliche Leiden.

»Ah«, seufzt Edo, »so langsam verstehe ich, worauf du hinauswillst.«

Ein Apotheker winkte mich näher und bohrte mir einen Finger in die Brust. Anschließend fasste er sich mit einem gequälten Blick in den Schritt und zeigte auf meinen. Was für ein seltsamer Kerl!, dachte ich. Er nahm einen Tiegel aus dem Schrank und bedeutete mir, ihn zu nehmen. Der Preis war unglaublich, zig Euro pro Pille! Als ich auf dem Etikett den kleinen, handgezeichneten Kopf eines Nashorns sah, begriff ich sofort, woraus die Pillen bestanden.

»Zermahlenes Nashornhorn.«

»Ein winziger Span pro Pille vermutlich, aber dem Volksglauben nach genug, um die Libido wieder flottzumachen, das herabbaumelnde Glied wieder hochzukriegen.«

»Eins Komma vier Milliarden Chinesen«, flüstert Edo. »Eins Komma vier! Stell dir mal vor, ein Prozent aller chinesischen Männer kriegt keinen mehr hoch, von denen wiederum ein Prozent diesen Pillen vertraut. Nur ein Bruchteil eines Bruchteils in einem riesigen Land – trotzdem!«

»Ja, das war's dann mit dem Nashorn«, pflichte ich ihm bei. »Dann ist es endgültig Geschichte.«

Wir lassen diese Erkenntnis schweigend auf uns wirken. Dann liest Edo seine Presseerklärung vor, eine kurze, sachliche Mitteilung, mit der ich ohne weitere Anmerkungen einverstanden bin. »Ursula ist inzwischen von der Weide entfernt worden«, fährt er fort. »In Afrika heißt es also wieder: *business as usual.* Der Kadaver liegt in der Werkstatt an der Muidergracht, und da komme ich gerade her. Ein Forensiker führt die Obduktion durch und sucht nach den Kugeln. Außerdem wird untersucht, wie die Hörner genau entfernt wurden.«

»Gibt es dazu schon irgendwelche Erkenntnisse?«

»Jawohl«, sagt Edo. »Sie sind sehr professionell an die Sache herangegangen, die Hörner wurden mit Handsägen zur Gänze von der Haut getrennt. Wenn ich das richtig verstanden habe, ist das gar nicht so schwer, wie man denkt: An der Unterseite der Hornsubstanz befindet sich eine Art Schale, die auf einem Schädelhöcker sitzt. Es ist die dicke, stabile Oberhaut, die das Horn an Ort und Stelle hält. Aber mit einer guten Holzsäge und etwas Erfahrung ist das im Nu erledigt.«

»Und was machen wir jetzt mit Ursula?«

»Sobald die Kripo sie freigibt, geht sie an die Universität. Das ist eine alte Tradition – alle Kadaver kommen dorthin.

Die Zoologie ist entzückt, man benutzt sie für Lehre und Forschung.«

»Aber Ursula!«, werfe ich ein. »Das ist doch was anderes als ein totes Kamel.«

»Abgemacht ist abgemacht«, sagt Edo abschließend. »Sobald ein Tier verendet, wechselt es den Besitzer. Und dass Ursula tot ist, lässt sich nicht leugnen.«

2

In den Wochen nach Ursulas Tod ziehen Zehntausende von Kunden nach Afrika, um den Ort der Katastrophe zu besuchen, dem Verbrechen zu gedenken – oft auch, um etwas Persönliches zu hinterlegen. Schon bald wird aus der leeren Nashornweide ein ziemlich kitschiger Ort, einige Kunden versuchen trotz des anhaltenden Mistwetters vergeblich, eine Kerze zu entzünden. Gegen Ende des Monats zählen wir über hundert Stoffteddys, arrangiert zwischen dicken Stapeln von Kinderzeichnungen und verwelkten Rosen- und Liliensträußen. Die Medien haben die tragische Nachricht ausführlich gebracht – angefangen von kurzen Artikeln, die meine Presseerklärung eins zu eins übernommen haben, bis hin zu ausführlicheren Hintergrundberichten und Reportagen. Auf der Weide selbst erinnert übrigens nichts mehr an die Gräueltat, und die Kunden haben die tote Ursula natürlich nicht zu sehen bekommen. Das war eine bewusste Entscheidung – schlimm zugerichtete Tierleichen passen nun mal nicht zu der Geschichte, die wir verkaufen wollen. Nur *De Telegraaf* veröffentlichte ein unscharfes Foto vom gewilderten Kadaver, aufgenommen vom Dach eines der Gebäude am Entrepotdok – von einem Paparazzo, der sein Teleobjektiv normalerweise auf heimlich rumknutschende Profifußballer und sich oben ohne sonnende Prinzessinnen richtet.

Auf ausdrücklichen Rat der Polizei stehen Albrecht und Angela zwischen Sonnenuntergang und Sonnenaufgang vorläufig drinnen. Selbstverständlich müssen wir sie besser bewachen, aber wie das konkret aussehen soll, wissen wir noch nicht. Beinahe täglich beratschlage ich mich mit meinen Zoodirektor-Kollegen, entweder telefonisch oder per E-Mail. Sie versichern mir ihre Unterstützung und ihr Mitgefühl oder bitten ihrerseits um Rat. Wir sind alle alarmiert. Was uns passiert ist, kann schließlich auch anderen Zoos zustoßen. Meine Kollegen fürchten sich davor.

»Die Ereignisse überschlagen sich regelrecht«, sagt Sariah, mit der ich die Ereignisse der letzten Wochen an einem Montagmorgen an meinem Küchentisch bespreche. Nachdem sie etwa drei Wochen in Südafrika war, ist sie gleich weiter nach Genf geflogen, wo in aller Schnelle ein Krisentreffen anberaumt worden war. Sie ist erst gestern am späten Abend wieder in Schiphol gelandet. Ich habe sie mit dem Auto abgeholt und eingeladen, noch etwas bei mir zu trinken, aber sie wollte lieber sofort ins Bett. »Dafür komme ich morgen zu dir zum Frühstück. Das ist schließlich schon Tradition.«

»Wen interessieren schon Traditionen!«, hatte ich gerufen. »Aber ganz wie du willst, die Croissants kommen um halb neun in den Ofen.«

Mit einem stumpfen Messer schneidet sie ihr Croissant auf und bestreicht es mit Marmelade. Ich betrachte die Katastrophe auf ihrem Teller, das Schlachtfeld aus blutigem Teig und Krümeln. »Vor zwei Jahren hatten wir noch siebzehn«, fährt sie mit vollem Mund fort, »und vor meiner Abreise noch elf. Jetzt haben wir wieder eines verloren. Zu allem Überfluss sind die Exemplare in Seattle und Rio todkrank, und der Bulle in Helsinki ist vermutlich unfruchtbar.«

Schweigend sehen wir uns an. Sie hat wieder diesen ernsten, leicht abwesenden Gesichtsausdruck von vor zwei Jahren, diesen traurigen Blick, der mich auch gleich ein wenig niedergeschlagen macht. An den dunklen Ringen unter ihren Augen sieht man, wie erschöpft sie ist. »Ich bin am Ende«, sagt sie, und zum ersten Mal entdecke ich zwischen ihren blonden Locken hier und da ein paar graue Strähnen. Arme Sariah! In den letzten Wochen ist sie wirklich von einer Tragödie in die nächste geschlittert: Erst starb ihr Vater, dann erreichte sie in Südafrika die traurige Nachricht in Sachen Ursula. Am liebsten wäre sie sofort wieder ins Flugzeug gestiegen (»Mein toter Pa kann ruhig warten«, hat sie gesagt) – wovon ich sie erst nach einigen Telefonaten wieder abbringen konnte. Schließlich beschloss sie, sich Zeit zu nehmen und bis zu dem Treffen in Genf in Südafrika zu bleiben. Dort zu fehlen war für sie völlig undenkbar, und so ging ich dieser Diskussion lieber aus dem Weg.

»Obwohl eine ziemliche Grabesstimmung herrschte, hat es gut getan, sich auszutauschen«, sagt Sariah. »Pachydermisten, Naturschützer, Interpol – zum ersten Mal sind wir miteinander ins Gespräch gekommen. Alle haben sie gestaunt über die Professionalität der Wilderer.« Sie erzählt, dass die englische Regierung bereits Maßnahmen angekündigt hat, mit denen sie das letzte Weibchen in London schützen will, und auch die Flamen haben versprochen, alles zu tun, um das Exemplar in Mechelen gegen Wilderer zu verteidigen.

»Ist die Art überhaupt noch zu retten?«, frage ich, während ich ihr eine neue Tasse Tee einschenke. »Habt ihr auch darüber gesprochen?«

Schweigend pustet sie in den heißen Tee und starrt eine gefühlte Ewigkeit in den aus ihrer Tasse aufsteigenden Dampf.

»Oder sollte ich das lieber nicht fragen?«

»Doch«, flüstert sie. »Die Frage ist durchaus erlaubt.« Erschöpft seufzt sie auf. »Aber die Antwort darauf macht mich traurig. Ich bin nicht in der Stimmung, sie zu beantworten.« Nach langem Schweigen erzählt sie, dass nun alle Augen auf uns gerichtet sind. »Angela und Albrecht, die müssen es schaffen. Jeder hofft, dass sich bei uns was tut.« Ihr zufolge gibt es ansonsten nur noch Fortpflanzungspotenzial in Berlin. Aber obwohl Leopard mehr als bereit ist, enttäuscht Weibchen Sieglinde sämtliche Erwartungen. »Angeblich kann sie Leopard nicht ausstehen.«

So dramatisch es auch sein mag: Das sind natürlich tolle Neuigkeiten. Am liebsten würde ich Sariah in den Arm nehmen und mit ihr durch die Küche tanzen. Aber ich weiß, dass sie keine Lust darauf hat.

»Das bringt neue Verpflichtungen«, sage ich so ernst und gefasst wie möglich. »Wir müssen nicht nur gewährleisten, dass die Wilderer von nun an draußen bleiben, sondern auch, dass Albrecht und Angela sich paaren.«

»Aber dann müssen wir sie wieder nach draußen lassen. Nashörner paaren sich in Gefangenschaft eigentlich immer im Freien, am liebsten nachts. Anders geht es nicht.«

»Kameras, zusätzliche Bewachung, vielleicht sogar eine Rund-um-die-Uhr-Observierung der Nashornweide. Das ist die einzige Möglichkeit. Ich habe der Polizei inzwischen ein Sicherheitskonzept geschickt, und sie hat versprochen, es sich näher anzuschauen und uns zu beraten. Frank ist im Großen und Ganzen damit einverstanden. Leider werden die Betriebskosten exponentiell steigen, sodass wir erfinderisch sein und zusätzliche Einkünfte generieren müssen.«

Sariah lässt meine Worte auf sich wirken. Sie dürfte das Lächeln um meine Lippen bemerkt haben, denn sie mustert mich misstrauisch und sagt: »Und auch diesen Plan hast du bereits in der Schublade?«

»Quatsch!«, sage ich. »Zu dem Thema müssen wir demnächst alle mal richtig brainstormen.«

»Edo Morell! Ich kenne dich schließlich nicht erst seit gestern!« Obwohl sie die Stirn runzelt, gelingt es ihr nicht, ein Lächeln zu unterdrücken.

»Na gut«, sage ich und hebe ergeben die Hände. »Du hast gewonnen. Ich habe mir tatsächlich schon was überlegt. Bullshit ist noch nie so lukrativ gewesen! Zieh deine Jacke an, dann zeig ich's dir.«

Der Zoo hat gerade aufgemacht, aber viele Kunden gibt es noch nicht. Gemeinsam gehen wir zum Futterdepot, in dem die Afrikapfleger Ingrid und Henk vor zwei Wochen auf meine Bitte hin angefangen haben, eine ganz besondere Sammlung anzulegen. Kaum habe ich die Schiebetür des Schuppens geöffnet, schlägt uns der Mistgestank auch schon entgegen. Ich taste nach dem Lichtschalter, und die Neonbeleuchtung flackert auf. In der Ecke des staubigen Raums stehen mehrere Servierwagen, wie sie in Restaurants für Tabletts mit schmutzigem Geschirr benutzt werden. Sariah geht drauf zu und rümpft die Nase, denn auf den Tabletts liegen, fein säuberlich zu Häufchen von jeweils acht Stück sortiert, einige Hundert Nashornkötel zum Trocknen aus.

»Was ist denn das?«, fragt Sariah erstaunt. »Was hast du jetzt schon wieder vor?«

Gelassen erkläre ich ihr meine Idee, wobei ich strikt darauf achte, seriös und sachlich zu klingen. Faxen machen und feixen ist jetzt extrem unangebracht.

»Aber das ist doch lächerlich!«, unterbricht Sariah meinen Vortrag in der Hoffnung, mich noch umstimmen zu können – ohne zu wissen, dass meine Entscheidung längst gefallen ist. Die Tausende von Dosen, die wir in den kommenden Monaten füllen werden, sind längst bestellt, und auch die Etiketten und Echtheitszertifikate sind bereits gedruckt.

»Mal ganz ehrlich, Edo, das ist doch total verrückt. Ich finde das tierunwürdig.« Sie holt zu einer langen Tirade über meine primitiven Reflexe aus. Angeblich habe ich eine pubertäre Vorliebe für Kacke und Pisse, aber sehr überzeugend fällt ihr Protest nicht aus. »Auch mir ist klar, dass wir Geld verdienen müssen«, fährt sie fort, »und dass es nett wäre, wenn es was mit Nashörnern zu tun hätte: ein Nashornstofftier oder so was. Aber das hier? Wer, um Himmels willen, kauft Nashornscheiße in Dosen?«

»Das Stedelijk Museum«, sage ich seelenruhig. »Die Direktorin hat bereits hundertvierzig Dosen bestellt.«

Sariah fällt die Kinnlade herunter. Mit großen Augen schaut sie mich an. »Das ist doch nicht dein Ernst!«

»O doch. Hundertvierzig Dosen, handnummeriert, eine jede befüllt mit einem runden Albrecht-Botulus. Sie hält das für eine originelle Installation, für ein modernes Vanitas-Werk.«

»Das ist doch verrückt.«

»Das Stedelijk zahlt fünfhundert Euro pro Dose, da es sich um die erste, exklusive Serie handelt. Über einen Mittelsmann sind wir auch mit einer Reihe anderer Museen im Gespräch: mit dem MoMa, der Tate Modern und so weiter. Außerdem werden wir sie auch in unserem eigenen Shop verkaufen und über unsere Webseite. Wir können sie weltweit vertreiben. *Merda d'Albrecht* – ich glaube, das wird der Hit!«

In diesem Moment klingelt mein Handy. Ich schaue aufs Display und sehe, dass ich vom Festnetzanschluss meines Büros angerufen werde.

»Guten Morgen, Sofie, was gibt's?«

»Ingrid will, dass du so schnell wie möglich nach Afrika

kommst. Anscheinend ist heute Nacht irgendwas mit Albrecht passiert. Ich kann Sariah nicht erreichen.«

»Sariah steht neben mir«, sage ich. »Wir sind schon unterwegs.« Während ich das Handy in meiner Jacketttasche verstaue, packe ich Sariah am Arm. »Los, komm! Es ist irgendwas mit Albrecht.«

»Meine Güte«, sagt Sariah entsetzt. »Doch nicht etwa …«

Im Laufen schüttle ich den Kopf und rufe: »Ich habe heute Morgen wie immer meine Runde gedreht, und da war noch alles in Ordnung.« Trotzdem sehe ich die Bilder bereits vor mir: den zu Boden gestreckten Albrecht in einer klebrigen Blutlache mit zwei klaffenden Wunden am Kopf. Nein, denke ich, das kann unmöglich wahr sein!

Als wir die Türen zu Albrechts Innengehege aufreißen, kommt uns Ingrid entgegen, und hinterm Zaun läuft Albrecht nervös auf und ab.

»Gott sei Dank!«, keucht Sariah. »Er lebt!«

»Was fehlt ihm denn?«, frage ich Ingrid. Sie zeigt auf die Spitze von Albrechts vorderem Horn, von dem ein dickes Stück abgebrochen zu sein scheint. Einige Splitter hängen noch lose an der beschädigten Spitze. Albrecht macht einen aggressiven Eindruck, die Augen quellen ihm vor Wut aus dem Kopf.

»Ist das was Ernstes?«, frage ich ziemlich besorgt. »Soll ich den Tierarzt rufen?«

»Kein Grund zur Panik«, sagt Sariah. Sie erzählt, dass Hornschäden nicht ungewöhnlich seien, es sogar regelmäßig vorkomme, dass das ganze Horn abbricht. »Die sitzen nämlich ziemlich locker, man kann sie mit der Hand leicht zum Wackeln bringen.«

»Und dann?«

»Das Horn wächst von selbst wieder nach. Nicht sehr schnell, aber irgendwann sprießt wieder ein spitzes Horn aus dem Kopf.«

»Warum machen es die Wilderer dann nicht so?«, fragt Ingrid empört. »Sie können die Hörner also auch entfernen, ohne die Tiere zu töten.«

»Oder züchten!«, sage ich. »Vielleicht sollten wir einfach mit einer Nashornzucht beginnen. Und alle paar Jahre brechen wir die Hörner ab. Wäre das rentabel?«

Sariah schaut mich böse an. »Um zuerst deine Frage zu beantworten, Ingrid: Theoretisch ginge das, aber dafür haben es die Wilderer in der Regel einfach zu eilig. Schießen und sägen geht nun mal schneller als gezielt betäuben und das Horn vorsichtig entfernen. Aber früher hat man das durchaus so gemacht. Und in einigen Reservaten werden die Hörner sogar entfernt, um den Wilderern zuvorzukommen.«

»Das ist doch lächerlich!«, rufe ich. »Ein hornloses Nashorn ist doch kein Nashorn!«

»Dann ist ein Mann ohne Steifen auch kein Mann.«

Ingrid prustet vor Lachen, und Sariah fährt fort: »Wenn Albrecht es zulässt, feilen wir sein Horn oben etwas ab, Ingrid. Und bevor es so weit kommt, Edo, sollten wir uns erst mal auf die Suche nach den abgebrochenen Stücken machen. Sie liegen bestimmt im Stroh oder in der Mistrinne. Egal, wie klein sie sind – jeder noch so winzige Splitter ist ein Vermögen wert.«

»Ruf mich an, wenn du so weit bist«, sage ich. »Dann helf ich dir.«

Sariah sieht mich erstaunt an. »Hast du nichts anderes zu tun?«

»Ach, ich finde, das klingt interessant. Außerdem bin ich

neugierig, was eigentlich genau passiert ist. Er muss sich doch irgendwo gestoßen haben oder irgendwo hängen geblieben sein?«

»Gut, ich gebe dir Bescheid. Aber zieh dir was an, was schmutzig werden kann, Edo, denn dann darfst du dich um die Mistrinne kümmern.«

»Wollte der Zoodirektor nicht auch kommen?«, höre ich Sariah ein, zwei Stunden später höhnisch fragen. Ich sitze wieder im Büro, zusammen mit Petrus Koevoet habe ich gerade die neuesten Pläne für das Teilgebiet »Die Polarwelt« besprochen, ein Projekt, mit dem wir nach wie vor gut im Plan liegen. Die Rentiere sind inzwischen eingetroffen, die Gehege für die Polarfüchse und Moschusochsen sind fast fertig, die Spazierwege angelegt. Auch in puncto Marketing läuft alles nach Wunsch, die Präsentation der Schneeleoparden, der Einzug der Eisbären, gefolgt von der offiziellen Eröffnung des Teilgebiets, ein riesiges Kinderfest, zu dem wir Tausende als Eskimos, Lappen oder Polartiere verkleidete Amsterdamer Kinder einladen – auch »Die Polarwelt« wird für jede Menge Medienmomente sorgen, woraufhin die Kassen nur so klingeln werden.

»Gut, dass du anrufst, fast hätte ich's vergessen.«

Ein Mann, ein Wort – die Mistrinne bleibt also mir vorbehalten. Mit Schaufel und Schubkarre wate ich kurz darauf durch Stroh und Nashornpisse. Mist ist kaum zu finden. Albrechts Kötel werden von Ingrid und Henk schließlich umgehend eingesammelt und getrocknet. Aber die breite Rinne am hinteren Rand des Innengeheges ist trotzdem randvoll – eine eklige Mischung aus Tierausscheidungen, Stroh und Sand. Sariah und Ingrid schaufeln inzwischen den Rest des Raums leer; ab und an finden sie ein kleines Stückchen Horn, das sie sorgfältig beiseitelegen. Und auch in der Mistrinne entdecke ich ein spitzes, daumengroßes Stück, das Sariah zufolge das Ende gewesen sein muss.

»Kannst du dir irgendwie erklären, wie das passiert ist?«, frage ich und nutze die Gelegenheit, mich vom anstrengenden Schaufeln zu erholen.

»Der eiserne Ring um die Tränke ist verbogen«, sagt Ingrid und zeigt auf die Plastiktränke in der Gehege-Ecke. »Anscheinend hat Albrecht sein Horn zwischen Tränke und Ring eingeklemmt.«

Schaufelnd sehe ich die Szene vor mir: Wie sich der verstörte Albrecht, der die Nächte bereits seit Wochen drinnen verbringen muss, gelangweilt an Wänden und Gittern reibt, mal steht, mal liegt, ein bisschen hin und her läuft und sich um die eigene Achse dreht, frisst und säuft – was für eine elende Existenz! Nachdem er zum x-ten Mal Wasser geschlabbert hat und am anderen Ende des Geheges in aller Ruhe pullern will, verhakt sich sein Horn an einem Metallring. »Von wegen!«, denkt unser Held. Testosteron schießt durch seinen Körper, mit einem kräftigen Ruck befreit er sich, wobei er den Metallring verbiegt. Einige Schrauben werden gewaltsam herausgerissen, sie fliegen in hohem Bogen durch die Luft und landen im feuchten Stroh. Albrecht ist frei, aber sein Horn ist beschädigt, eine rein kosmetische Beeinträchtigung, die ihn kaum bekümmern dürfte, falls er sie überhaupt bemerkt hat.

Nach einer weiteren Viertelstunde Schaufeln gebe ich auf: Schmerzen im unteren Rücken, ein Brennen in den Fingern, das Blasen befürchten lässt – dafür bin ich bestimmt nicht Zoodirektor geworden! Außerdem scheinen wir die meisten Hornfragmente inzwischen gefunden zu haben. Auch Ingrid und Sariah haben ihre Aufgabe erledigt, Albrechts Innengehege ist leer gefegt und sauber gespritzt.

»Am besten, wir bewahren die Hornreste an einem sicheren Ort auf«, sagt Sariah, als wir das Innengehege verlassen. Sie hat die Teile in einen durchsichtigen Beutel getan, und gemeinsam gehen wir zu »Die Hoffnung«.

»In der Personalabteilung gibt es einen Safe«, sage ich. »Dort können wir sie vorerst aufbewahren.«

Sie überreicht mir den Beutel und sagt, sie wolle noch mal kurz nach Albrecht schauen. »Sobald er sich ein bisschen beruhigt hat, werde ich versuchen, sein Horn glatt zu feilen. Das wird er bestimmt zulassen.«

Statt ins Büro zurückzukehren, gehe ich erst mal nach Hause. Meine Achselhöhlen stinken, meine Hose ist voller Flecken, und auch meine Hände und Unterarme können ordentlich Seife vertragen. In der Küche lege ich den Beutel mit Hornfragmenten auf den Tisch, anschließend mache ich mich im Bad frisch und ziehe mich um. Ich schaue auf die Uhr und sehe, dass es später ist, als ich dachte. Der heutige Tag scheint nicht besonders produktiv zu werden, ich komme mir vor wie ein Spielball der Ereignisse. In meiner Küche stehen die Frühstücksteller immer noch auf dem Tisch, zusammen mit Sariahs angebissenem Croissant und meinem kalt gewordenen Kaffee. Wie ich gerade sehe, habe ich sogar vergessen, die Kaffeemaschine auszumachen. Ich gieße den alten, aber noch warmen Kaffee in einen Becher, nehme einen Schluck und spucke ihn sofort wieder aus. Ich versuche den schlechten Geschmack mit einem Butterbrot loszuwerden. Dick mit Erdnussbutter bestrichen, stecke ich es zusammengeklappt in den Mund. Kauend räume ich ab und lasse das Geschirr in der Spüle stehen.

Das Horn! Ich darf das Horn nicht vergessen!, denke ich, als ich die Tür schon hinter mir zuziehe. Wieder in der Küche, halte ich den Beutel ans Licht und mustere die geriffelte Struktur der grauschwarzen Hornteilchen. Wie viel sie wohl wert sind, diese sieben oder acht dermaßen begehrten Bruchstücke, diese schmutzigen Scherben voller Potenzial? Leicht beschämt öffne ich den Beutel und nehme das daumengroße Stück heraus, das ich höchstpersönlich aus der Mistrinne gefischt habe, und lege es in den Kühlschrank, in das Fach mit der Margarine und den Eiern. Ein Andenken, eine Reliquie – ich finde, das habe ich durchaus verdient, ja mehr noch, ich habe ein Recht darauf.

Langsam schlendere ich zurück zum Büro, ohne allzu große Lust, mich wieder an die Arbeit zu machen. Sariahs Rückkehr, der Vorfall mit Albrechts Horn – irgendwie haben mich diese Ereignisse völlig aus der Bahn geworfen. Es gelingt mir nicht, meine Gedanken zu ordnen, mich auf das zu konzentrieren, was erledigt werden muss. Und davon gäbe es genug, das ist nicht das Problem. Hoffentlich hat Koevoet die noch fehlenden Unterlagen für meinen Besuch im Ouwehands Dierenpark in Rhenen bereits vorbereitet. Dort werde ich morgen damit beginnen, über den Ankauf eines jungen Eisbärmännchens zu verhandeln. Es ist ein telegenes Kerlchen, ideal fürs Fernsehen, und wir werden ihn hier mit einem Weibchen aus dem Central Park Zoo zusammenbringen. Eine Amerikanerin und ein Holländer, ein City Girl und ein Provinzler – eine Traumhochzeit, aus der, wenn es nach mir geht, in den kommenden Jahren gleich mehrere prächtige, kosmopolitische Eisbären hervorgehen werden.

Ich mache kurz halt beim Hammerkopf, diesem seltsamen afrikanischen Vogel in dem viel zu kleinen Verschlag in der

Großen Voliere – ein riesiges, aber schwer heruntergekommenes gusseisernes Ungetüm. Auch wenn das Tier auf den ersten Blick nicht wahnsinnig aufregend aussieht, baut es die beeindruckendsten Vogelnester überhaupt – aus Zweigen errichtete Hohlräume, die so groß und stabil sind, dass problemlos mehrere Menschen darauf stehen können. In der freien Natur bauen größere Storchenvögel deshalb ihr Nest oft auf dem vom Hammerkopf, was einmal mehr beweist, dass Hochhäuser keine menschliche Erfindung sind. So genial wir Menschen auch sind – immer gibt es ein Tier, das es längst vor uns erfunden hat. Und genau diese Geschichten müssen wir erzählen. Interessante, erstaunliche, lehrreiche Geschichten, die uns ein Lächeln ins Gesicht zaubern – aber wie soll das gehen bei einem so verwahrlosten Käfig? Zum Glück wird sich das bald ändern. In einem reichlichen Jahr haben wir hoffentlich eine neue Voliere, in der wir weniger Vögel mit mehr Nachdruck an den Mann bringen werden. Dort wird der Hammerkopf frei herumfliegen können, und wir werden ihm ausreichend Zweige und Blätter für seine Bautätigkeit beschaffen: ein Wunder der Natur, das sich die Kunden gern ansehen werden. HAMMERKOPFNEST BITTE RESPEKTVOLL BEHANDELN werden wir mit Gespür für Dramatik danebenschreiben, denn laut dem Volksglauben auf Madagaskar wird derjenige, der ein Hammerkopfnest zerstört, mit akuter Lepra geschlagen – was nur gerecht ist, wie ich finde, und auf jeden Fall besser als der Blitzschlag, der den Nestdieb laut einer uralten San-Legende töten wird.

Als ich »Die Hoffnung« erreicht habe, gehe ich sofort zur Personalabteilung. Ich stecke Sariahs Beutel in einen großen braunen Umschlag, beschrifte ihn mit meinem Namen und lege ihn in den Safe. Als ich die Tür sorgfältig schließe, sehe ich den Schmutz unter meinen Nägeln. Dabei habe ich mir gründlich die Hände gewaschen. Höchste Zeit, mir die Nägel zu schneiden.

Auf dem Weg zu meinem Büro beschließe ich, heute noch mal richtig durchzustarten. Es ist schließlich erst halb zwei. Kaum habe ich an meinem Schreibtisch Platz genommen, höre ich wie immer zuerst meinen Anrufbeantworter ab. »Es gibt heute auch noch gute Neuigkeiten, Edo«, sagt Sariah begeistert. »Angela ist brünstig geworden.«

3

Es ist kurz vor zweiundzwanzig Uhr, als ich die Nashornweide erreiche. Mit dem Funkgerät in der Hand sitzt Marco auf der Bank und starrt vor sich hin. »Bei diesem Wetter bin ich gerne draußen«, murmelt er, als er mich sieht. »Aber ich habe die Heizung schon für dich angemacht.«

»Danke«, erwidere ich und öffne die Tür des Tierarzt-Bauwagens. Den haben wir vor ein paar Tagen erneut neben die Nashornweide gestellt. Und tatsächlich ist es darin angenehm warm. Die elektrische Heizung brummt vor sich hin. Ich lege mein Überlebenspaket auf den Tisch: eine Thermoskanne mit heißem Tee, eine Banane und zwei Äpfel, ein warmer Quilt, ein iPod und ein Buch. Damit werde ich meinen Wachdienst gut überstehen. Raubtierpfleger Marco, die Afrikapfleger Ingrid, Henk, Edo und ich – im Moment wechseln wir fünf uns bei den Nachtschichten ab. So lange, bis die echten Sicherheitsmaßnahmen greifen. Das Funkgerät hat uns die Polizei zur Verfügung gestellt. Ein Knopfdruck genügt, und die Zentrale schickt einen Wagen. Seit der Zoo um sechs Uhr geschlossen wurde, hat Marco hier auf der Bank gesessen. Und jetzt löse ich ihn ab, während Edo um zwei Uhr früh übernehmen wird. »Gebt mir ruhig die *graveyard shifts*, hatte er angeboten. »Ich leide ohnehin an Schlaflosigkeit.«

Gestern Abend hat es geregnet. Durch das beschlagene Fenster des Bauwagens konnte man Albrecht und Angela kaum erkennen. Aber heute Abend ist es klar und trocken. Der

Wind der letzten Tage hat sich gelegt. Ich wünsche Marco Gute Nacht und setze mich wie er draußen auf die Bank. Obwohl es fast November ist, finde ich die Temperaturen in meinem Pulli und der langen Winterjacke noch angenehm. Ich schlage mein Buch auf und knipse die kleine Leseleuchte an, ein Geschenk, das ich letzte Woche vom lieben Frank bekommen habe. »Ich selbst bin zu alt für die Nachtschichten«, hat er mir beim Überreichen gesagt. »Aber auf diese Weise möchte ich meinen Teil dazu beitragen.« Es ist ein praktisches Ding. Mit einer großen Klemme kann man die Leuchte am Einband befestigen. Legt man die Solarzellen tagsüber in die Sonne, spendet sie wieder stundenlang Licht. Ich knipse sie an und beginne zu lesen. Natürlich vergesse ich nicht, die Nashörner im Auge zu behalten.

Albrecht und Angela spielen ein Spiel, jenes tagelange Ritual, das irgendwann zur Paarung führen wird. Noch sind beide damit beschäftigt, sich zu beschnuppern und zu grunzen, zu pissen und zu kacken. Sie lassen ihre Hörner aneinanderprallen. Von links nach rechts und von rechts nach links. Sie reiben sich aneinander. Das sieht so aus, als wüssten sie, was sie tun müssen, wollten den eigentlichen Akt aber noch so lange wie möglich hinauszögern. Erst noch ein bisschen kuscheln und was trinken … Albrecht und Angela sind wahre Meister in der Kunst des Aufschiebens. Klackklack! machen die Hörner, klackklack, klackklackklack. Eigentlich verhalten sie sich wie ein uraltes Ehepaar, das stets einen anderen Grund vorschiebt, um den Paarungsakt doch nicht zu vollziehen. Vor allem Angela scheint sich zu zieren, noch zu zögern. Sie stößt die üblichen Laute aus, ein rhythmisches Flöten, das ein Bulle durchaus zu deuten weiß. Außerdem schnuppert sie ab und zu zwischen Albrechts Hinterbeinen. Sie macht ausweichende Bewegungen. Nichts davon ist ungewöhnlich. Obwohl das Weibchen mit seinem Brunstduft das Paarungsritual auslöst, ist »sie« auch diejenige, die mit ihrer Körpersprache am eindringlichsten um Aufschub bittet. »Heute Abend lieber nicht, Albrecht!«, scheint sie sagen zu wollen. Ihr ist nichts Menschliches fremd. »Ich bin heute ein bisschen müde, habe ein wenig Kopfschmerzen…« Albrecht steht währenddessen gelassen daneben. Das aggressive Verhalten, mit dem er Ursula imponieren wollte, hat er zum Glück abgelegt. Zu meiner großen Erleichterung hat sich sein Horn gut erholt. Seit ich den beschädigten Teil glatt gefeilt habe, sieht nur noch ein Fachmann, dass die Spitze nicht ganz in Ordnung ist. Klack, klack, klackklackklack: sein Horn und das von Angela, volle tiefe Klänge.

Eine leichte Brise zieht auf. Ein heftiger Windstoß kriecht unter meine Jacke und jagt mir einen Schauer über den Rücken. Ich beschließe, die restliche Wache im Warmen fortzusetzen. Ich lasse mich in den bequemen Sessel am Fenster fallen – ein Sessel, der letzte Woche noch in Edos Wohnzimmer stand – und mache meinen iPod an. Nach einigem Suchen finde ich die Dateien mit der Stimme meines alten Vaters. Direkt nach der Beerdigung habe ich sie mir einige Male aufmerksam angehört und das Tonbandgerät vor meiner Abreise noch einmal laut durch sein Arbeitszimmer hallen lassen. Währenddessen hat mein iPod die analogen Worte aufgenommen. Die letzten Gedanken meines Vaters. Nach meiner Rückkehr in die Niederlande habe ich sie mir erneut mehrfach angehört. Es sind keine frommen Worte, er wird nur selten salbungsvoll. Und so habe ich es immer noch nicht geschafft, das Band bis zum Schluss anzuhören, ohne in Tränen auszubrechen. Seine Worte gehen mir nahe. Trotzdem… Er bittet mich auch um Vergebung. *Vergib mir … Sariah … Vergib …* Rätselhafte Sprache.

Freundliche Worte, so als wäre er derjenige, der mir vergibt.

Die Konfrontation mit dem Elternhaus. Das Wiedersehen mit Nolwazi. Pas Sachen. Seine Stimme auf dem Tonband. In den Wochen in Südafrika sind viele Jugenderinnerungen zurückgekehrt. Erinnerungen, die sich in unzugängliche Bereiche meines Gedächtnisses verzogen hatten und jetzt wieder Revue passierten.

Draußen stehen Abrecht und Angela, ihre Köpfe berühren sich. Klack, klack, klackklackklack. Drinnen höre ich Pas Flüstern, seine dahinplätschernde Stimme. Das leise Rauschen. Klänge, die mich in meine Kindheit entführen.

Es geschah in den Wochen nach der abrupten Abreise meiner Mutter. Die Jacarandas blühten, und ich war fast zwölf. Sonntags, wenn Nolwazi nicht da war, wusste Pa oft nicht, was er mit mir anfangen sollte. Mit dem Pick-up rausfahren – etwas anderes fiel ihm nicht ein. An diesem Sonntag waren wir besonders früh aufgebrochen. Weil die Regenzeit begonnen hatte, war es bereits angenehm warm. In der Ferne sahen wir, wie die Nebelwolken langsam an den Hügeln emporstiegen, um sich dort in der Sonne aufzulösen. Sie wurden immer dünner und waren irgendwann verschwunden. Ich starrte aus dem Fenster, versuchte den süßen Duft der blühenden Jacarandas so tief wie möglich einzuatmen. Wir verließen die Hauptstraße und fuhren durch dichte Vegetation. Der Weg war voller Schlaglöcher, Kuhlen und Gruben. Trotzdem fuhr mein Vater unvermindert schnell weiter, obwohl wir nur einen kleinen Ausflug machten. Irgendwann stieg er mit voller Kraft auf die Bremse, legte den Rückwärtsgang ein und fuhr im Schritttempo mehrere Meter zurück.

»Seltsam«, murmelte er. »Schau nur da, hinter dem *Bossie*.«

In etwa fünfzig Meter Entfernung lag ein stattliches *Diceros Bicornis*. Damals gab es bei uns noch eine beachtliche Anzahl an schwarzen Nashörnern. Es schien zu schlafen, hatte den Kopf hinter einem Busch versteckt.

»Seltsam«, wiederholte mein Vater. Er gab mehrmals laut Gas. Der Wagen heulte auf wie ein Ungeheuer. Aber dem Nashorn machte das alles nichts aus, es spitzte nicht mal die Ohren.

»Komm!« sagte Pa mit fester Stimme und griff nach dem Gewehr auf der Rückbank. »Lass uns kurz nachschauen. Schwarze Nashörner sind extrem scheu«, flüsterte er. »Selbst wenn sie schlafen – ihre Ohren bleiben wach.« Ich folgte ihm durchs hohe Gras, blieb schüchtern hinter seinem breiten Rücken. Ich begriff immer noch nicht, was für ihn längst feststehen musste, nämlich dass das Nashorn nicht mehr lebte. Ich roch etwas, wovon mir übel wurde. Als wir das Tier erreicht hatten, sah ich den leblosen, gewilderten Kopf. Die Augen waren bereits aufgefressen, die Wunden von Hunderten von Fliegen übersät. Das Blut war getrocknet und geronnen.

Ich kniff die Augen zu, so fest ich konnte, und fasste mir instinktiv an die Kehle. »Was ist da los?«, rief ich. »Papa, sag schon, was ist mit mir?«

Aber Pa sagte kein Wort. Seine Wut war stumm wie immer.

»Und ich, Papa? Warum ich?« Mir kamen die Tränen. Mit feuchten Augen sah ich meinen eigenen Leichnam vor mir. Ich lag reglos im hohen Gras. Und Pa, der nicht wusste, wie er mit meinen kindlichen Gefühlen umgehen sollte, beschloss einfach, mir einen Vortrag zu halten. Wenn das kein guter Moment war, seine einzige Tochter in die Geheimnisse seiner

Zunft einzuweihen, wann dann? Er zeigte mir die Wunden, erklärte mir, dass das Tier bestimmt schon seit zwei Tagen tot war. Nach den Tätern zu suchen sei vollkommen sinnlos. Die seien längst über alle Berge.

Nächtelang verfolgte mich dieses Bild bis in meine Träume, immer wieder. Der tote Kopf mit den klaffenden Kratern. Das Summen der Fliegen. Der Verwesungsgestank. »Und ich, Papa? Warum ich?« Noch heute weiß ich nicht, woher diese Worte damals kamen. Aber das Gefühl ist immer noch dasselbe, auch jetzt noch, mehr als fünfundzwanzig Jahre später. Mir ist, als läge mein eigener Körper vor mir. Als wäre ich getötet worden.

Seit diesem schicksalshaften Sonntagmorgen habe ich dieses Bild unzählige Male sehen müssen. Immer wieder, bis zum allerletzten Mal an dem Tag, an dem auch Heidrick den Tod fand und mir eine Kugel mein Kind nahm. Und jedes Mal wieder diese Angst, dass es vielleicht doch um mich geht. Dass es die Wilderer insgeheim auf mich abgesehen haben, das Nashorn nur benutzen, um mich fertigzumachen. Mein Kind. Mein Mann. Mein Land. Mein Job. Alles haben sie mir jetzt genommen!

Südafrika. Mein verstorbener Pa. Als Edo mich auf dem Handy anrief, wusste ich sofort, dass etwas Schlimmes passiert war. Er hat versucht, es mir behutsam beizubringen, fragte voller Anteilnahme: *Wie läuft's, Sariah? Wie geht es dir?* Aber ich hörte die Ungeduld in seiner Stimme, merkte, dass er im Grunde so schnell wie möglich zur Sache kommen wollte.

»Edo, was ist?«, rief ich atemlos. Die schier körperliche Angst blieb ihm bestimmt nicht verborgen. »Los, sag schon, warum rufst du an?«

Ursula, die jüngste Tote. Wieder ging eine Welt für mich

unter. Wieder war ich das elfjährige Mädchen, das von einem verwesenden Tier träumte, dem im Grasland abgeschlachteten Nashorn. Und wieder spürte ich diesen vagen Schmerz, der sich vielleicht noch am ehesten anfühlt wie Heimweh nach einem amputierten Körperteil, das unwiederbringlich verloren ist.

Der Moment, wenn ein Bulle ein Weibchen besteigt. Seinen Penis in ihr Loch zwängt, um seinen Samen mit ihrer Eizelle verschmelzen zu lassen: In diesem Moment wird der Welt etwas Neues hinzugefügt. Etwas Einzigartiges und gleichzeitig Unnötiges, das die Welt trotzdem wieder ein wenig schöner macht, spezieller. Das gilt natürlich auch für alles, was danach kommt: die Geburt des Jungen. Das quälend langsame Aufwachsen. Der damit verbundene Aufwand.

Es tat gut, Edos Stimme zu hören – trotz der tragischen Nachricht, die er überbrachte. Am liebsten wäre ich sofort zum Flughafen gefahren und in den Flieger gestiegen. Ich wollte nichts lieber, als bei Edo sein. Mich in seinen Armen ausweinen. An ihn geschmiegt im Bett liegen. Zurück in St. Lucia hatte ich viel Zeit, über meine Beziehung zu Edo nachzudenken. Was hat mich nur so schnell in seine Arme getrieben? In die meines Chefs wohlgemerkt, des erstbesten Mannes, dem ich begegnet bin. Vielleicht ist das auch gleich die Antwort auf meine Frage: eben *weil* er der Erste war. Der Erste, der sie für mich ausgebreitet, mir wieder ein Zuhause geboten hat – einen Ort, an dem ich zur Ruhe kommen und mich in Sicherheit fühlen konnte. Vielleicht erklärt das auch, warum ich ihm so schnell vertraut habe. Ich habe viel von mir erzählt, schon am ersten Morgen nach meiner Ankunft. Vielleicht sogar viel zu viel, viel zu Persönliches, so wie es die Amerikaner manchmal tun. Edo hat es mir leicht gemacht, mit seiner lockeren, unbekümmerten Art. Er war der Erste, der mich seit dem Unglück ernst genommen, meine Qualitäten erkannt und in mir nicht das bemitleidenswerte *meisje* gesehen hat.

Und wer ist dieser Mann, Sariah? Das Band ist zu Ende. Wer ist das?

Pas letzte Worte holen mich zurück in den Bauwagen auf der Nashornweide. Ich nehme die Kopfhörer ab und lege den iPod auf den Tisch. Aufmerksam schaue ich nach draußen, wo jetzt keine zehn Meter von mir entfernt wirklich etwas passiert. Das sehe ich an Albrechts Geschlechtsteil. Im Schein der nächtlichen Beleuchtung baumelt sein Schwanz wie ein dicker Gummiknüppel zwischen seinen Beinen. Er zeigt ein wenig nach hinten, so wie sich das gehört. Angela hat Albrecht ihr Hinterteil zugekehrt, er wiederum hat sie im Gehege in die Enge getrieben. Ohne seine Zustimmung kann sie nirgendwohin. Albrecht ist drauf und dran, sie zu besteigen. Seine Vorderbeine prallen auf ihren Körper. Angela macht sich darauf gefasst, sein ganzes Gewicht zu tragen. Ich lösche das Licht im Bauwagen, so kann ich die Weide besser sehen. Ich setze mich wieder, ganz vorn auf die Sesselkante, und werfe einen Blick auf die Uhr. Eine halbe Stunde nach Mitternacht. Albrecht hebt die Vorderbeine und lässt sie mit einem lauten Klatschen auf das Hinterteil seiner Partnerin fallen. Angela droht zusammenzubrechen. Ihre Hinterbeine geben ein klein wenig nach, strecken sich aber zum Glück wieder. Mit ihren Stoßdämpfern ist alles in Ordnung. Albrechts erster Versuch misslingt, nach einigem Hin und Her rutscht er wieder herunter. Atemlos schaue ich zu. Wenige Minuten später probiert es Albrecht erneut, doch wieder findet sein massiger Leib keinen Halt. Er springt nicht hoch genug.

»Komm schon, Albrecht!«, höre ich mich sagen. »Komm schon, Angela! Tut so, als wäre ich nicht da!

Plötzlich klopft es an der Bauwagentür. »Sariah«, höre ich. »Sariah, bist du da?«

Etwas erschrocken öffne ich die Tür. Frank lacht mich an. »Führst du hier etwa im Dunkeln Selbstgespräche? Ich konnte nicht schlafen, und da hab ich mir gedacht, schau halt kurz bei den Nashörnern vorbei.« Triumphierend hält er eine Flasche Rotwein hoch, in der anderen Hand hat er zwei Gläser.

»Schnell!« Ich winke ihn herein. »Schau nur!«

»Was für ein Gewaltakt«, sagt Frank und lässt sich in meinen Sessel fallen. Ich setze mich neben ihn auf die breite Armlehne. Albrecht geht erneut ein paar Schritte nach vorn und erklimmt den Rücken seiner Partnerin, während Angela rückwärtsgeht und die Beine in den Sand stemmt. Staub wirbelt auf. Dieser Versuch ist von Erfolg gekrönt. Albrecht steht! Seine Beine umklammern Angela.

»Fantastisch!«, murmelt Frank. »Das ist wirklich fantastisch. Hast du so was schon mal gesehen?«

»Ja«, sage ich. »Aber noch nie aus solcher Nähe.«

Albrecht legt so richtig los. Mit seinen Vorderbeinen versucht er, sich an Angelas Rücken hochzuziehen. Sein Schwanz baumelt immer noch unter seinem Bauch, so als hätte er nicht die geringste Ahnung, was als Nächstes kommt. Was von ihm erwartet wird.

»Kriegt er keinen hoch?«, fragt Frank. »Kommt das auch bei Nashörnern vor?«

»Geduld, Frank, Geduld«, sage ich lachend und erkläre ihm dann, dass es noch eine Weile dauern wird. »Manchmal bleiben sie sogar eine Stunde in der Paarungshaltung«, flüstere ich. »Daher vermutlich auch der Aberglaube. Die Menschen haben gesehen, wie sich Nashörner paaren, beobachtet, wie lange der Bulle durchhält, und gedacht: so viel Potenz, so viel Kraft, das wollen wir auch! Und weil das Horn immer steht, hat man geglaubt, dass das Wunder der Nashornpotenz *dort* zu finden ist: in dem stets nach oben zeigenden Horn.«

»So entsteht Aberglaube«, sagt Frank. »Eine zufällige Beobachtung, eine gehörige Portion Fantasie, abgelöscht mit einem Schuss Unwissenheit.«

Albrecht macht einen Schritt nach hinten, schafft so Platz zwischen seinen Hinterbeinen und Angelas Körper. Sein biegsamer Schwanz schwenkt langsam nach vorn, wie eine Schlange auf Beutejagd, wie der Rüssel eines neugeborenen Elefanten. Sein Geschlechtsteil verschwindet in Angelas Körper, um nach einer Minute schlaff wieder herauszuflutschen. Minutenlang tut sich nichts mehr. Dafür läuft eine Flüssigkeit über seine pralle Haut in den Sand. Albrecht ist nach wie vor im Fünfundvierziggradwinkel über Angela gebeugt. Wie ein schlaffer Schwengel baumelt sein Schwanz hin und her und wartet auf eine neue Erektion.

»Und was jetzt? Was will er da noch? Der Spaß ist doch vorbei?«

»Von wegen, Frank!« Ich erkläre ihm, dass das erst der erste Samenerguss war, dass noch viele weitere folgen können. »Wie ich bereits sagte: Das kann Stunden dauern. Alle paar Minuten eine neue Penetration, eine neue Ejakulation.«

»Ein regelrechtes Orgasmus-Sperrfeuer.«

»Löwen treiben es noch bunter«, sage ich. »Die paaren sich tagelang, alle zwanzig Minuten. Ein Forscher in Botswana hat einmal zweihundert Ejakulationen in drei Tagen gezählt.«

»Meister im Quickie«, sagt Frank mit einem verschmitzten Grinsen. »Denn soweit ich weiß, dauert so eine Nummer bloß wenige Sekunden.« Seltsam – man könnte meinen, die sich paarenden Nashörner würden ihn fast ein bisschen erregen.

Albrecht hisst seine Fahne erneut, und Angela stellt sich nicht quer. Jetzt folgt ein Samenerguss auf den anderen. Albrechts Hinterteil bebt und pumpt. Er tropft aus allen Körperöffnungen. Sehr appetitlich sieht das nicht aus.

Während Frank die Flasche entkorkt und ich das Licht im Bauwagen wieder anmache, lässt Albrecht sich von Angela gleiten, um gleich darauf alle viere von sich zu strecken und den Kopf in den Sand zu betten. Angela kehrt uns nach wie vor ihr Hinterteil zu. Albrechts Körpersäfte glänzen auf ihrer Haut. Kurz schaut sie sich mit einem glasigen, verwirrten Blick um.

»Trinken wir auf Albrecht!«, sagt Frank. Als er mir das Glas reicht, schaut er kurz aus dem Fenster. »Gut gemacht, Kumpel!«

»Und auf Angela.«

»Natürlich! Auf eine lange, glückliche Ehe.«

Der Wein ist gut. Wir trinken ihn schweigend. Auch Angela hat sich hingelegt, ein paar Meter von Albrecht entfernt. Auf der Nashornweide herrscht friedliche Stille, ganz so, als hätte dieser Gewaltakt niemals stattgefunden.

»Albrecht liegt zufrieden da«, sagt Frank. »So als hätte er alles unter Kontrolle.«

»Ein echter Bulle eben: immer schön alles unter Kontrolle haben, auch wenn dem gar nicht so ist.«

Frank schenkt noch einmal Wein ein. Schweigend hängen wir unseren Gedanken nach.

»Das Horn hast du übrigens gut wieder hingekriegt. Von der Verletzung ist nichts mehr zu sehen.«

»Ich habe die Spitze nur ein wenig glatt gefeilt. Die scharfen Kanten entfernt.«

»Edo hat mir erzählt, dass ein ziemliches Stück abgebrochen ist.«

»Er übertreibt. Zum Glück war es nur halb so schlimm.«

»Und was ist aus den Stücken geworden? Nashornhorn ist doch sehr wertvoll?«

»Wertvoller als Gold, ja.«

»Teurer als reinstes Kokain, sagt Edo.« Wir trinken noch ein Gläschen, dann macht Frank Anstalten zu gehen. »Es ist schon wieder fast zwei«, murmelt er. »Wer hätte das gedacht! Eigentlich bin ich gar keine Nachteule.«

»Dann solltest du jetzt lieber aufbrechen. Edo wird mich gleich ablösen.«

»Ja, wenn das so ist, verschwinde ich auf der Stelle.« Im Hinausgehen fasst er in seine Jackentasche. »Oder soll ich dir noch was vorlesen? Ein Gedicht über das Nashorn? Dafür bin ich nämlich eigentlich hergekommen!«

4

Auch wenn ich schon eine Weile am Frühstückstisch sitze und pflichtbewusst die Morgenzeitung durchblättere, bin ich in Gedanken immer noch auf der Nashornweide. Ich habe länger geschlafen als sonst, denn das war vielleicht eine Nacht! Diese physische Gewalt, das Gekletter und Geschiebe, diese beängstigende, überbordende Potenz – Bilder, die sich mir regelrecht in die Netzhaut gebrannt haben. Und dann noch Sariah, diese Klassefrau, und der in Strömen fließende Wein! Ich hatte gestern Abend noch lange in der Bibliothek gesessen und gelesen, ohne jedes Zeitgefühl in den Bücherstapeln geblättert, die um mich herum auf dem Tisch lagen. Sie handelten von der Naturgeschichte des Rhinozeros, und der schönste Text aus meiner Sammlung stammte aus dem Jahr 1767: eine faszinierende Abhandlung der *Hollandsche Maatschappy der Wetenschappen* über das Nashorn, verfasst vom Arzt und Forschungsreisenden Samuel Gottlieb Gmelin. Ich war zu Tränen gerührt und beschloss, die Worte mit Füller in eine Kladde zu übertragen. »Der wahre Naturgeschichtforscher hat sowohl die Warte des Geschichtkundigen als auch die des Philosophen einzunehmen, da die Geschichte die Ordnung, und die Philosophie die Anwendung und den Anfang der Dinge lehret. Zu selbigem könnte ich viele treffliche Beyspiele anführen, welche dazu angethan sind, die heute gebräuchliche Wahrheit zu bezeugen; aber ich will nicht unnöthig ausschweifen, sondern mich allein auf das Rhinoceros beschränken, das des Menschen Verstand aufs wunderlichste gequälet hat.«

In einem anderen Schriftstück, dem *Nederlandsch Magazijn ter Verspreiding van Algemeene en Nuttige Kundigheden* aus dem Jahr 1838 las ich einen Eintrag über die »Natur-Historie des Rhinoceros« und übertrug auch diesen Text mit fließender Feder in meine Kladde. »Seine äußere Gestalt ist im Allgemeynen ungemein massiv und übertrifft dabey die des Elephanten, wenn man die beträchtliche Kürze der Beine miteinrechnet«, steht dort über das Nashorn geschrieben. »Der Hals ist sehr kurz, die Schultern breit und kräftig, der plumpe Körper raget an beiden Seiten heraus und weist am Rückgrad eine Senke auf; der Bauch hängt tief; die Beine sind kurz, dick und stark: die Füße, die sich in ihrem Umfange nicht sehr von den Beinen unterscheiden, sind in drei Zähen getheilet, von denen die mittlere die größte und rundeste ist. Der Körper ist von einer ungemein dicken und zähen Haut bedeckt, welche für gebräuchliche Waffen undurchdringlich und von Haar befreit ist, jedoch zum großen Theile mit einer Art Schorf überzogen, den man fälschlich mit dem Begriffe Schuppen belegt hat.«

Nach solch tiefsinnigen naturhistorischen Schilderungen hatte selbst ich das Bedürfnis nach etwas leichterer Kost, und der Reim, auf den ich in einem antiquarischen Bilderbuch über wilde Tiere stieß, passte dann auch perfekt:

»Hochgefährlich ist das Nashorn,
stark und wild in seinem Zorn,
bringt der Jäger es in Wut,
ist er besser auf der Hut,
rettet sich so schnell er kann,

hinter einen dicken Stamm,
den das Vieh bestimmt zertrümmert –
wetten, völlig unbekümmert?«

Lyrik kann man das nicht gerade nennen, dafür ist das Reimschema zu schlicht und der Versfuß zu hölzern. Aber ein Lächeln hat mir das Gedicht trotzdem entlockt – eines, das bei der zweiten Strophe noch breiter wurde, als ich las, dass das wilde Tier den dicken Baumstamm durchbohrt, als wäre er aus Butter, woraufhin der Jäger das Horn mit einer Schraube am Stamm fixiert: Auch so kann man also Nashörner fangen. Diese Textpassage hielt ebenfalls Einzug in meine Kladde.

Anschließend blätterte ich noch in mehreren Nachkriegs-Jahrgängen unserer Zoozeitschrift. Ein Artikel vom April 1959 über zwei schwarze Nashörner berührte mich ganz besonders. Darin schildert der damalige Direktor die enormen Kraftanstrengungen im Vorjahr, als Stier und Weibchen zusammengebracht werden mussten. Stier Janni wurde beim Anblick von Weibchen Suse ungewöhnlich aggressiv – so wie wir das auch erleben mussten, als wir Albrecht Ursula vorstellten. Janni und Suse! Man könnte meinen, es wäre erst gestern gewesen! Ist das wirklich schon so lange her? In den Fünfzigerjahren nahm es doch noch ein gutes Ende; irgendwann beschloss Janni, Suse zu akzeptieren. »Sollte es zu einer glücklichen Ehe kommen«, beendete der Direktor seinen Artikel, »dauert es noch vierzehn, fünfzehn Monate, bis wir mit Nachwuchs rechnen können. Aber wenn es so weit ist, werden Sie zweifellos davon hören!«

Es gibt nichts Neues unter der Sonne, dachte ich, während ich den Text übertrug. In unserem Zoo ist alles schon mal da gewesen. Das sagt Edo auch immer – vor allem wenn er radikale Neuerungen durchsetzen will. Und wie immer scheint er recht zu haben.

Ich schraubte die Kappe auf den Füller und las mir die Passagen noch einmal durch. Es war kurz vor Mitternacht, als ich einen tollkühnen Plan fasste, ganz spontan meine Jacke anzog und zum Zoo aufbrach. Ich wusste nicht, wer gerade Wache halten würde, vermutlich Sariah oder Edo, stellte es mir aber schön vor, wem auch immer ein wenig Gesellschaft zu leisten und bei einem Glas Wein meine Nashornnotizen vorzutragen. Die bevorstehende Paarung von Albrecht und Angela ist für unseren Tiergarten ein ganz besonderer Moment, den ich liebend gern mit ein paar historischen Zitaten unterstreiche, um das Heute sozusagen mit dem Gestern zu verbinden.

Edos Tor quietschte, der Kiesweg knirschte – vertraute Laute, die mir sagten, dass ich erneut die andere Welt betreten hatte, diese künstliche, von Menschenhand gemachte Welt für das Tier. So leise wie möglich schob ich mein Fahrrad in den Ständer, nahm Wein und Campinggläser vom Gepäckträger und betrat durch Edos Gartentor den Tierpark. Da in der Direktorenvilla alle Lichter gelöscht waren, ging ich davon aus, dass Edo Wache hielt, denn sonst wäre er bestimmt noch auf gewesen, und ich hätte ihn an seinem Küchentisch am Laptop sitzen und wieder etwas aushecken sehen. Der Tiergarten lag verlassen da, die meisten Tiere hatten sich unsichtbar und unhörbar gemacht, nur die Asiatischen Elefanten standen pompös im Freien und träumten von exotischen, vergangenen Orten. Kalt war es übrigens nicht, und auch der Wind hatte sich wieder gelegt. Es war angenehm warm für die Jahreszeit.

Bei der Nashornweide haute es mich fast um, denn im dämmrigen Kunstlicht sah ich, wie Albrecht gerade Angela bestieg. Mit seinen Vorderbeinen versuchte er, sich an ihrem breiten Rücken hochzuziehen. Der Versuch scheiterte kläglich, er hatte es kaum geschafft, als er auch schon wieder von ihrem Rücken rutschte; mit einem dumpfen Knall kamen seine Beine im Sand auf. Eine kindliche Erregung erfasste mich, mein Herz schlug schneller, wie gelähmt blieb ich in sicherer Entfernung stehen. Diese Schonungslosigkeit, dieses Kräftemessen – so etwas hatte ich noch nie zuvor gesehen. Schritt für Schritt kam ich näher, befürchtete nach wie vor, dieses tierische Beisammensein zu stören und eine mögliche Trächtigkeit im Keim zu ersticken. Am Bauwagen sah ich, dass das Licht gelöscht worden war. Darin herrschte Stille, nur ab und zu hörte ich ein paar Geräusche – Gerede, so als führte eine Frau Selbstgespräche. Langsam schämte ich mich, ich fühlte mich wie ein Voyeur, wie ein gestörter Spanner, der anderen heimlich auflauert und sie begafft. Kurz überlegte ich, wieder nach Hause zu fahren und den Zoo Zoo sein zu lassen, aber der Drang, noch ein bisschen zuzuschauen, war einfach zu groß. Vorsichtig näherte ich mich dem Zaun der Nashornweide. Albrecht und Angela waren nicht einmal fünf Meter entfernt; Angela sah mich sogar an und schaute dann wieder in die Ferne. Hier konnte ich unmöglich stehen bleiben. Ich musste mich unsichtbar für die Nashörner machen.

»Sariah«, sagte ich und klopfte leise an die Bauwagentür. »Sariah, bist du da?«

Sariah begrüßte mich herzlich. Ich stellte Wein und Gläser auf den Tisch und setzte mich rasch in den Sessel am Fenster. Dort wurde ich Zeuge eine der beeindruckendsten Darbietungen, die ich je erleben durfte. Gemeinsam beobachteten wir, wie Albrecht mit seinem gigantischen Geschlechtsorgan in Angela eindrang, mit seinem Hinterleib wackelte und zitterte. Wie lange das Ganze wohl dauerte? Eine halbe Stunde? Eine Stunde? Die Zeit schien tatsächlich stillzustehen. Sehr behutsam ging das alles nicht vor sich, es war eine ziemlich unappetitliche, ungehobelte Angelegenheit, aber was soll's! Für Präzision und Zärtlichkeit sind solche Körper auch nicht gemacht.

Während ich die Morgenzeitung überwiegend ungelesen zusammenfalte, stehe ich auf, um mir eine zweite Tasse Kaffee einzuschenken. Das kann nur einer sein!, denke ich, als kurz darauf mein Telefon klingelt.

»Du hast also die ganze Nacht diesen Nashornporno angeschaut!« Logisch: Edo. »Was bist du nur für ein Drecksack, Frank!« Ich höre ihn lachen, ahne aber, dass er extrem verärgert ist, weil Sariah und ich ihn heute Nacht nicht dazugeholt haben. Ich hatte noch kurz daran gedacht, als Albrecht sich zum zweiten Mal auf Angelas Rücken warf, ein Versuch, der ebenfalls scheiterte. Aber irgendetwas hat mich davon abgehalten. Irgendwie gefiel mir die Vorstellung, dieser Darbietung nur mit Sariah beizuwohnen, ja ich fand es irgendwie passend, dass Edo in diesem Moment ausnahmsweise mal fehlte.

»Ich werde noch genug Gelegenheit dazu haben«, fährt er fort. »Jetzt, wo die Paarungssaison begonnen hat, wird unser Ehepaar ziemlich zur Sache gehen. Laut Sariah wird Albrecht in den kommenden Wochen noch so einige Versuche unternehmen. Wie schade, dass es fast ausschließlich nachts passiert, denn davon hat der Kunde natürlich wenig. Aber ich habe da schon eine Idee: Wir werden noch heute Kameras aufstellen. Ich plane, das Geschehen auf der Nashornweide live zu streamen und einen Zusammenschnitt davon auf die

Webseite zu stellen. Auf diese Weise kann jeder mitgaffen und sich bilden.«

Meinen Segen hat er. »Und woran merken wir, dass es geklappt hat?«

»Wie meinst du das?«

»Na ja, dass Angela trächtig ist?«

»Das dauert noch ein bisschen, bis wir das zuverlässig feststellen können. In nächster Zeit werden wir wöchentlich eine Kotprobe ans Labor schicken.«

»Ich dachte, die Kötel werden derzeit in Dosen abgefüllt.«

»Das auch, ja«, sagt Edo grinsend. »Der Verkauf hat inzwischen begonnen, und ich muss sagen, es läuft hervorragend. Das Geld strömt nur so herein.«

Kurz gesagt: Wir haben jeden Grund zum Feiern.

»Aber weshalb ich eigentlich anrufe«, sagt Edo schon etwas ernster. »Wir haben heute Morgen auch ziemlich beunruhigende Nachrichten erhalten. In Moskau und Helsinki sind in den letzten Tagen zwei Nashörner gestorben.«

»Durch Wilderer?«, frage ich sofort alarmiert.

»Nein, das ist ja das Komische. Das Exemplar in Moskau war schon ziemlich alt, aber das in Helsinki hatte noch viele Jahre vor sich. Von einem Moment auf den anderen waren sie plötzlich tot, einfach so.«

»Und jetzt?«, frage ich. »Was heißt das für uns?«

»Wir müssen die Untersuchungsergebnisse abwarten«, sagt er. »Vielleicht kursiert ein Virus, im schlimmsten Fall sogar ein neuer. Beide Tiere werden obduziert. In Helsinki wurde ein bekannter Veterinär damit beauftragt, laut Sariah der beste seines Fachs. In wenigen Tagen wissen wir mehr.«

»Können wir irgendetwas tun?«

Edo erzählt, dass er sich den ganzen Vormittag mit europäischen Kollegen ausgetauscht hat. »Nashorntransporte sind vorläufig gestrichen. Und Albrecht und Angela stehen ab sofort unter Quarantäne.«

»Vorsorglich?«

»Genau. Vorsorglich.«

V
Brot und Spiele
(in der Zukunft)

1

An dem Tag, an dem Angela ihren letzten Atemzug tat, nämlich genau heute vor einem halben Jahr, kündigte sich auch der erste Sargnagel für Albrecht an. Als schwierige Zeit voller Trauer und Schmerz, geprägt von der Last der Vergänglichkeit und der verzweifelten Suche nach Klarheit und Trost – so dürften die letzten Monate den meisten im Gedächtnis geblieben sein. Das unbekannte Herpesvirus, das in Helsinki und Moskau sein hässliches Haupt hob, besiegelte letztlich auch das Schicksal von Leopard und Sieglinde in Berlin, das wenige Tage später auch die Weibchen in London und Mechelen teilten. Über die genaue Ursache zerbrach man sich lange den Kopf, aber Virologen haben inzwischen mit an Sicherheit grenzender Wahrscheinlichkeit festgestellt, dass sich das Virus über eine bestimmte Tapirart in Europa verbreitet hat. Alle betroffenen Zoos hatten an Zuchtprogrammen für Flachlandtapire teilgenommen, und auch unter diesen Tieren hat das Herpes ziemlich gewütet. Es ist ein seltenes, aber hartnäckiges Virus, das sich schnell unter den Unpaarhufern verbreiten konnte. Dass wir hier in Amsterdam Tapire von einer anderen Art haben, die an Aufzuchtprogrammen anderer Zoos teilnehmen, scheint unsere Rettung gewesen zu sein. Das uralte Nashorn in Seattle starb in der Zwischenzeit eines natürlichen Todes, falls man das in einem Zoo überhaupt so nennen kann, während das Weibchen in Rio – toi, toi, toi! – als letztes gewildertes Exemplar in die Geschichte eingehen wird: eine

Aktion, die bis ins Detail dem Verbrechen glich, dem wir zwei Jahre zuvor zum Opfer gefallen sind. Der Tod dieser Tiere machte Angela und Albrecht zu den letzten Mohikanern, zum letzten Nashornpaar, das sich rein zufällig in meiner Obhut befand.

Alles Gute, Schöne und Ermutigende in Sachen Nashörner kam dann auch von uns. Albrecht bestieg seine Partnerin bereits kurz nach dem von uns beobachteten Deckakt immer wieder, und zwei Monate später bewies eine Kotprobe, dass Angela trächtig war. Der Champagner floss in Strömen, und die Euphorie hielt lange an. Vor allem Sariah schwebte im siebten Himmel, Angelas Embryo wurde zu ihrem Lebensinhalt, zu einer Mission, die nur sie erfüllen konnte. Und so geschah es auch: Sariah wurde zu so etwas wie Angelas persönlicher Assistentin, die beiden verbrachten täglich viele Stunden miteinander, und dem trächtigen Tier durfte es an nichts fehlen. Die Nashornweide bekam immer mehr Ähnlichkeit mit einem Militärstützpunkt. Angela und Albrecht verschwanden hinter dicken Scheiben aus Panzerglas, hinter Zäunen mit Bewegungsmeldern, und es wurden Kameras und eine Rundumüberwachung installiert – zum Teil finanziert durch die sich hervorragend verkaufenden Nashornkötel.

Monatelang lief alles bestens, bis Angela nicht mehr fressen wollte und immer öfter lange auf dem Bauch liegen blieb. Wir ließen den Arzt aus Helsinki einfliegen, der nach einigen Untersuchungen feststellte, dass Angela an einer bösartigen Gebärmutterzyste litt. Ihr Embryo lebte nicht mehr. Eine Behandlung war laut dem Finnen völlig sinnlos, und auch der zweite und dritte Tierarzt, den wir hinzuzogen, schüttelte nur bedauernd sein gelehrtes Haupt. Angelas Schicksal war besiegelt, und einige Monate später tauchten auf der Nashornweide dann auch Kerzen und Teddys auf. Sariah war wochenlang untröstlich.

Das war's dann wohl: vier Worte, die alles sagten, denn mit Angela war auch das letzte Nashornweibchen gestorben, und damit die letzte Hoffnung, die Art retten und ihre Jahrmillionen auf Erden noch um ein paar Jahre verlängern zu können. Albrecht lebt zwar noch, aber auch seine Tage sind mittlerweile gezählt.

Und trotzdem geht die Sonne auf, Regen fällt, und ich fülle mir den Magen, wenn ich Hunger habe. Es ist ein schöner Morgen im April: Der Frühling steht vor der Tür. Ich drehe meine tägliche Runde durch den Zoo, sehe die Tiere, und sie sehen mich, doch in Gedanken bin ich ganz woanders. Aus dem Korb mit der Schmutzwäsche habe ich mein mit Kaffee bekleckertes Lieblings-T-Shirt geholt, es auf links angezogen, sodass sich das Zoo-Logo direkt an meine Brust schmiegt, und meine Glücksbringerjacke vom Bügel genommen. Das Outfit für einen besonderen Tag! Ich habe hin und her überlegt, aber heute ist es so weit. Das Drehbuch ist abgeschlossen, ich bin begeistert, aber mit wem kann ich meine Vision teilen?

Nicht mit Sariah, dem zarten Seelchen. Obwohl wir uns in den letzten zwei Jahren deutlich nähergekommen sind, habe ich guten Grund anzunehmen, dass unsere Beziehung meine Pläne nicht überleben wird. Deshalb musste ich alles heimlich vorbereiten: die Verhandlungen mit der Amsterdam Arena und zwanzig anderen Stadions, die Gespräche mit den internationalen Eventagenturen, die Besprechungen mit den Reklamefuzzis, den Versicherungsheinis und Marketingmädels … Alle Beteiligten mussten strengste Geheimhaltung versprechen, und zwar schwarz auf weiß – so lange, bis ich beschließe, mit dem Schlachtplan an die Öffentlichkeit zu gehen. Sogar Frank ist mehr oder weniger ahnungslos. Er spürt zwar, dass da was im Busch ist, dass das Nashorn nicht mehr ist als ein lebendes Relikt, aber von meinen wahren Absichten weiß er so gut wie nichts. Trotzdem mache ich mir seinetwegen keine Sorgen. Frank wird mich unterstützen, mit mir durch dick und dünn gehen wie der gelassene Vater eines stürmischen Sohnes.

Ich sitze auf dem Findling vor der Eulenruine und bekomme Sariah einfach nicht aus dem Kopf. Viola und Bill schauen mich ernst an, sie scheinen genau zu wissen, wie ich mich fühle. Könnte ich den Käfig öffnen, würde sich Viola bestimmt neben mich setzen und mir ihre Flügel um die Schultern legen, während Bill mir auf seinem Stock im hinteren Käfig aufmunternd zuzwinkern würde. Ein schöner Gedanke – wenn auch einer, der mir in der realen Menschenwelt nicht groß weiterhilft. Ich bleibe etwas länger sitzen als sonst, bereite mich in Ruhe auf das unvermeidliche Gespräch vor, das in Kürze stattfinden wird, falls es überhaupt zu einem richtigen Gespräch kommt. Türenknallen, zerdeppertes Porzellan – auch das ist selbstverständlich möglich. Wenn ich gleich meine Küchentür aufziehe, wird sie vor mir stehen. Die Croissants hat sie dann schon in den Ofen geschoben, denn das übernimmt *sie* in letzter Zeit.

»Hast du einen anstrengenden Tag vor dir?«, wird sie mich fragen, was ich in der Regel mit einem lässigen Achselzucken quittiere, aber heute werde ich damit nicht durchkommen.

»Einen spannenden Tag«, werde ich vollkommen aufrichtig antworten und ihr anschließend meinen Plan darlegen. Schließlich habe ich für den frühen Nachmittag eine Pressekonferenz anberaumt, und danach gibt es kein Zurück mehr. Wird Sariah bei der Pressekonferenz neben mir sitzen? Wird sie mir helfen, die praktischen Fragen zu beantworten? Ich hoffe es sehr, aber wirklich damit rechnen kann ich nicht.

Während sie mir Kaffee einschenkt und ihn vor mich hinstellt, wird sie mich fragend ansehen.

»Erinnerst du dich noch an unsere ersten Gespräche, Sariah?«, werde ich nach kurzem Zögern sagen, denn das scheint mir ein vernünftiger Einstieg zu sein. Ich werde versuchen zu erklären, dass mein neuester Plan keine verrückte Idee ist, kein Anzeichen für eine plötzliche geistige Verwirrung. Ich werde ihr klarmachen, dass mein Ansatz nur konsequent ist – ob sie nun damit einverstanden ist oder nicht. Ja, dass meine Berufsauffassung trotz allem dieselbe geblieben ist. »Weißt du noch, wie ich dir erzählt habe, was ich mit dem Zoo vorhabe?«

»Ich bin der Erlöser«, wird sie nickend sagen. »Das hast du damals behauptet. Dass du der Erlöser bist.«

»Und später, als wir zusammen am Teilgebiet Afrika gearbeitet haben?«

»Das weiß ich noch genau«, wird sie sagen, während sie die Croissants auf den Tisch stellt. »Dass es dir um den Zoo geht, hast du immer wieder gesagt. Dass er überleben muss. Und dass die Tiere nur ein Mittel zum Zweck sind – zur Not auch austauschbar.«

»Ganz genau, Sariah«, werde ich ihr beipflichten, um dann wohl oder übel mit der Sprache herauszurücken: »Und auch Albrecht ist für mich nur ein Mittel zum Zweck – so wertvoll er auch sein mag.«

»Hände weg von Albrecht!«, wird sie rufen und zum ersten Mal laut werden. »Albrecht ist kein Spielzeug.«

»Ein Spielzeug nicht, nein, aber ein Haustier. Und du weißt doch, warum wir Menschen Haustiere so lieben?«

»Alles vergeht, nur die Liebe bleibt.«

»Weil sie die einzigen Lebewesen sind, über die wir Menschen wirklich verfügen können. Das Leben eines domestizierten Tieres haben wir fast völlig in der Hand, was ein ziemlich guter Ersatz für die nicht vorhandene Kontrolle ist, die wir über unser eigenes Leben haben.«

»Als Letzter seiner Art hat Albrecht ein menschenwürdiges Ende verdient. Wir müssen ihn in Frieden sterben lassen. Ohne Happenings. Ohne großes Trara.«

»Ein menschenwürdiges Ende!«, werde ich höhnisch rufen. »Wir sind verdammt noch mal kein Hospiz. Ich werde es dir noch mal erklären, liebe Sariah: Wir sind ein Zoo. Wir zeigen Tiere. Und dafür verlangen wir Geld, das ist unsere Aufgabe. Durch Albrecht haben wir die Chance, unseren Bekanntheitsgrad zu steigern, und das bis weit über die Landesgrenzen hinaus.«

Dass ich sie nicht *liebe Sariah* nennen sollte, dass ich jetzt echt zu weit gehe, dass ich … dass ich … und dass ich auf jeden Fall … Es wird mich einige Zeit kosten, sie zur Vernunft zu bringen, nur eine innige Umarmung wird sie besänftigen können. Wir werden also eine Weile so verharren, eng umschlungen in der Küche. Sariah wird noch kurz zittern vor Wut und sich dann wieder setzen, währenddessen werde ich ihre Hand halten.

Nach dieser ziemlich vorhersehbaren Küchenszene habe ich freie Bahn, Sariah wird mir jetzt zuhören, sich zwar ihren Teil denken, sich aber laut darüber ausschweigen. Sie wird ihren Zorn und ihre Abscheu nicht in Worte fassen. An ihrem Blick werde ich erkennen, wie weit ich gehen kann, wie viel Spielraum ich habe. Der kann durchaus groß sein, vielleicht sogar groß genug – vorausgesetzt, ich achte darauf, dass ich vernünftig und wohl überlegt klinge, wie ein freundlicher Lehrer, der gern bereit ist, alles noch einmal zu erklären.

»Wir zeigen Tiere, Sariah, unser Zoo hat vor allem einen pädagogischen Auftrag, nämlich den, dem modernen, urbanisierten Menschen etwas über die Natur beizubringen, über Flora und Fauna und über die grausamen und sinnlosen Mechanismen, auf denen unser Leben beruht.«

Seit Angelas Tod lässt mich ein Gedanke nicht mehr los, eine Erkenntnis, die mir langsam dämmerte und die ich jetzt mit Sariah teilen will. Jeden Morgen, wenn ich durch den Zoo schlendere, drängt sie sich mir erneut auf – eine Feststellung, die ich anfangs einfach nur erschütternd fand: Tiere sind gleichgültig, sie machen sich nicht groß Gedanken umeinander, das Schicksal ihrer Zoogenossen lässt sie im Grunde völlig kalt. Als Angela starb, war das offensichtlich: Es gab keine kollektive Tiertrauer im Zoo. Alle Tiere machten weiter wie bisher: Sie fraßen, tranken und schliefen in den Tag hinein. Sogar Albrecht schien es kein bisschen zu kümmern, er trat wie immer auf die Weide hinaus und kackte weiterhin Weckgläser voll. Seine Gleichgültigkeit machte mich nachdenklich, und letztlich musste ich ihm recht geben. Tiere denken nicht in Arten, sie haben nicht die leiseste Ahnung von Ökologie.

»Willst du mir jetzt tatsächlich weismachen, dass Artenrettung widernatürlich ist?«, wird sie gelassen sagen. »Und dass wir damit aufhören sollen?«

»Widernatürlich? Ja. Damit aufhören? Nein. Was mich vor allem erschüttert, ist Folgendes: Tiere sind von Natur aus fremdenfeindlich, nur dass sie sich im Gegensatz zu uns nicht dafür schämen müssen. Das Retten des anderen ist eine rein menschliche Obsession, Tiere interessiert das wenig.«

»Was sind denn das für rechte Parolen!«, wird Sariah genervt ausrufen. »Ich verstehe nach wie vor nicht, worauf du hinauswillst.«

Nun, darauf, dass das Aussterben des Nashorns aus Sicht der Tiere keine Tragödie ist, sondern nur die logische Folge eines natürlichen Vorgangs, der darin besteht, dass weniger erfolgreiche Arten verschwinden müssen, weil die Erde keine Geduld mehr mit ihnen hat. Arten kommen und gehen, das uralte Lied von Staub zu Staub – *dieses Wissen* müssen wir an unsere Kunden weitergeben. Klar, in erster Linie ist der Mensch schuld am Aussterben des Nashorns, auch wenn es die Natur selbst war, die ihm mithilfe eines unbekannten Virus den Gnadenstoß versetzt hat. Im Kampf der Arten liegen wir ganz vorn, der Mensch ist Herr und Meister und wird es auch bleiben, bis eines Tages ein anderes Virus auftaucht, das auch den *Homo sapiens* ausmerzt. Alles hat seine Zeit, das gilt auch für den Menschen, und keiner anderen Tierart wird das groß Kopfzerbrechen bereiten. Das wurde aber auch höchste Zeit!, heißt es dann, zum Glück sind wir den los! »Eine Tierart, die sich für den Erhalt einer anderen Art einsetzt, ist eine darwinistische Dreistigkeit«, werde ich fortfahren. »So gesehen ist Artenrettung in der Tat widernatürlich.«

»Wir sollen also kampflos aufgeben? Willst du das damit sagen?«

Natürlich nicht. Sondern nur, dass wir diese Realität in den Mittelpunkt stellen müssen. Wir werden Tiere in den Zoo holen müssen, damit sie vor den Augen der Kunden aussterben, auf pädagogisch wertvolle Art ihren letzten Atemzug tun. Nur dann haben wir Menschen etwas davon. Den Arten ist es egal, dass sie aussterben. Das letzte Exemplar hat nicht die geringste Ahnung, dass es seiner Art das Licht ausknipst. Es gibt also überhaupt keinen Grund, sich deshalb so aufzuregen. Ich schlage vor, die Sache völlig anders zu betrachten, nämlich als einmalige Chance, richtigen Naturkundeunterricht zu geben, ohne den Lauf der Dinge irgendwie zu beschönigen. Das Aussterben des Nashorns ist ein pädagogisch wertvolles Ereignis, ein beispielloses Lernerlebnis.«

»Sprich weiter, Edo, ich hör dir zu.«

Das Terrain ist abgesteckt, der intellektuelle Kontext geklärt. Erst jetzt werde ich Sariah meine Pläne im Detail vorstellen können – in der Hoffnung, der winzigen Hoffnung, dass sie trotz ihrer unvermeidlichen Ablehnung doch so etwas wie Verständnis entwickelt. »Zum ersten Mal überhaupt werden die Kunden des Amsterdamer Zoos die Möglichkeit haben, einer Tierart live beim Aussterben zuzusehen. Auch das ist ein Naturerlebnis, ja das Wichtigste überhaupt! Und es ist unsere Aufgabe, dieses Erlebnis so vielen Kunden wie möglich zu bieten. Das ist lehrreich für sie und gut für den Zoo. Wir werden das ganz groß aufziehen müssen. Albrecht muss auf Tournee gehen, damit ihn ganz Europa noch ein letztes Mal sehen kann. Damit können wir zusätzliche Einnahmen generieren, mit denen wir anschließend andere aussterbende Tiere nach Amsterdam holen. Spinnenaffen aus Brasilien, Saolas aus Vietnam, kalifornische Schweinswale fürs Aquarium, Zwergelefanten, Riesenpandas, Schwarzfußiltisse: neue aussterbende Arten, die ihrerseits weitere Kunden anziehen. Ich sage dem Zoo eine rosige Zukunft voraus. Wir werden unsere Geschäftsziele erreichen.«

»Mit vom Aussterben *bedrohten* Tierarten, meinst du wohl.«

»Ach, das ist doch Wortklauberei! Diese Tiere werden verschwinden, kein vernünftig denkender Mensch wird das bezweifeln. Ihre Zeit auf Erden ist leider abgelaufen.«

»Du bist zynisch, Edo. Da geschieht eine noch nie da gewesene ökologische Katastrophe, und du versuchst, deinen Vorteil daraus zu ziehen.«

»Komm schon, wir wollen mal nicht übertreiben! Tiere sterben aus, so ist das nun mal. Das ist natürlich jammerschade, aber wir werden's überleben, meinst du nicht auch? Trauert heute noch jemand, weil der Blaubock ausgestorben ist, um nur ein Tier zu nennen? Oder die Englische Saugende Taube?«

»Das ist doch lächerlich, Edo. Darum geht es nicht.«

»Um die Lacheule? Die Stellersche Seekuh? Den Elefantenfußmoa?« Jetzt wird eine lange Pause entstehen, und das ist gut so: Ich habe meine Argumente mehr oder weniger vorgebracht. Sariah wird ein, zwei Mal laut seufzen und dann verzweifelt fragen: Ist das endlich dein wahrer Masterplan – der eigentliche Grund, warum du mich aus Afrika geholt hast?« Ich werde stumm nicken, ihrer plötzlichen Erkenntnis schweigend beipflichten. »Das ist wirklich unerträglich«, wird sie flüstern – in einem Ton, dem ich entnehme, dass ihr Widerstand beinahe gebrochen ist. »Das ist unerhört, Edo. Dafür sind Zoos nicht gedacht.«

In aller Ruhe werde ich ihr auseinandersetzen, dass ich wieder mal nichts Neues erfunden habe. Dass sich alles, was ich in die Wege leite, schon einmal in unserem Zoo abgespielt hat. In Kürze wird das letzte Nashorn in Amsterdam sterben – genau wie das letzte Quagga, das am 12. August 1883 in unserem Zoo sein Leben ließ. Aber damals hat niemand etwas davon mitbekommen, niemand wusste, dass die sterbende Stute das letzte noch lebende Exemplar dieser besonderen Zebraart war. Das wird diesmal anders sein, Albrechts Tod wird optimal präsentiert werden. »Denn das ist nun mal die Wahrheit, Sariah: In der Natur geschieht nie etwas zum ersten Mal. Das ist doch faszinierend! Und unsere Aufgabe besteht darin, die Kunden daran teilhaben zu lassen.«

So wird unser Gespräch verlaufen, zumindest wenn es nach mir geht. Ich schaue auf die Uhr und sehe, dass ich fast eine Stunde hier sitze. Sariah wird sich fragen, wo ich bleibe, die Croissants sind bestimmt längst verbrannt! Ich stehe auf und verabschiede mich von den Eulen, Viola und Bill wünschen mir viel Glück.

Als ich den Gartenweg entlanglaufe, spüre ich, dass etwas nicht stimmt. Ohne die Küchentür geöffnet zu haben, weiß ich: Sariah hat mich verlassen. Ich betrete das Haus, eine leere Küche: Der Ofen ist kalt, der Tisch nicht gedeckt. Dafür thront mein Laptop darauf, der Bildschirm zeigt ein geöffnetes Textdokument. *Sehr geehrter Edo Morell*, lese ich hastig, befremdliche Worte, gefolgt von mehreren Sätzen mit rot unterstrichenen Rechtschreibfehlern, die nicht beseitigt worden sind. Ich setze mich und lese weiter, verbessere dabei mit der rechten Maustaste ihre Rechtschreibfehler. Das ist natürlich idiotisch, gibt mir aber das Gefühl, etwas zu tun – etwas, das mir hilft, dem Ernst der Lage etwas gelassener zu begegnen. Schnell merke ich, wie gründlich Sariah meinen Computer durchsucht hat, denn auch das Dokument mit meinem Drehbuch für die kommenden Sommermonate hängt geöffnet an der Menüleiste am unteren Bildschirm. Im ebenfalls aktivierten E-Mail-Programm hat sie eine Sofortsuche ausgeführt – der Suchbegriff lautet »Albrecht«. Bestimmt fünfzehn heikle E-Mails wurden angezeigt, die sie natürlich alle gelesen hat.

Sehr geehrter Edo Morell! Während ich eine schnelle Runde durchs Haus drehe, geht mir diese Anrede nicht mehr aus dem Kopf. Ich versuche mir vorzustellen, wie sie die Worte aussprechen würde, in ihrem exotischen Tonfall, den sie immer noch hat. Leider vergeblich, ich kann ihre Stimme nicht heraufbeschwören. *Sehr geehrter Edo Morell!* Sind das wirklich die Worte, mit denen alles endet?

Die wenigen Kleider und Habseligkeiten, die sie in meinem Schlafzimmer im Lauf der Monate hat liegen lassen, sind ausnahmslos verschwunden. Im Bad rieche ich ihr Shampoo, ihr feuchtes Handtuch hängt über der Heizung, ansonsten sind nur noch ein Buch, ein paar Haarnadeln und ein T-Shirt vorhanden – sie ist eindeutig sehr überstürzt aufgebrochen. Als ich mich mit einem tiefen Seufzer wieder an meinen Laptop setze, sehe ich die Szene regelrecht vor mir: Sariah, die schon seit einiger Zeit etwas ahnt; die heute Morgen, nachdem ich die Küchentür hinter mir zugezogen habe, rasch aus dem Bett springt, noch in Unterwäsche meinen Laptop hochfährt und die zuletzt verwendeten Dokumente aufruft. Sie macht sich auf die Suche, recherchiert, liest heimlich meine E-Mails, um schließlich, als der Groschen fällt, einen unumkehrbaren Entschluss zu fassen. Sie springt auf und rennt durchs Haus, packt, so schnell sie kann, ihre Sachen und stürmt die Treppe hoch. In größter Eile zieht sie die Klamotten an, die sie gestern neben meinem Bett ausgezogen hat, denn wir pflegen unsere Schlafzimmer immer in den Kleidern vom Vortag zu verlassen. Zurück im Erdgeschoss nimmt sie an meinem Laptop Platz (völlig außer Atem und mit zitternden Händen) und hackt auf die Tastatur ein. Auf dem Bildschirm erscheinen ihre wütenden Worte. Gleich darauf ist sie verschwunden, den Arm voll Sachen, Gott weiß wohin.

Sie sind kein Erlöser, Edo Morell. Sie sind ein Schlächter! Ein Gladiator!

Zu Gladiatoren fühle ich mich ehrlich gesagt nicht besonders hingezogen, zu Stierkämpfern schon eher. Edo Morell,

Ihr Matador! Meine Banderillas stecken bereits in Albrechts Nacken!

Ich speichere Sariahs Abschiedsworte und versetze meinen Laptop in den Ruhezustand. Wo sie wohl steckt? Hat sie sich in ihrem Haus eingeschlossen? Oder ist sie vielleicht ganz normal zur Arbeit gegangen und läuft jetzt irgendwo im Zoo herum? Als ich versuche, sie anzurufen, geht sie nicht ans Telefon, zu Hause scheint sie auch nicht zu sein. Die Vorhänge sind zugezogen, die Tür bleibt geschlossen. Falls sie doch im Haus sein sollte, versteckt sie sich vor mir.

Zwischen den verblühten Krokussen an ihrer Haustür überlege ich, was ich jetzt tun soll. Ratlosigkeit macht sich breit, diese leichte, aber noch beherrschbare Panik, die mich in den seltenen Augenblicken überkommt, in denen die Wirklichkeit nicht auf mich hört und beschließt, eigene Wege zu gehen. Meist geht das schnell wieder vorbei, ich bin einfach nicht der Typ, der länger Panik schiebt: Kopf hoch, Brust raus und vorwärts marsch! Aber in diesem Moment bin ich mir da nicht so sicher. Steht sie etwa hinter dem Vorhang und beobachtet mich? Kann sie mich sehen? Kann sie mich hören?

»Sariah!«, rufe ich laut. »Sariah!«

Im Haus herrscht Stille, ihre Tür bleibt nach wie vor geschlossen. Nach einigem Zögern beschließe ich, mich zusammenzureißen und nach Hause zu gehen. Ich schlendere durch das inzwischen fertiggestellte Teilgebiet »Die Polarwelt« und würde am liebsten um mich schlagen. Das Moschusochsen-Quartett schaut mich traurig an, so als würde ihnen ihr neues Zuhause kein bisschen gefallen.

»Heimweh?«, rufe ich. »Habt ihr vielleicht Heimweh? Gewöhnt euch dran, Jungs, denn ihr geht nirgendwo mehr hin!«

Schreie ich jetzt tatsächlich eine Rinderherde an? Ziemlich

beschämt kehre ich nach Hause zurück. Ich mache den Ofen an, schiebe drei Croissants hinein und koche mir anschließend den stärksten Kaffee seit Jahren. Als ich meinen Laptop aus dem Ruhezustand hole, sehe ich, dass mir Sariah eine E-Mail geschickt hat, gesendet um zehn Uhr vierundvierzig, vor zehn Minuten also.

Edo, steh dort kurz und bündig, *hiermit teile ich dir mit, dass ich mit sofortiger Wirkung kündige.* Sie habe bereits einen Flug gebucht und steige noch heute Abend in den Flieger. *Wenn es nach mir geht, werden wir uns nie mehr wiedersehen. Sariah.*

Gequält starre ich auf die Buchstaben, auch ihre früheren Abschiedsworte hole ich mir zurück auf den Schirm. Sariahs Sätze spuken mir durch den Kopf, vor meinem inneren Auge sehe ich mich mit Albrecht in einer Arena stehen, Sägemehlduft steigt mir in die Nase. *Edo Morell, Ihr Matador!* »Du trägst deine Waffen stets bei dir!«, rufe ich, als Albrecht auf mich zurennt. »Und ich, Albrecht? Was habe ich dir schon entgegenzusetzen? Ich bin nackt und verwundbar, mehr nicht! Du bist ein Tier, und ich bin ein Mensch! *And never the twain shall meet!*« Seltsame Bilder, merkwürdige Sätze. Mittlerweile suchen mich alte Bekannte heim: stechende Kopfschmerzen, die immer schlimmer werden, ein unangenehmes Hämmern, das zweifellos den ganzen Tag anhalten wird. Kurz überlege ich, mich krankzumelden, aber nein, das geht nicht, ich bin verdammt noch mal der Zoodirektor! Außerdem findet heute Nachmittag die Pressekonferenz statt, vor der kann ich mich auf keinen Fall drücken.

Während ich mit viel Kaffee ein Aspirin hinunterspüle, sehe ich aus den Augenwinkeln, dass Frank meinen Gartenweg betritt. Auch er hat mich bereits durchs Fenster gesehen, es gibt also kein Entrinnen.

»Ist sie etwa bei dir?«, rufe ich, nachdem er die Küchentür hinter sich zugemacht hat – eine Frage, die ungewollt vorwurfsvoll klingt.

Frank nimmt mir gegenüber Platz, dort, wo Sariah immer gesessen hat. Er schüttelt den Kopf und sagt: »Wie kommst du bloß *darauf*? Sie hat mich *angerufen*, war völlig außer sich. Ja, man könnte sagen, völlig aufgelöst.«

Schweigend hole ich die Croissants aus dem Ofen. Frank will bestimmt auch eines. »Ich konnte sie kaum verstehen«, fährt er fort, »sie hat beinahe hyperventiliert. Sie hat was von einem Plan erzählt, den sie gesehen hat, irgendwas in deinen E-Mails.« Er mustert mich streng. »Ich nehme an, es geht dabei um Albrecht?«

»Sariah hat gekündigt«, sage ich und drehe den Laptop so, dass er ihre E-Mail lesen kann. »Mit sofortiger Wirkung. Hat sie dir das auch erzählt?«

Noch im Lesen schüttelt Frank den Kopf. »Was für eine Tragödie«, murmelt er, »was für ein Theater.« Erst nach einigen Minuten schaut er wieder auf. »Ich glaube, ich habe den Faden verloren, Edo. Ich versteh rein gar nichts mehr.«

»Ich werd es dir erklären.«

Misstrauisch schaut er mich an. »Ist es eine berufliche oder eine persönliche Auseinandersetzung?«

»Beides«, sage ich und nehme einen großen Schluck Kaffee. »Für mich ist es beruflich, aber für Sariah sehr persönlich. Wir sind uns uneins, was mit Albrecht passieren soll. Sie hat ziemlich emotional auf meinen neuesten Vorschlag reagiert.«

Schweigend essen wir unsere Croissants. »Edo«, sagt Frank und wischt sich mit seinem Taschentuch über den Mund. »Solltest du deine heiklen Albrecht-Pläne nicht auch mit mir besprechen?«

»Heute Nachmittag findet eine große Pressekonferenz statt. Wir erwarten Kamerateams aus gut und gern fünfzehn Ländern. Bis dahin bleibt alles streng geheim.«

»Aber ich bin dein Vorsitzender, Edo. Ich darf es jetzt schon wissen.«

»Ich habe keine Lust auf weitere Auseinandersetzungen, auf eine weitere Verurteilung. Ein abschätziger Blick von dir, Frank, und ich breche ebenfalls in Tränen aus.«

Erstaunt sieht mich Frank an. Ob er begreift, dass ich es ernst meine? »Sariah war eine Gefährtin, eine Mitstreiterin. Natürlich habe ich sie für meine Zwecke eingespannt. Und natürlich bin ich nicht ganz aufrichtig zu ihr gewesen. Aber trotz meiner Schwächen hatte ich immer das Gefühl, dass wir ein gemeinsames Ziel haben. Dass es gut läuft und dass wir es schaffen werden, dem Zoo zum Erfolg zu verhelfen. Ihn vor dem Untergang zu bewahren. Und das ist alles, was zählt. Letztlich zählt nur das, Frank!« Jetzt kullert doch eine Träne über meine Wange, das sehe ich an Franks Gesichtsausdruck.

»Meine Stimme hast du«, sagt er. »Egal, wie deine Pläne aussehen: Ich werde dich unterstützen. Solange sie nicht illegal oder kriminell sind, hast du meinen Segen.« Frank legt eine Pause ein und sucht meinen Blick. Begeistert wirft er die Hände in die Luft. »Los, raus mit der Sprache! Was hast du vor? *It better be good*, Edo! Jetzt, wo du es so spannend gemacht hast, will ich einen echt guten Plot hören.«

2

Ein kleines Zimmer an einer Amsterdamer Gracht. Eine nackte Glühbirne baumelt von der Decke. Durch die Ritzen der hohen Fenster zieht es. Die Glühbirne schaukelt hin und her. An der einen Wand ein kleines Gästebett, auf das ich mich einfach gelegt habe. An der anderen Wand ein schlichtes Bücherregal in Augenhöhe mit den Bänden eines Lexikons. *Das Jahr im Bild*, lese ich, Ausgaben aus den Siebzigerjahren. Die altmodische Blümchentapete hängt bestimmt schon seit zig Jahren hier. Am Gilb merkt man, dass hier früher stark geraucht wurde. Ein Zimmer, in dem jemand gestorben ist, so fühlt es sich zumindest an. Als ich die speckige Spitzengardine kurz anhebe, erkenne ich die Giebel anderer Grachtenhäuser. Erst als ich mich aufsetze und aus dem Fenster lehne, kann ich die Gracht unter mir sehen, die Bäume, Autos und Radfahrer. Ich lege mich wieder hin und schließe die Augen. Mir kommen ungewollt die Tränen. Eine heulende Frau in einer holländischen Puppenstube: So weit ist es mit mir gekommen.

Frank hat ziemlich gestaunt, als ich plötzlich bei ihm vor der Tür stand. Er hat mich angesehen und ins Haus gezogen. In seinen Armen konnte ich mich richtig ausweinen.

»*Meisje*, was ist denn?«, versuchte er, mich zu beruhigen. Noch nie zuvor hat mich jemand *meisje* genannt, außer meinem Vater. Als das Schlimmste vorbei war, begann ich zu erzählen. Besonders verständlich hab ich mich bestimmt nicht ausgedrückt. Langsam dämmerte mir, wie sehr ich ihn überrumpelt hatte. Ungekämmt und verschlafen stand er vor mir, er war noch im Bademantel.

»Hab ich dich geweckt? Entschuldige, dass ich hier so einfach …« Statt meinen Satz zu beenden, machte ich eine hilflose Geste.

»Komm und setz dich«, winkte Frank ab. »Und dann erzählst du mir in aller Ruhe, was passiert ist. Ich mach dir eine Tasse Tee, oder willst du lieber einen Schnaps?« Er führte mich in seine kleine Küche am Ende des marmornen Flurs. Um einen Wandtisch standen ein paar Barhocker. Während Frank Teewasser aufsetzte, begann ich zu erzählen.

»Moment!«, sagte Frank immer wieder. »Kannst du das noch mal für mich wiederholen?«

Irgendwann beruhigte ich mich ein wenig. Ich schilderte ihm den Albrecht-Plan, den ich gelesen hatte, ein Dokument, das die internationale Tournee, auf die Albrecht demnächst gehen soll, in allen Einzelheiten schildert. »In den nächsten Monaten wird Albrecht mindestens zwanzig Städte anlaufen, alle paar Tage ein neues Ziel. In jeder Stadt wurde ein Stadion angemietet. Die Arena in Amsterdam, das Wembley in London, das Bernabéu in Madrid … Das nimmt überhaupt kein Ende.« Den Ticketverkauf hat Edo an eine große Eventagentur ausgelagert: die Sorte Firma, die normalerweise Karten für die Rolling Stones und große Sportereignisse verkauft. Überall in Europa wird dafür geworben. »Edo will ein Riesenhappening daraus machen, jeden Abend wieder aufs Neue. *Rhino Experience* hat er das Ganze genannt. Mit der eigentlichen Veranstaltung wurde wieder eine andere Firma beauftragt. Ich habe zig E-Mails gesehen und das Drehbuch gelesen. Ich kann es dir zeigen, wenn du willst: Viele Mails habe ich an mich weitergeleitet.«

Frank verschränkte die Arme, lehnte sich auf seinem Hocker zurück und schaute kurz zur Decke. Dann rieb er sich ausgiebig die Augen. »Ich versuche gerade, mir das ansatzweise vorzustellen. Diese Roadshow«, murmelte er. »Das ist mal wieder typisch Edo! Edo Morell, wie er leibt und lebt. Aber so richtig durchschauen tue ich es nicht.«

»Diese Idee ist einfach bloß lächerlich!«, rief ich wütend und schlug mit der Faust auf den Tisch. Fast hätte ich die Teetasse zu Boden gefegt.

»Das sollte man meinen«, erwiderte Frank nachdenklich. »Aber so originell ist sie eigentlich auch wieder nicht. Früher hat man das ständig so gemacht.«

Ungläubig starrte ich ihn an.

»Bevor es Zoos gab. Die ersten Nashörner, die im 18. Jahrhundert nach Europa kamen, gingen ebenfalls häufig auf Tournee. Clara war das berühmteste. Sie hat den ganzen Kontinent bereist.«

»Ja, aber wird sind inzwischen dreihundert Jahre weiter und deutlich zivilisierter«, warf ich ein. »Ein solcher Umgang mit Tieren gilt heute als *Tierquälerei*.«

»Ja, ja, das schon.« Sehr überzeugt klang er nicht. Zum ersten Mal beschlich mich das Gefühl, Frank könnte in Bezug auf Albrecht doch kein Verbündeter sein. Vielleicht war er genauestens in Edos Pläne eingeweiht. Konnte das sein? Zeigte jetzt auch der nette Frank sein wahres Gesicht?

»Ich bin gespannt, wie Edo das anstellen will«, murmelte Frank. »Es ist eine ziemliche Herausforderung, das Tier wochenlang von hier nach da zu schleifen. Hast du darüber auch was gelesen?«

»Auch dabei geht es nur um die Show. Er hat sich bewusst für Stadien mit einem offenen Dach entschieden. Oder für welche mit Schiebedächern. So kann Albrecht von einem Hubschrauber punktgenau abgesetzt werden.«

»So wie vor zwei Jahren.«

»Ja, genau, nur immer wieder von vorn. Das dürfte ein ziemlich teures Unterfangen werden und erfordert eine ausgeklügelte Logistik. Albrecht wird vor fünfzig- bis sechzigtausend jubelnden Menschen pünktlich landen müssen.«

Frank hörte mir vollkommen gelassen zu. Besonders überrascht wirkte er nicht.

»Meine größte Sorge ist die Betäubung und der Transport.«

»Wer ist dafür verantwortlich? Ich nehme an, du wurdest nicht eingeweiht?«

»Dreimal darfst du raten!«, sagte ich seufzend.

»Das ist doch nicht dein Ernst! Doch nicht Dr. Loewe?«

»Unser Freund aus Zürich. Der ist sich wirklich für nichts zu schade.«

Frank stand auf und starrte eine Weile aus dem Fenster. Über den Dächern zogen gemächlich Wolken vorüber. »Aber das ist doch sicher? Soweit ich mich erinnere, hast du den Lufttransport für eine sichere Methode gehalten?«

»Für die ungefährlichste. Aber es bleibt ein riskantes Unterfangen.«

Zum ersten Mal schlich sich so etwas wie Besorgnis in Franks Blick. »Und wie oft? Alle zwei, drei Tage wieder eine Betäubung, wieder ein Transport? Ist das auf Dauer nicht schädlich?«

»Das lässt sich nur schwer sagen. Wie sich mehrere Betäubungen hintereinander auswirken, wurde nie erforscht. Ganz einfach, weil es noch nie notwendig war.«

Mit einem gequälten Blick setzte sich Frank wieder an den Tisch. »Und Albrecht ist todkrank?«

»Was hat denn das damit zu tun? Auch ein krankes Tier hat ein Recht darauf, respektvoll behandelt zu werden. Wir dürfen es nicht quer durch Europa schleifen.«

»Ja, ja, das ist mir schon klar.« Lange saßen wir schweigend am Tisch. Aus Franks Miene wurde ich nicht recht schlau. Er wirkte bekümmert, besorgt, aber auch wie gelähmt – ratlos. Er schien weder ein noch aus zu wissen. »Weiß Edo, dass du hier bist?«, fragte er schließlich.

»Ich habe hastig meine Sachen zusammengesucht und sein Rad genommen.«

»Und jetzt? Was hast du jetzt vor? Du darfst gerne vorerst hierbleiben.«

»Ich werde sofort meine Kündigung einreichen. Mit dieser Show will ich nichts zu tun haben.«

»Sariah!«, rief Frank und sprang auf. »Das geht nicht! Das kannst du nicht machen!«

»Ich arbeite doch nicht für ein Schlachthaus!«, rief ich. »Für so was lasse ich mich ganz bestimmt nicht einspannen.«

»Bitte triff keine übereilten Entscheidungen, Sariah! Versprich mir wenigstens, dass du es dir noch mal überlegst. Bitte erlaube mir, mit Edo zu reden! Ich geh sofort zu ihm!«

»Das hat überhaupt keinen Sinn. Edos Pläne stehen fest. Die Verträge sind unterschrieben. Albrechts Schicksal ist längst besiegelt. Gleich wird Edo es im Fernsehen verkünden.«

Frank verließ die Küche. Ich hörte, wie er die knarrende Treppe hochstieg. Als er wenige Minuten später zurückkam, war er angezogen und gekämmt. »Wir müssen immer im Gespräch bleiben, Sariah«, sagte er außer Atem. »Nach einem Streit muss man reden. Wenn uns etwas vom Tier unterscheidet, dann das: dass wir Konflikte durch Reden lösen können.

Ich gehe sofort zu ihm. Ich werde ihn bitten, mir seine Pläne in allen Einzelheiten zu erläutern.« Frank zeigte auf den Treppenabsatz über ihm. »Das Gästezimmer befindet sich am Ende des Flurs. Leg dich ruhig kurz hin, wenn du magst.«

Schweigend sah ich ihn an. Er schien zu glauben, ich wäre einverstanden. »Versprich mir, noch nicht zu kündigen – nicht bevor ich wieder da bin.« Mit diesen Worten ließ er mich allein.

Das ist ungefähr zwei Stunden her. Gleich nachdem Frank gegangen war, trug ich meine Tasche ins muffige Gästezimmer und ließ mich aufs Bett fallen. Ich überlegte noch eine Weile hin und her: Soll ich oder soll ich nicht? Von meinem Handy schickte ich Edo eine E-Mail. Meine Kündigung war eingereicht, das Kapitel Amsterdam endgültig abgeschlossen. *Ich habe bereits ein Ticket gekauft*, log ich. *Noch heute Abend fliege ich nach Hause*. Das Handy wanderte zurück in meine Jackentasche.

Doch die ersehnte Erleichterung bleibt aus, und beruhigen kann ich mich immer noch nicht. Stattdessen quälen mich Schuldgefühle. Albrecht, denke ich immer wieder. Ich lasse Albrecht im Stich! Bei dem Versuch, meine Integrität zu wahren, lasse ich Albrecht einfach so fallen. Warum habe ich bloß nicht früher daran gedacht? Kann ich denn gar nichts mehr für ihn tun? Ich muss ihm helfen, aber wie? Was kann ich tun, um Frank auf meine Seite zu ziehen? Wie bringen wir Edo wieder zur Vernunft?

Unten auf der Straße hält ein Auto. Eine Wagentür wird geöffnet und mit einem lauten Knall wieder geschlossen. Ich höre Franks Stimme, er unterhält sich mit irgendjemandem. Mit einem Taxifahrer vermutlich oder demjenigen, der ihn mitgenommen hat. Sofort setzt sich mein Gedankenkarussell wieder in Bewegung: Gleich wird Frank zu mir hochkommen. Er wird mir erzählen, dass Edo die Pressekonferenz abgesagt hat. In Gedanken höre ich ihn reden, in den schönen, vollständigen Sätzen, die wir von ihm gewohnt sind. Es sieht ganz so aus, als hättest du ihn überzeugen können, Sariah. Edo möchte unbedingt mit dir reden. Denn genau das tun wir Holländer: Wir reden und diskutieren. Wir debattieren, bis wir zu einer Einigung gefunden haben. Erzähl uns also in aller Ruhe, was aus deiner Sicht passieren soll, Sariah. Albrecht hat nur noch wenige Monate zu leben, wenn überhaupt. Bis seine Gelenke völlig gelähmt sind. Dann wird er nicht mehr laufen können. Denn das stellt seine tödliche Krankheit doch mit ihm an? Er wird gelähmt werden, wird irgendwann weder stehen noch liegen können. Er wird sich gegen eine Wand oder einen Baum lehnen müssen, um noch ein bisschen Schlaf zu finden. Er wird einen erbärmlichen, qualvollen Tod sterben. Also, Sariah, raus mit der Sprache, bring dein ganzes Fachwissen ein und sag uns, was wir tun sollen …

Ich höre, wie Frank die Haustür zumacht. Mein Name wird gerufen. Die Treppe knarrt erneut. Sariah, wird er sagen, los, red schon! Wir wissen längst, was du alles *nicht* willst. Was dir widerstrebt, ist bekannt. Also sag, was du dir *sehr wohl* vorstellen kannst. Weih uns in deine Albrecht-Pläne ein, denn die von Edo sind inzwischen wieder in der Schublade verschwunden, als unmoralisch verworfen worden. Sag, denkst du vielleicht an Euthanasie? Willst du Albrecht friedlich einschlafen lassen? Ihn so von seinem unausweichlichen Leid erlösen? Oder bist du dafür, ihn zu isolieren? Damit er seine letzten Lebensmonate in völliger Einsamkeit verbringen kann? Wir könnten ihn wieder auswildern, ihn ans Westkap zurückbringen, wo er einst geboren wurde. Wir könnten ihn der Natur sozusagen zurückgeben. Wär dir das lieber, Sariah, oder kannst du dich vielleicht doch ein wenig mit unseren Plänen anfreunden? Das ist hier ein Zoo, Sariah. Wir haben einen pädagogischen Auftrag, und er ist unsere einzige Daseinsberechtigung. Wir müssen etwas zeigen, etwas erklären. Findest du die Vorstellung wirklich so abscheulich, dass wir die Chance noch mal nutzen wollen, Hunderttausenden von Europäern dieses seltsame Wesen zu zeigen? Damit deutlich mehr Eltern ihren Kindern und Omas und Opas ihren Enkeln sagen können: Ich hab es noch erlebt, ich hab das letzte Nashorn noch gesehen … in der Amsterdam Arena, im Wembley Stadion, im Estadio Santiago Bernabéu …

Es klopft leise an der Tür. »Sariah«, höre ich ihn sagen. »Sariah, bist du da?«

»Ja«, erwidere ich zögernd.

»Sariah«, ruft er mit sich überschlagender Stimme. »Was hast du nur getan? Du hast mir doch versprochen, keine unwiderruflichen Entscheidungen zu treffen!« Sein aufgeregter Ton macht mir Angst. Es liegt so viel Wut und Enttäuschung darin. So habe ich ihn noch nie erlebt. Ich versuche mir vorzustellen, wie er hinter der Tür im Flur steht. Mit gefährlich zusammengezogenen Brauen. Mit tiefen Falten im Gesicht. Mit den Händen am Treppengeländer.

»Ich habe überhaupt nichts versprochen!«

Jetzt schweigen wir beide. Würden wir uns gegenübersitzen, Auge in Auge und ohne die geschlossene Tür zwischen uns, wäre es ein quälendes Schweigen. Aber es fühlt sich auch so unangenehm an. Ich drehe mich auf die Seite, mit dem Gesicht zur Wand. Ich versuche so zu tun, als wäre ich allein, als wäre dieses fremde Haus bis auf mich menschenleer. Und Frank sieht sich das alles an. Er wartet einfach bloß ab! Bestimmt wird er gleich gehen, verstehen, dass ich allein sein will. Dass ich meine Ruhe brauche. Keinen Kopf mehr zum Reden habe.

»Darf ich vielleicht reinkommen?«, fragt Frank freundlich gelassen.

Schweigen.

»Dann redet es sich vielleicht leichter?«

Schweigen.

»Sariah? Hörst du, was ich sage?«

»Nein!«, schreie ich, so laut ich kann. »Ich höre nicht, was du sagst! Ich habe gekündigt! Mit diesem verdammten Zoo hab ich nichts mehr zu tun! Und mit dir und Edo auch nicht!«

»Na ja …« Ich höre das Zögern in seiner Stimme. Frank scheint klein beigeben zu wollen. »Du bist immerhin noch in meinem Gästezimmer.« Sich entfernende Schritte. Knarrende Treppenstufen. Frank hat beschlossen, mich wieder allein zu lassen. Auf halber Treppe ruft er mir noch etwas zu. »Edo hatte mir noch was Wichtiges zu sagen – etwas, das dich bestimmt interessieren wird. Aber lass dir ruhig Zeit, du brauchst dich nicht zu beeilen. Warte einfach, bis du so weit bist.«

Und jetzt?, denke ich, während Franks Schritte im Treppenhaus verklingen. Was soll ich jetzt tun? Dadurch dass er das gesagt hat, hat er mich in Zugzwang gebracht: Jetzt bin ich diejenige, die eine Entscheidung treffen muss.

Die Minuten ziehen sich endlos hin. Auf dem Bett liegend, versuche ich wieder einen klaren Kopf zu bekommen, mich in keiner gedanklichen Sackgasse zu verlieren.

Ich verlasse das Zimmer, um auf die Toilette im Flur zu gehen. Als ich auf Strümpfen zurückschleiche, höre ich Frank telefonieren: *Im Gästezimmer eingeschlossen … Natürlich ziem-*

lich emotional ... Schwer zu sagen ... Vielleicht doch noch, ja ... Schwer einzuschätzen ... Lieber noch ein bisschen warten ... Bestimmt ist Edo am Apparat. Der Fall Sariah muss genauestens besprochen werden. Langsam schleiche ich mich näher. Durch eine halb offene Tür sehe ich Frank in einem dunklen Zimmer voller Bücher sitzen.

»Ich muss jetzt auflegen«, sagt er abrupt. Bestimmt hat er mich gehört. »Wir sprechen uns später.« Während er sein Handy auf den Tisch legt, dreht er sich zu mir um. »Sariah, komm doch rein!«

Aber ich bin noch nicht so weit. Wortlos renne ich zurück in meine Puppenstube und schließe mich darin ein. Wieder lasse ich mich aufs Bett fallen und wickle mich in den Quilt. Bedeutet das Telefonat zwischen Frank und Edo, dass er inzwischen Partei ergriffen hat? Ist jetzt auch Frank mein Feind? Während sich meine Gedanken erneut überschlagen, höre ich das Handy in der Tiefe meiner Jackentasche vibrieren. Es ist Frank, sehe ich, nachdem ich es herausgefischt habe. Ich drücke die rote Taste und lehne seinen Anruf ab. Das gefällt ihm gar nicht, denn keine Minute später bekomme ich eine SMS.

Ich sitze auf der Treppe, Sariah. Wir müssend dringend reden.

Jetzt habe ich endgültig genug. Energisch drücke ich die Ausschalttaste und bringe mein Handy zum Schweigen. Vielleicht hat Frank die Abschiedsmelodie durch die Tür gehört, denn zum x-ten Mal höre ich die Stufen knarren. Frank verlässt das Treppenhaus. Es fühlt sich an wie ein Sieg, auch wenn ich nicht davon ausgehe, dass Frank mich von nun an in Ruhe lassen wird. Wie denn auch? Ich bin in seinem Haus – ein Zufluchtsort, der inzwischen eher an die Höhle des Löwen erinnert.

Dieses kleine Zimmer ist eine Welt für sich. Eine Welt, die

so groß ist wie meine Angst. Ich kann nicht mehr klar denken. Wie komme ich bloß hier weg? Was, wenn ich den Raum einfach verlasse, meine Tasche nehme und klammheimlich verschwinde? Aber ich weiß es besser. Ich bin gefangen und kann nirgendwo hin.

Die Zeit vergeht unendlich langsam. Wieder höre ich die Stufen knarren, höre, wie Frank mühsam durch die Nase schnauft, als ein Umschlag unter der Tür durchgeschoben wird. Die Schritte entfernen sich. Kurz darauf höre ich das Klappern von Kofferrädern auf dem Marmorboden. Ich hebe den Umschlag auf. *Für Sariah Malan* steht darauf. *Vertraulich.* Es ist eine schöne Schrift. Schwungvoll und filigran, fließend und tintenschwarz.

Liebe Sariah!
Als du bei mir vor der Tür standst, hast du mich in einen Konflikt hineingezogen, aus dem ich mich lieber herausgehalten hätte. Ich genieße meine Rolle als alter, womöglich weiser Außenstehender, die Rolle des gütigen Vaters, der es gar nicht mag, wenn seine Kinder streiten. Deshalb finde ich es sehr schade, dass du nicht mit mir reden willst. Wirklich schade, aber es bleibt mir nichts anderes übrig, als mich damit abzufinden. Seltsam ist das schon. Hier sitze ich am Tisch in meiner Bibliothek und schreibe einen Brief, den ich anschließend unter der Tür meines eigenen Gästezimmers durchschieben muss – in der Hoffnung, dass ihn der Eindringling, der sich dort verbarrikadiert hat, lesen will.

Ich habe nicht viel Zeit, deshalb komme ich gleich zur Sache: In einer halben Stunde holt mich ein Taxi ab, und in drei Stunden geht mein Flug nach China. In Chengdu werde ich mit den Behörden über den Ankauf von zwei Riesenpandas verhandeln, die wir gern nach Amsterdam holen möchten. Wie du weißt, ist es sehr schlecht um den Panda bestellt. Das Klima ändert sich, China wird trockener, es wächst immer weniger Bambus, von dem sich der Panda ernährt. Wir hoffen, seiner Zeit auf Erden in Gefangenschaft noch ein paar Jahrzehnte hinzufügen zu können.

Ich möchte natürlich das Thema Albrecht anschneiden – ein anderes Tier mit demselben Schicksal. Deine negative Haltung kann ich gut verstehen, Sariah. Aber wenn ich länger über Edos Pläne nachdenke und von meinen Gefühlen absehe, lösen sich meine Einwände in Luft auf. Edo ist ein Mann mit einer Mission, und auch sein neuester Plan entspricht seinen Vorstellungen von der eigentlichen Aufgabe eines Zoos. Ohne die Natur kann der Mensch nicht Mensch sein, Sariah. Die Natur lehrt uns, wer wir sind, wie wir zur Welt stehen. Arten kommen und gehen, das ist das Urprinzip des Lebens auf diesem Planeten. Und das letzte Nashorn befindet sich in unserer Obhut! Albrecht gibt uns die einmalige Chance, unendlich viele Menschen an den faszinierenden Mechanismen der Natur teilhaben zu lassen.

Zugegeben, die Rhino Experience *ist eine ziemlich verrückte, etwas groteske und größenwahnsinnige Veranstaltung. Edo hat einfach zu viele Hollywoodfilme gesehen. So weit kann ich dir folgen. Aber wir brauchen kein Mitleid mit Albrecht zu haben. Sein Leben wird sich nicht groß ändern. Albrecht besitzt nicht den Intellekt, um zu begreifen, was da gerade passiert. Er kann Edos Pläne nicht lesen. Und er wird sich nicht daran erinnern können, wo er am Vortag war, was ihm letzte Woche passiert ist. Was ich damit sagen will, ist Folgendes: Deine Einwände gegen die Albrecht-Tournee sind allzu menschliche Einwände. Sie orientieren sich an unseren Wertmaßstäben, aber Albrecht sollten wir nicht damit belästigen. Tiere haben kein Bedürfnis nach Abstraktion, sie fordern weder Mitsprache- noch Wahlrecht. Wir müssen sie zwar anständig behandeln und sie so gut wie möglich schützen und füttern. Aber wir dürfen aus Tie-*

ren keine Menschen machen. Das ist schon seit vielen Jahren meine aufrichtige Überzeugung, zu der ich gelangt bin, als ich als Doktorand die frühmoderne Darstellung von Tieren erforscht habe. Wir stellen das Tier dar, Sariah. Wir studieren die Natur. Wir gründen Zoos. Wir bemühen uns, eine Tierart zu retten. Das alles macht uns zu Menschen. Edos Bemühungen – und das ist mein voller Ernst – sind nur eine Methode, das Menschsein zu feiern.

Du bist ein integrer Mensch, Sariah, aber dasselbe gilt für Edo. Und auch ich strebe nach dem Guten, Schönen, Wahren. Vergiss das bitte nicht.

Auf einer neuen Seite folgen noch zwei Absätze. Trotzdem lege ich den Brief beiseite. Mit geschlossenen Augen versuche ich, Franks Worte in mir aufzunehmen. Er bittet mich nicht zu bleiben. Er fleht mich nicht an, meine Kündigung zurückzunehmen. Seelenruhig erklärt er mir, was nun passieren wird. Warum es passieren wird. Seine Argumentation folgt der von Edo, ja einer männlichen Logik ohne jedes Einfühlungsvermögen. Mitgefühl für das Tier hat darin keinen Platz.

Auf der Straße erscheint ein Auto, das zwei Mal hupt. Die Haustür geht auf. Frank rollt seinen Koffer nach draußen. Während ich hinter der Spitzengardine stehe und ihn beobachte, sehe ich, dass er nach oben schaut. Kurz treffen sich unsere Blicke. Mit einem freundlichen Lächeln steigt er ein. Als das Taxi losfährt, wird mir klar, dass das unsere letzte Begegnung war. Frank Rida ist aus meinem Leben verschwunden.

Ich muss dir noch was Wichtiges sagen – etwas, das dich vielleicht schockieren wird. Edo konnte mir heute mehr über das Programm berichten. Sobald Albrecht gelandet ist, wird der Hubschrauber wie-

der verschwinden. Schätzungsweise wird es eine halbe Stunde dauern, bis er wieder stehen kann. In dieser halben Stunde wird auf der großen Leinwand ein Film mit den letzten Aufnahmen von wild lebenden Nashörnern gezeigt. Edo hat ihn von National Geographic *gekauft. Er lag dort im Archiv – ein Dokumentarfilm, den sie eigentlich selbst machen wollten, der aber nie fertiggestellt worden ist. Aber du weißt, wer diese Aufnahmen gemacht hat, Sariah.*

Bitte, Sariah, triff keine überstürzten Entscheidungen. Ich hoffe, in etwas über einer Woche wieder da zu sein, die Schlüssel liegen auf dem Küchentisch. Bleib, solange du willst. Fühl dich ganz wie zu Hause.

Frank Rida

3

Dodos laufen durch meine Träume, Elefantenvögel rennen durch meinen Kopf, Riesenalks stören meine Nachtruhe und picken an meinem Gehirn. Ich schlendere durch einen eingebildeten Zoo, einen Zoo voller ausgestorbener Tiere. Es ist eindeutig unser Zoo, ich erkenne die Wege und Gehege, trotzdem fühlt es sich an, als besuchte ich diesen Tiergarten zum ersten Mal. Es ist eine herbstliche Nacht, die Luft ist frisch und feucht, zu Hunderttausenden bleiben die winzigen Tröpfchen an meinem Mantel kleben. Ich sitze auf einer Holzbank, während die Tiere an mir vorbeidefilieren: Kanaren-Wachteln und Falklandfüchse, Tasmanische Tiger und kubanische Rieseneulen, Quaggas und Guamrallen, Wandertauben und Tarpane, Höhlenbären und Lavamäuse – der Zug einstiger Tiere scheint gar kein Ende mehr zu nehmen, bis Albrecht das Schlusslicht bildet. Jetzt, wo ich auf der Bank sitze, kann ich mich zu nichts durchringen, ich sitze da und betrachte die Tiere, die mittlerweile einen geschlossenen Kreis bilden und nicht aufhören, mich zu umrunden. Der Zug schreitet äußerst langsam voran, bis ich Sariah sehe, die durch die feuchte Nacht läuft, eine brennende Gaslampe in der Hand. »Was machst du denn hier?«, frage ich ziemlich verdattert, »wonach suchst du?«

»Nach einem Menschen«, erwidert sie traurig, ohne mich anzuschauen. »Zeig mir einen integren Menschen.« Ein seltsamer Traum, der nun schon seit einigen Wochen fast jede Nacht seine Aufwartung macht.

So auch heute. Obwohl sie nach wie vor in Amsterdam zu sein scheint, habe ich Sariah seit Wochen nicht mehr gesehen – nicht seit ich meine Haustür hinter mir zugezogen habe, um in China auf Pandajagd zu gehen. Aber im Schlaf bevölkert sie meine Träume, der einzige Mensch inmitten der ausgestorbenen Fauna. Wie heißt es gleich wieder?, denke ich, als ich mich am Waschbecken rasiere. Ich versuche, mir die alttestamentarischen Worte ins Gedächtnis zu rufen, die in Stein gemeißelten Worte voll schmerzhafter Klarheit: »Denn es geht dem Menschen wie dem Tier: wie dies stirbt, so stirbt er auch, und haben alle einerlei Odem, und der Mensch hat nichts mehr als das Tier; denn es ist alles eitel.«

Wie es Sariah wohl geht? Ich nehme ihr nichts übel und hoffe, dass auch sie eines Tages in der Lage sein wird, uns wieder gegenüberzutreten. Wenn das Albrecht-Spektakel in Kürze vorbei ist, werde ich versuchen, sie einfach mal anzurufen. Aber nicht heute. Heute dreht sich alles um Edo, um Albrecht und um die Rhino Experience.

Als ich am frühen Abend in die Arena komme, ist schon ziemlich viel Betrieb. Vom Bahnhof und den Metrostationen aus strömen unablässig Menschen zum Stadion. Etwa eine Stunde vor Vorstellungsbeginn betrete ich die Königsloge, die Ehrenloge, in der wir unsere Gäste empfangen werden. Ich werfe einen Blick auf die Tribünen, die inzwischen ungefähr zu drei Viertel besetzt sind. Jetzt beginnt das Warten, das Plaudern, der freundliche Small Talk. An der Bar bestelle ich mir einen Cappuccino. Ich mache einen Plausch mit meinem Vorstandskollegen Rosenthal und winke Sofie freundlich zu, die mir kurz Guten Tag sagt. »Schön, dass du schon da bist, Frank! Die meisten Gäste sind bereits unterwegs. Edo wird gleich mit der Politprominenz hier eintreffen.«

»Er ist ganz schön beschäftigt.«

»Es ist der helle Wahnsinn«, sagt sie, als ihr Telefon summt. »Während wir uns unterhalten, wird Albrecht gerade betäubt.« Sie erzählt mir noch, dass der Hubschrauber in anderthalb Stunden vom Flugplatz in Lelystad abheben wird. Edo hat mir das Procedere bereits in allen Einzelheiten beschrieben. Da es sich nur um eine leichte Betäubung handelt, muss der Flug mit dem Hubschrauber so kurz wie möglich sein. Deshalb wurde in der Nähe eines jeden Stadions ein Ort gefunden, an dem Albrecht vor der Show untergebracht werden kann. Ein ruhiger Ort, an den er mit dem Hubschrauber gebracht und von dem er wieder abgeholt werden kann. Ausgangspunkt für die heutige Show in Amsterdam ist der Flugplatz in Lelystad – ein kleiner, ruhiger Flughafen, keine fünfzehn Flugminuten entfernt. Dahin wird man ihn nach der Vorstellung auch wieder bringen, bis er gegen Ende der Woche nach London reisen wird. Auf London folgt Paris, anschließend Berlin, Wien und Rom. Albrecht wird an einundzwanzig ausverkauften Abenden zeigen, was er kann – angefangen in Amsterdam bis hin zu Lissabon, in einem Zeitraum von sechs Wochen. Doch damit ist die Show noch nicht zu Ende, von Lissabon wird Albrecht mit dem Schiff nach Amsterdam reisen, um hier bei seiner Ankunft von Tausenden von Schulkindern begrüßt zu werden. Eine letzte Tour durch die Grachten, seine letzte Reise in unseren Zoo, wo er friedlich sterben darf. Bis dahin wird sein Gehege umgebaut und mit zig Kameras versehen sein. Diese Bilder werden live auf *Albrecht.tv* gestreamt, eine Webseite, die Edo extra dafür ins Leben gerufen hat. So können ihm Millionen Fans auch noch nach der *Rhino Experience* folgen.

Ich schaue auf die Uhr und sehe, dass die Show in ungefähr einer Dreiviertelstunde anfängt. Es beginnt mit Musik, ein weltweit gefeierter DJ holländischer Herkunft, dessen Name mir nichts sagt, wird den Abend einläuten, bis ihn etwa eine Stunde später das Getöse des Hubschraubers ablösen wird. »Alles klar, Edo!«, ruft Sofie in ihr Handy, während sie sich das andere Ohr zuhält, »die sind bereit, ja.« Sie schenkt mir noch ein aufmunterndes Lächeln und verschwindet aus meinem Gesichtsfeld. Eine Wand der Königsloge besteht aus einer riesigen Glasscheibe, der Blick auf das Spielfeld und die Tribünen ist atemberaubend. Ich nehme Platz in dem für mich reservierten Sessel, betrachte das Spektakel in der Arena und trinke einen Schluck von meinem Cappuccino. Die Tribünen sind inzwischen alle besetzt, links und rechts von mir sehe ich Leute mit großen Bier- und Limonadebechern, mit Pommes-Tüten und Hotdogs. Der Verkauf von Merchandisingartikeln läuft blendend: Erwachsene tragen T-Shirts und Basecaps mit Albrechts Konterfei, Kinder spielen mit entsprechenden Stofftieren, und einige haben sogar das abnehmbare Nashornhorn gekauft, ein riesiges graues Plastikhorn, das mit einem Gummiband an der Stirn befestigt werden kann. Seit Edo mit dem Verkauf von Albrecht-Köteln begonnen hat, wurde die Reihe um zahlreiche Albrecht-Produkte ergänzt, die inzwischen in fast jedem Supermarkt erhältlich sind. Albrecht ist eine Marke geworden, ein telegenes Promi-Nashorn, ein echter Star, mit dem jeder in Verbindung gebracht werden will.

Die Bühne im Mittelkreis besteht aus zwei separaten Bereichen: aus einem ringförmigen, von einem stabilen, aber nicht allzu hohen Gitter umgebenen Nashorngehege, das mit einem Podium verbunden ist, auf dem gleich der DJ auftreten wird. Darunter befindet sich ein kleiner Raum, in dem die Medikamente gelagert werden, die Dr. Loewe benötigen könnte: eine Veterinärklinik im Kleinformat. Der Rasen wird wegen der Ankunft des Hubschraubers anfangs überwiegend leer bleiben, aber der Plan sieht vor, dass die Zehntausende auf den Tribünen das Stadion nach der Vorstellung über den Rasen verlassen, um sich noch einmal Auge in Auge mit dem Nashorn zu befinden, ein letztes Foto machen zu können.

Ich sehe, dass das riesige Dach nach wie vor geschlossen ist. Wenn ich das richtig verstanden habe, gehört das langsame Aufgleiten der zwei Dachteile mit zur Show: Der DJ wird seine letzten Songs spielen, der Countdown kann beginnen, das Dach wird zur Seite geschoben und Albrecht abgesetzt.

Johlen und Pfeifen im Stadion, auf der gegenüberliegenden Seite machen einige fanatische Besucher die La-Ola-Welle. Weit kommt diese sympathische Menschenwelle nicht, denn keine halbe Runde später wird die Begeisterung von einer Wand aus Skyboxen und Ehrentribünen abgewürgt – von dem Teil des Stadions, in dem ich mich befinde. Wie eine gegen Felsen schlagende Flutwelle bricht sich Mal um Mal auch diese Welle. Aus den Lautsprechern kommt fröhliche Popmusik, die riesigen Filmleinwände werden getestet, und Suchscheinwerfer huschen über den Rasen, auf dem einige schwarz gekleidete Techniker letzte Vorbereitungen treffen. Die kollektive Spannung im Stadion steigt, die Welle reißt jeden mit, alle fiebern dem Ereignis entgegen.

In der Loge schauen auf einmal alle zum Eingang, Edo ist dort mit dem Ministerpräsidenten erschienen. Auch der Staatssekretär für Kultur und der Bürgermeister von Amsterdam kommen herein. Im grellen Licht der Kameras und Fotoblitze gehen sie zum Fenster. Edo stellt mich dem Premier vor. Ich kenn den Kerl natürlich schon seit Jahren, es vergeht kein Monat, ohne dass wir uns irgendwo begegnen.

Wir wechseln ein paar freundliche, höfliche Worte, der Bürgermeister, der Premier, der Staatssekretär und ich. Edo schenkt mir sein berühmtes Nicken, was bedeutet, dass ich übernehmen muss. Ich sehe, wie er sich unauffällig zurückzieht und mit Sofie die Loge verlässt.

»Haben Sie den Artikel in der *Volkskrant* gelesen?«, fragt der Staatssekretär. »Heute Morgen auf der Meinungsseite?« Ich schüttle den Kopf, zum Zeitunglesen bin ich heute wieder mal nicht gekommen.

»Ich schon«, ergänzt der Bürgermeister. »›Sag Nein zur Albrecht-Tournee.‹ Ein lächerlich tendenziöser Artikel, wie ihn nur die *Volkskrant* bringen kann.«

Alle Augen sind auf den Staatssekretär für Kultur gerichtet, ein unverbesserlicher Sozialdemokrat, der sichtlich zufrieden das Wort ergreift: »Der Artikel stammt von dieser Frau, die früher bei euch gearbeitet hat, Sariah Malan. Aber er ist von zig prominenten Niederländern unterzeichnet worden: von Politikern, Kabarettisten, Professoren, Schriftstellern, bildenden Künstlern und so.«

»Die üblichen Gutmenschen«, murmelt der Premier, ein unbekümmerter Liberaler. »Sie empören sich, schreiben einen Artikel, unterzeichnen ein Manifest und aalen sich dann tagelang in ihrer moralischen Empörung. In den Niederlanden sind Politaktivisten immer auch Narzissten.«

»Wir rechnen heute rund um die Arena auch noch mit ziemlichem Protest«, sagt der Bürgermeister. »Zum Glück gibt es überall Überwachungskameras, und die Bereitschaftspolizei ist einsatzbereit. Ein paar Rufe dürfen natürlich durchaus laut werden, aber ansonsten wollen wir jegliche Ruhestörung vermeiden. Es soll schließlich ein festlicher Abend werden, nicht wahr?«

Ein Kellner kommt mit einem Tablett voller Champagnergläser. Jeder greift zu, ich heiße alle herzlich willkommen und stoße auf eine erfolgreiche *Rhino Experience* an.

»Obwohl ich die Stoßrichtung des Artikels nicht teile, der im Grunde dafür plädiert, die Albrecht-Tournee zu verbieten«, fährt der Staatssekretär fort, »fand ich ihn im Großen und Ganzen doch ganz amüsant.«

Wieder entschuldige ich mich dafür, dass ich den Artikel noch nicht gelesen habe. Alle schauen den Staatssekretär an, der bereits zu bereuen scheint, das Thema überhaupt angeschnitten zu haben.

»Ach«, sagt er und nimmt rasch einen Schluck Champagner, »wir sollten dem keine allzu große Bedeutung beimessen. Aber irgendwann versucht Frau Malan, sich in das Nashorn hineinzuversetzen, und beschreibt die ganze *Rhino Experience* aus Albrechts Sicht. Ihren Versuch, die Welt aus der Sicht der Tiere zu sehen, fand ich wirklich gelungen.«

Ich spüre einen Anflug von Wut, den ich hinter einem Lächeln verbergen muss. Gern würde ich jetzt detailliert auf die Bemerkungen des Staatssekretärs für Kultur eingehen. Liebend gerne hätte ich diesem Staatssekretär, dem Bürgermeister, dem Ministerpräsidenten und wer sonst noch alles neben mir steht, erklärt, dass wir uns vor solch anthropomorphischen Versuchen hüten sollten. Wir sind verdammt noch mal *Menschen*, also sollten wir nicht so tun, als wären wir im Grunde Tiere. Als könnten wir das Tiersein auch nur im Entferntesten begreifen. Wer weiß schon, was in einer Zecke vorgeht? Wer kann sich vorstellen, wie es ist, eine Fledermaus zu sein? Philosophen haben ihr Bestes gegeben, ihr Bestes, bevor sie daran gescheitert sind. Na gut, vielleicht können wir uns ansatzweise vorstellen, wie *wir* uns fühlen würden, wenn wir als Tier leben müssten. Wenn wir, um das Beispiel mit der Zecke noch mal zu bemühen, achtzehn Jahre auf einem Zweig warten müssten, bis ein Säugetier vorbeikommt. Und wo wir gerade dabei sind, können wir uns vielleicht auch vorstellen, wie es ist, den lieben langen Tag mit dem Kopf nach unten am Dachbalken eines Bauernhofs zu hängen oder in einem Kirchturmfirst, um nach Sonnenuntergang einige Hundert Motten und Mücken aus der Luft zu fangen. Aber gelingt uns das? Nein! Und selbst wenn es uns gelingen würde, was hätten wir davon? Das würde unsere Frage, wie es für ein Tier ist, ein Tier zu sein, auch nicht beantworten. Das ist doch alles Quatsch! Ein kluger König hat einmal gesagt, dass ein Blutegel nur zwei Wörter kennt: Bring her! Bring her! Aber auch das stimmt natürlich nicht. Ein Blutegel hat gar keinen Wortschatz. Ein Blutegel riecht Blut und handelt, ohne nachzudenken, ohne auch nur eine Sekunde zu begreifen, was Blut eigentlich ist, was es leistet, wozu all das Blut auf der Welt ist!

Ich weiß nicht, warum mich diese albernen Gespräche immer wieder so aufregen. Vielleicht ist mein Glaube an die menschliche Vernunft das Maß aller Dinge. Mit der Vermenschlichung der Tiere steht im Grunde nicht weniger als die Menschheit selbst auf dem Spiel. Der Mensch wird nur überleben, wenn wir uns abgrenzen, wir müssen uns verdammt noch mal klarmachen, wo wir anfangen und wo wir aufhören. Wir müssen erklären können, warum wir Menschen keine Tiere, keine Götter sind. Sonst verkommt die Menschheit zu einer Art Flummiwesen, zu einem hin und her schaukelnden Pendel, das mal dies ist und mal das. Auf so einen Menschen hat niemand gewartet. An so eine Menschheit kann man nicht glauben.

All das hätte ich sagen und beschließen können, dem dahinplätschernden Gespräch eine philosophische Wendung zu geben. Aber ich bekomme gar keine Gelegenheit dazu, denn bevor ich zu meiner Argumentation ausholen kann, platzt Edo in die Königsloge.

»Tournee?«, ruft er verärgert. »Tour-nee? Tour-ja, meint ihr wohl! Meine Damen und Herren, es ist soweit! Ich heiße sie alle herzlich willkommen! Die *Rhino Experience* wird *umgehend* beginnen!« In diesem Moment erlischt die Stadionbeleuchtung. Zehntausende von Kehlen jauchzen sich heiser, denn auf dem Podium ist der DJ erschienen. Eine farbenfrohe Lichtshow lässt die Arena Feuer und Flamme fangen, dröhnende Rhythmen wummern aus allen Lautsprechern – das Spektakel hat begonnen.

»Meine Güte, was für ein Lärm«, höre ich den Bürgermeister rufen, woraufhin er sich umdreht und in Richtung Bar verschwindet. Dort haben sich inzwischen auch der Premier und der Staatssekretär samt ihrem Gefolge eingefunden. Ich schaue aus dem Fenster und nehme das Geschehen in mir auf. Auf einer der großen Leinwände sehe ich, wie sich der DJ verausgabt, sich an Laptops und altmodischen Plattenspielern zu schaffen macht. Er wirft die Hände in die Luft, woraufhin die Menschenmassen klatschen und johlen. Sie verständigen sich in einer Sprache, die ich nicht verstehe. Was das alles mit Albrecht zu tun haben soll, erschließt sich mir nicht. Noch eine halbe Stunde, höchstens jedoch eine Dreiviertelstunde, und unser letztes Nashorn wird wie ein glorreicher Engel am Himmel erscheinen und zu unseren Füßen landen.

Der Mann auf dem Podium hat begonnen zu tanzen, die Leute wippen mit. Unablässig donnert derselbe Rhythmus durch die Arena, die Menge ist wie hypnotisiert. Und auch ich muss in Trance verfallen sein, denn ohne, dass ich ihn gehört hätte, steht Edo auf einmal neben mir. »Albrecht ist inzwischen aus Lelystad aufgebrochen«, schreit er mir ins Ohr, »in genau drei Minuten beginnt die Dachszene.« Das Öffnen des Schiebedachs macht an und für sich nicht viel her, jemand dreht an einem Knopf, und voilà, das Dach geht auf. Aber Edo prophezeit mir, dass ich noch staunen werde. »Alles läuft bestens, Frank, genau nach Plan.«

Der DJ erkundigt sich auf Englisch, ob wir alle bereit sind, und nach einem neuen Beat beginnt der Countdown. *Twenty seconds to go*, hallt eine amerikanische Stimme laut durchs Stadion. *Nineteen*, *eighteen*, und auf der großen Leinwand ziehen die Zahlen an uns vorüber. *Ten! Nine! Eight!* Die Menschenmassen plärren mit, aus Zehntausenden von Kehlen brüllt es *Three! Two! One!*. Ein ohrenbetäubender Jubel ertönt.

Dann ist ein lautes Summen zu hören, so als würde die Ladefläche eines Raumschiffs geöffnet, und die Scheinwerfer in der Arena gehen aus. Für einen kurzen Moment ist es stockdunkel, dann fällt plötzlich ein erster Lichtstrahl durchs geöffnete Dach herein. Es muss Kunstlicht sein, so grell und golden kann kein Abendlicht sein. Aber den Massen ist das egal, mit der Realität halten sie sich heute Abend nicht auf. Wieder beginnen die Leute zu schreien, wie ein Haufen Kumpel, die monatelang untertage im Dunkeln gesessen haben. Sie schreien, als hinge ihr Leben davon ab. Edo sieht das alles strahlend mit an. Er grinst bis über beide Ohren, und auch ich kann ein Lächeln nicht unterdrücken. Wie macht der Kerl das bloß? Nicht das kleinste Detail der *Rhino Experience* bleibt dem Zufall überlassen, sogar das sich öffnende Stadiondach ist zum Event geworden. Heute Abend ist alles ein einziges, inszeniertes Happening, ein Rundumerlebnis, das alle Sinne gleichzeitig betört. Der DJ legt eine neue Nummer auf, die

Menge starrt nach oben, die Dachöffnung wird immer größer. Wenige Minuten später kommt Hubschrauberlärm aus den Lautsprechern, Rotorlärm, der immer lauter wird, bis von der Musik nichts mehr zu hören ist. »Meine Damen und Herren, noch eine Minute«, höre ich Edo in die Loge rufen.

Die Politiker verlassen die Bar; mit einem Glas Wein in der Hand scharen sie sich wieder um mich am Fenster. »Nun ja«, sagt der Bürgermeister, »das wollen wir natürlich schon sehen.«

»Natürlich!«, pflichtet ihm der Staatssekretär für Kultur bei, »diese Frau Malan soll bleiben, wo der Pfeffer wächst!«

Und da ist er! Über der Arena ist Albrecht aufgetaucht, ein Großteil des Publikums kann ihn bereits sehen, und auch die Kameras haben ihn erfasst. Ein stabiles Seil verbindet seine vier zusammengebundenen Beine mit einem Hubschrauber, der ganz langsam durchs geöffnete Dach hinunterschwebt. Die Menge spielt verrückt, das Johlen ist lauter denn je, überall auf den Tribünen blitzen Tausende von Fotoapparaten und Handys auf, die diesen besonderen Moment digital festhalten. Für später. Für diejenigen, die nicht dabei sein können. Für die Nachwelt.

Kurz denke ich zurück an den besonderen Montagmorgen im Zoo, als Albrecht das erste Mal zu uns kam. Es war eine surreale Erfahrung, und das ist es jetzt wieder. Damals habe ich Albrechts Landung im abgeschiedenen Turm des Affenhauses miterlebt. Diesmal stehe ich in einer Wahnsinns-Skybox in einem riesigen Stadion, aber das Schauspiel ist beinahe dasselbe. Als die Stadionscheinwerfer auf Albrecht gerichtet werden, geht der Hubschrauber vorsichtig in den Sinkflug, Meter für Meter, bis Albrechts breiter Rücken nur noch wenige Meter über dem Rasen hängt.

Ein zweites Seil wird aus dem Hubschrauber geworfen. Wir können es nicht gut erkennen, aber auf der anderen Seite des Hubschraubers muss eine Tür aufgegangen sein, aus der der Windenfahrer den Tierarzt an einem Gurt nach unten lässt. Und tatsächlich, da schwebt Herr Dr. Loewe nach unten. Im ringförmigen Gehege ist auch Ingrid erschienen, die tapfere Ingrid, die seit Sariahs überstürzter Kündigung so viel neue Aufgaben übernommen hat. Geschickt hilft sie Loewe aus dem Geschirr, anschließend wird es vom Hubschrauber aus wieder hochgezogen. Loewe setzt seinen Helm ab, seine blonden Locken wehen im Wind.

Die Spannung in der Königsloge ist jetzt mit Händen zu greifen. Die Honoratioren hören Edo andächtig zu, der in getragenem Ton verkündet, was als Nächstes geschehen wird. »Dr. Loewe und Afrika-Managerin Ingrid werden für ein sicheres Abkoppeln sorgen. Anschließend werden sie die Betäubung vorsichtig aufheben. Das dürfte ungefähr eine halbe Stunde dauern. In der Zwischenzeit zeigen wir auf den Leinwänden einen einzigartigen Film über die letzten wilden Nashörner, die noch bis vor sechs Jahren in Südafrika gelebt haben. Er lag fast fertig bei *National Geographic*, ist aber umständehalber nie gezeigt worden. Wir können heute Abend also von einer Weltpremiere sprechen.«

In diesem Moment passiert etwas sehr Ärgerliches. Während unsere Ehrengäste zu der plötzlich erhellten Tribüne gegenüber schauen, greift Edo besorgt zum Handy. »Sofie, wo bist du?«, höre ich ihn rufen. Auf der Tribüne haben einige Menschen mehrere Fackeln entzündet, orangefarbene Flammen tauchen Hunderte von Zuschauern in ihrer direkten Umgebung in grelles Licht. Und es bleibt nicht bei diesem einen Freudenfeuer, denn auf einmal werden auch Leuchtraketen abgeschossen, enorme rot glühende Leuchtraketen, die von der Tribüne in Richtung Hubschrauber sausen.

»Sofie!«, ruft Edo erneut, »geh sofort in den Produktionsraum!« Konzentriert schaut er zu dem nach wie vor in der Luft baumelnden Albrecht hinüber. Dann dreht er sich um und rennt zum Ausgang.

»Was ist denn los?«, fragt der Bürgermeister und schaut mich an. »Müssen wir eingreifen?«

Der Pilot muss die Leuchtraketen gesehen haben, denn langsam beginnt der Hubschrauber wieder zu steigen, Albrecht im Gepäck. Wenige Sekunden später entschwindet der Hubschrauber durchs Dach, die Menschenmassen schauen ihm verblüfft nach, das Blitzlichtgewitter erlischt, und in der Ehrenloge sehen sich alle erstaunt an.

»Wir klären das«, sage ich und beschließe, Edo zu folgen. »Wart auf mich!«, rufe ich in den Gang, aber Edo ist bereits davongeeilt. Über zahlreiche Flure und Treppen erreiche ich den Bereich hinter der Bühne, wo ich völlig außer Atem einen Raum voller Bildschirme betrete. Hier bedienen jede Menge Leute alle möglichen Knöpfe und Mischpulte. Auch in diesem Raum besteht eine Wand vollständig aus Glas, auch von hier aus ist das enorme Feuer auf der Bühne zu sehen. Edo steht zwischen den Produktionsmitarbeitern und starrt auf einen Bildschirm, Schweißperlen stehen ihm auf Stirn und Schläfen.

»Was ist da los?«, frage ich. »Wo ist Albrecht?«

Auf den Tribünen ist nach wie vor ein Flammenmeer zu sehen. Anscheinend wurden inzwischen auch Rauchbomben geworfen, die auf dem Rasen explodiert sind. Im Produktionsraum schauen alle den Produzenten an, ein kräftiger Mann mit rötlichem Bärtchen und schwarzer Baseballkappe. »Aktivisten«, faucht er leise. Der Mann ist die Ruhe selbst, immerhin! Konzentriert murmelt er etwas ins Mikrofon seines Headsets, gibt eine Reihe von Anweisungen und wendet sich dann an Edo. »Was schlägst du vor?«

»Alarm schlagen! Die Polizei rufen! Die Bereitschaftspolizei! Wir müssen die Leute sofort rauswerfen!«

Edos Handy klingelt, und auch Sofie und andere Produktionsmitarbeiter klemmen sich an ihre Telefone. Stimmengewirr wird laut, niemand scheint genau zu wissen, was los ist, was jetzt passieren muss.

»Frank!«, ruft Edo, »los, hol den Bürgermeister!«

»Ich habe Kontakt zum Piloten«, sagt der Produzent, und es wird schlagartig still. »Er kann ihn so nicht absetzen, sagt er, das ist zu gefährlich. Er fliegt jetzt zurück nach Lelystad.«

»Kommt gar nicht infrage!«, ruft Edo. »Befiehl ihm sofort kehrtzumachen!«

Der Produzent murmelt etwas in sein Headset. »Das wird nicht gehen, meint er. Eine Frage der Sicherheit. Er kann Albrecht nicht einfach irgendwo abladen.«

»Ich bin hier der Chef!«, brüllt Edo. Vermutlich sehe ich als Einziger, wie kalkweiß er ist. Vorsichtig lege ich ihm eine Hand auf die Schulter, die er sofort abschüttelt. »Der Bürgermeister«, faucht er, »ich hab gesagt, hol den Bürgermeister!«

Als ich zurück in den Gang laufe, höre ich noch, wie Edo schreit: »Der Film! Wir starten den Film!« Keuchend eile ich zurück in die Loge, doch vom Bürgermeister fehlt jede Spur. Durch das Fenster sehe ich nach wie vor lodernde Fackeln und Rauchbomben. Mitten im ringförmigen Gehege stehen Ingrid und Loewe wie Salzsäulen und starren zur Dachöffnung empor. Ich denke an den armen Piloten, der blitzschnell eine Entscheidung treffen musste. Die Sicherheit, natürlich, die Sicherheit steht immer an erster Stelle. Nicht auszudenken, was passiert, wenn so eine Leuchtrakete den Hubschrauber trifft, wenn der Hubschrauber mit Albrecht in die Arena stürzt. Ärgerlich ist es trotzdem, jetzt muss er die ganze Strecke bis Lelystad zurückfliegen, dort warten, bis die Arena erneut gesichert wurde, und dann kehrtmachen – das wird zu erheblichen Verzögerungen führen. Und wer wird sich dort in Lelystad um Albrecht kümmern?

Auf den großen Leinwänden hat inzwischen der Film begonnen. Die Zehntausende in der Arena sehen ein einsames Nashorn im afrikanischen Busch, ein paar Madenhacker auf dem Rücken, den Kopf knapp über dem Gras, präziser als die beste Sense. Die Musik schwillt an, eine andere Aufnahme: Zwei Nashörner trotten zu einem Fluss und trinken seelenruhig aus dem spiegelglatten Wasser. Friedliche Stille, eine andere Welt. Bilder, dank derer ich wieder etwas zu Atem komme.

»Ich kann den Bürgermeister nirgends finden«, sage ich, als Edo in die Ehrenloge kommt.

»Die Bereitschaftspolizei ist schon unterwegs«, erwidert er kurz angebunden. »Diese Störenfriede machen wir gleich unschädlich.« Er schnippt mit den Fingern und ruft den Anwesenden zu: »Meine Damen und Herren, Albrecht kann jeden Moment zurückkehren. Technische Probleme«, sagt er nur dazu, »eine kleine Verzögerung im Ablauf, für die wir uns aufrichtig entschuldigen.«

»Unsere Planung geht total den Bach runter«, flüstert er mir zu. »Wir müssen Loewe jetzt sofort zu Albrecht bringen. Die Polizei wird das übernehmen.«

Auf den Leinwänden in der Arena laufen nach wie vor wilde Nashörner herum, begleitet von den romantischen Klängen eines Sinfonieorchesters. Auf einmal bin ich gerührt. Albrecht!

Albrecht, wo bist du? Was du wohl dazu sagst? Ich stelle mir vor, wie *ich* mich fühlen würde, wenn ich mit dem Kopf nach unten an diesem Hubschrauber hängen würde, in einem Stadion mit brüllenden Menschenmassen landen müsste, inmitten von Blitzlichtgewitter und Leuchtraketen. Hör auf Frank, Schluss damit, werd jetzt bloß nicht sentimental!

Edos Handy klingelt erneut, und auch meines fängt an zu vibrieren. Das darf doch nicht wahr sein!, denke ich, als ich den Namen des Absenders entdecke. Ich öffne die SMS und sehe sofort, dass Edo den Kampf verloren hat. *Albrecht ist in Sicherheit*, lese ich. *Mit freundlichen Grüßen, Sariah.* »Edo!«, rufe ich, »Edo!«, und halte ihm mein Handy unter die Nase. Aber Edo schüttelt nur den Kopf und sieht mich gar nicht an. »Dafür haben wir jetzt wirklich keine Zeit!«, höre ich ihn in sein Handy fauchen. »Das ist doch nicht zu fassen!«

Während Edo sein Gespräch fortsetzt, denke ich an Sariah. Wo auch immer sie in diesem Moment sein mag – sie wird hochzufrieden sein. *Ihr* Masterplan scheint bis ins Detail geklappt zu haben, dank des Kollektivs an Seelenverwandten, das sie in den letzten Wochen zusammentrommeln konnte. Kompliment, Sariah, Hut ab, auch wenn ich nicht genau verstehe, was du jetzt vorhast.

Kochend vor Wut beendet Edo sein Telefonat. »Der Pilot hat Albrecht wieder in Lelystad abgesetzt«, sagt er. »Und jetzt muss er verdammt noch mal erst tanken.«

»Wie lange dauert das?«

»Eine Viertelstunde, eine halbe Stunde, was weiß denn ich!«

»So lang kann Albrecht unmöglich allein bleiben«, sage ich und halte Edo mein Handy erneut unter die Nase. Er reißt es mir aus der Hand und starrt mit verbissener Miene aufs Display.

»Sie ist *dort*, Edo. Sie hat uns reingelegt.«

Während mein Handy durch die Luft fliegt und mit einem lauten Knall an der Glaswand zerschellt, höre ich Edos Schreie durch den Raum hallen. »Mein Zoo!«, schreit er aus Leibeskräften. »Es ist verdammt noch mal *mein* Zoo!«

In der Ehrenloge wird es still. Alle schauen zu Edo hinüber. Gebeugt steht er vor mir. »Mein Zoo«, höre ich ihn murmeln, »meiner.« Er versucht, sich an einem Barhocker wiederaufzurichten. Während ich ihm dabei helfe, sehe ich sein leichenblasses Gesicht, es ist schweißnass.

»Soll ich Hilfe holen, *Meneer*?«, fragt der Kellner hinter der Bar. »Einen Arzt rufen?«

Gemeinsam führen wir Edo zu einem der Sessel am Fenster, in den wir ihn vorsichtig sinken lassen. Ich selbst setze mich auch kurz hin, möchte ihn jetzt auf keinen Fall allein lassen.

Der Kellner kommt mit etwas, das bis vor nicht allzu langer Zeit noch mein Handy war. Er legt die Einzelteile fein säuberlich auf den Tisch neben meinem Sessel. Sämtliche Gäste wenden den Blick wieder ab, in kleinen Grüppchen plaudern sie weiter, andere holen sich ihr x-tes Getränk an der Bar. Wieder andere schauen auf ihre Uhr und fragen sich, ob es sich überhaupt noch lohnt zu bleiben. Der Pressesprecher des Ministerpräsidenten versucht, mich so diskret wie möglich zu fragen, was wir jetzt vorhaben.

»Ich glaube, Seine Exzellenz kann gehen, ja.«

In der Arena ist der Film beinahe zu Ende, der Abspann läuft zügig von unten nach oben über die Leinwände. Ganz in der Nähe klingelt erneut Edos Handy. Ohne aufs Display zu schauen, lässt er es zu Boden fallen. Vornübergebeugt hängt er in seinem Sessel, den Kopf in die Hände gestützt wie ein unbeholfener Teenager, der nicht versteht, wozu er überhaupt auf der Welt ist. Aber vielleicht täusche ich mich auch. Vielleicht hat Edo soeben wirklich etwas begriffen. Verstanden, dass er besiegt worden ist. Denn sonst würde er längst handeln, Pläne schmieden, etwas Albernes oder Verrücktes rufen. Doch im Moment scheint ihn alle Kraft verlassen zu haben, etwas, das ich bei ihm noch nie erlebt habe.

Der Bürgermeister hat der Bereitschaftspolizei endlich den Einsatzbefehl gegeben. Dort, wo die Leuchtraketen abgeschossen wurden, ist ein Zug Polizeibeamter in Schutzkleidung erschienen. Viel können sie ohnehin nicht mehr ausrichten: ein bisschen Gezerre hier und da, ein Gummiknüppel. Die Aktivisten haben ihr Ziel schließlich schon erreicht und scheinen nicht vorzuhaben, noch mehr Theater zu machen. Und Sariah? Vielleicht sollte ich versuchen, sie anzurufen, doch ich habe den Gedanken noch nicht zu Ende gedacht, als mein Blick wieder auf die Bruchstücke meines Handys fällt.

Auf dem Boden beginnt das von Edo zu summen. »Edo«, sage ich leise. »Vielleicht solltest du doch mal einen Blick drauf werfen.«

Mit sichtlichem Widerwillen hebt er sein Handy auf, wischt über das Display und starrt auf die SMS. Ohne mich anzusehen, wirft er mir das Telefon in den Schoß, um anschließend noch weiter nach vorn zu sacken, ja den Kopf auf die Knie zu legen. Ich lese seine SMS. *Albrecht hat seine letzte Schlacht geschlagen. Es war schön, dabei sein zu dürfen. Sariah.*

Nachdem ich einige Momente schweigend auf Edos Scheitel gestarrt habe, richte ich mich auf und gehe ans Fenster. In der Arena ist die große Stadionbeleuchtung angegangen, einige Besucher scheinen zu begreifen, dass der Abend vorbei ist, und strömen zu den Ausgängen, während sich die meisten enttäuscht umschauen. Auch in der Ehrenloge wird es immer leerer, Gäste, die sich fragen, ob da noch was kommt, brauchen nur Edo anzuschauen und wissen Bescheid. Am Boden zerstört hängt er in seinem Sessel, unfähig, sich aufzurichten. *Ecce homo*, liebste Sariah! Es ist ein noch nie da gewesener, trauriger Anblick.

Ich denke an den Zoo, der morgen bestimmt wieder seine Pforten öffnen wird. Natürlich sind wir morgen geöffnet! »Der Verkauf geht uneingeschränkt weiter«, höre ich Edo sagen. In Afrika an der Amstel werden Tembo und seine Kühe wie immer trompeten, die Nilpferde plätschernd ins Wasser gleiten und die Löwen ab und zu ihre Stimme ertönen lassen. Trotzdem wird nichts mehr so sein wie zuvor. Ein seltsames Bild steht mir vor Augen: Ich sehe uns dort stehen, Edo und mich, vor dem Eingang unseres geliebten Zoos an der Plantage Kerklaan, wo die vergoldeten Adler uns am Tor mit ihren ausgebreiteten Schwingen den Zutritt verwehren. Unser Idyll ist vorbei.

Als ich auf den Rasen schaue, sehe ich, dass auf den großen Leinwänden erneut der Nashornfilm läuft. Der Produzent hat einfach auf Wiederholen gedrückt. Der gute Mann muss schließlich *irgendetwas* tun, auch wenn ich mir nicht vorstellen kann, dass sich in der Arena noch jemand dafür interessiert. Diese Aufnahmen sind längst Geschichte, vollendete Tatsachen in Endlosschleife. Und auch ich kann endgültig kein Nashorn mehr sehen.